JN091528

愚か者の石

河崎秋子

小学館

目次

愚か者の石

「監獄の目的は懲戒にあり。（中略）
懲戒駆役堪え難きの労苦を与え、
罪囚をして囚獄の畏るべきを知り、
再び罪を犯すの悪念を断たしむるもの、
是れ監獄本分の主義なり」

——内務卿　山縣有朋

第一章　北の野辺

一　竜宮城の先

船倉の中では空気が淀(よど)んでいた。横になるような場所の余裕はなく、膝を抱えて体を縮めていても、周囲の男どもと体を押し合うことになる。

——狭い。きつい。臭(くせ)え。

私語が禁じられている故、瀬戸内巽(せとうちたつみ)はほの暗い船倉でこっそりと顔を顰(しか)めた。ふいに船が方向を変え、僅(わず)かに床が傾(かし)いだが、巽は意地になって尻に力を入れて体を突っ張った。自分だけは揺らぐものか。そう思っていたが、右隣の男が体勢を崩し、上半身にのしかかってきて、結局は他と同じく揺れるに任せる羽目になった。

明治十八年、初夏。瀬戸内巽は樺戸集治監に送られる囚人の一人として、石狩川を上る汽船に揺られていた。

まだ古びてはいない、しかし充分に自分の汗と臭いが染みついた赤い囚人服に身を包んだ巽は、捕まって以来半年、数え切れぬほど繰り返してきた『なんでこんなことに』という言葉を脳裏で再びなぞった。

巽は二十一の歳になるまで、豪奢ではないが住み慣れた築地の屋敷で、両親や兄と気楽に暮らしていた。所属していた東京大学で学友と酒を酌み交わして夢を語り、時折は結婚の約束をしていた遠縁の染子を手紙でからかう身分だった。飯だって、女中がこしらえた温かい飯を別段うまいとも思わず食ってきた。看守から与えられる冷たくて臭い麦飯の握り飯なぞ、最初は犬の食い物としか思えなかった。

元士族で気位だけは人一倍の癖に商売下手な父と、簪と扇ぐらいしか持たない育ちだったのに、今は踊りの師範として一家の家計を支える母。そして、政商系の銀行に勤める二つ上の兄、一。四人家族で一番若年である巽は、厳しく育てられた反動か、父や家、権威というものにいささか反抗的な性質だった。叱られつつもそれが許されている空気に、どこか甘えている自覚もあった。

それが仇となった。

巽はいつしか学友に誘われるまま、自由を求めて活動をしているという大人たちの集まりに足を運ぶようになった。熱の籠った声で同志と呼ばれ、実の家族よりも家族らしい、人と人との繋がりに居場所を得た思いでいた。やがて、彼らの語る本来あるべき日本の姿、闘争の果てに得るべき理想像を聞いていると、心が躍るようになった。

世の中の不正を正し、弱者にも力を与え、真に万民が豊かになれる社会を我々の手でつくる。そう語る運動員の言葉に、巽は酔った。正義の意味も、自分と家族に及ぼす影響も考えず、ただ集団に混じって鬨（とき）の声を上げた。

結局それは、幼い咆哮（ほうこう）に過ぎなかった。それを利用された。

巽が所属する団体は中央官署の制圧を計画し、巽もその一員として戦うつもりだった。命を賭して、と言う言葉に嘘（うそ）はなかったが、体のいい露払いとして真っ先に憲兵隊に捕まることになった。実際に、誰かを傷つけたわけでも、ましてや殺したわけでもない。しかし、家から持ち出した父祖伝来の脇差（わきざし）を不格好に腰に差していては、何の言い訳も意味を為（な）さなかった。

師と仰いだ人々は概（おおむ）ね死罪、あるいは長期刑となった。他の運動員は要領よく逃げて誰も助けてくれず、さらには信念の全てさえ、一方的な裁きによって否定され尽くした。

国事犯として徒刑十三年。言い渡された判決を巽は長いとも短いとも思わなかった。ただ自分の人生と魂とが、たった一日の出来事によって永劫練墨（えいごうこねずみ）で染め上げられたような気がした。

それだけでは終わらなかった。

もともと強くもなかった巽の精神に最後に追い打ちをかけたのは、巽が運動に参加している旨を憲兵隊に漏らした密告人の正体が、実兄だということだった。

小菅（こすげ）の監獄に一度だけ面会に来た父は、思ったよりも血色がよかった。巽は格子越しに父に縋（すが）った。助けることは叶（かな）わずとも、自分の潔白に耳を傾けて欲しかった。しかし父からかけられた言葉は、「この恩知らずの糞（くそ）ッたれ野郎」。続き、「手前（てめえ）のような不肖の馬鹿者を世に出しちまったにもかかわらず、染子は一に嫁いでくれるそうだ」と苦々しく告げた。

普段取り澄ました父の口から江戸弁まるだしの罵り言葉と、兄による二重の裏切りを聞いてようやく、巽は自分の中に残っていた士族の心が傷ついたのを感じた。縁というあやふやなものがぶつりと、それこそ刃を立てて力を入れ、もう修復不可能なまでに切り裂かれる音を聞いた。そうして、巽は手枷を嵌められた絶望の中、船で北の地へと運ばれていった。

横浜港から、船酔いで吐き気をもよおす狭い船で数日。小樽港にようやく着いたと思ったら、ここでさらに東の内陸に入り、樺戸集治監とかいう場所に送られるという。共に送られた囚人たちは皆面相が悪く、看守が厳しく監視していなければ何が起こるか知れたものではない。自分もその一員として、刑期を全うするまで共に生活しなければならないのだと思うと気が滅入った。

囚人たちは目的地までの道程を説明されることがない。小樽で汽車の貨物室に詰め込まれ、内陸へ内陸へと運ばれていった。降ろされた駅では「エベツ」という看板が見えたが、北海道の地理に明るくない巽はそれがどこなのかは分からない。

ようやく集治監とやらに着くのか、と思ったら、再び船に乗せられた。今度は石狩川という大きな河川を遡る汽船である。そこでも外が見えない薄暗い船倉に詰め込まれて、黙した囚人たちも監視する看守たちの間にも、いい加減に疲れが見えていた。これから自分たちを鎖す監獄に今すぐ着きたい、という矛盾した思いが囚人たちの顔から見えた。

——ああ畜生。座っているだけで居心地が悪い。

巽が瞼を閉じてじっと時間の経過を待っていると、ふいに機関部の音が小さくなり、ようやく船は停止した。看守たちは高圧的な態度で囚人に編笠を被るよう命令し、囚人同士を荒縄で繋いだ。下船していく囚人たちは、看守に促されずとも外に出たい、新鮮な空気が吸いたい、という欲求で動かす足は速かった。

巽も並んで歩く中、ようやく地面に足をつけた。そのまま、ジャリジャリと、腰から足につけられた鎖が煩(うるさ)い。支給された草鞋(わらじ)が小さくて親指の付け根から出血している。命令されるがまま、荒縄に引っ張られるようにして久しぶりの地面を歩いていく。

――歩いたって、着くのはどうせ地獄にほど近い場所だ。

上陸した束(つか)の間(ま)の喜びも去り、巽が足の傷を眺めて下を向いていると、ふと臭いが変わった。男たちの饐(す)えた体臭の中、ほんのりと、爽やかな甘い匂いを鼻が嗅ぎつけた。

巽は足を止めないまま、編笠に覆われた頭を上げた。いつの間にか船着場から市街の外れに移動していたようだ。巽らが歩かされているのは広い通りで、土の上は綺麗(きれい)に掃除され、箒(ほうき)の跡さえ編笠越しにはっきり見える。

道の両脇にはまだ新しい建物と、アカシアの木が植えられていた。夏の初め頃のすっきりと晴れた空の下で、小さな葉が揺れている。その間に、白い葡萄(ぶどう)のような房状の花が見えた。さっきの甘い匂いはこれか、と巽は直感した。

甘い風は乾いている。その風が自分たちの臭いや泥のついた鬱屈(うっくつ)を何百分の一かだけ雪(すす)いでくれたような気がして、巽は看守に見咎(みとが)められない程度に上を向きながら歩き続けた。自分は北海道に来たのだ、と、思わぬ形で心身が納得した。


連れて来られた雑居房はひどく狭かった。布団とも呼べないような薄い綿入れが敷かれた床は硬く、おまけに誰のものとも知れぬ汗で湿っている。寝返りを打って横向きになればたちまち両隣の男が僅かな隙間を埋めてくるため、ひたすら仰向（あおむ）けになって手足を伸ばしておくしかない。

季節は初夏、六月だ。東京ならば蒸し暑さを感じる夜もある頃だが、北海道の六月はまだ空気が冷たい。さらに、格子が嵌まった小さな窓から差し込む月光を冷たい水のようにも感じた。日中は目にもどぎつい赭色（しゃしょく）の囚人服が、月光のせいで青白く上塗りされて見える。なぜ陽光と違って、月光を受けると寒く思うのか。同室の囚人のいびきが威勢よく響く中、巽は思わず身を縮めた。

「眠れねえかよ、兄さん」

ふいに、吐息に微（かす）かに音が混じったような声が聞こえた。巽の右側で横になっている囚人からだった。この雑居房に一緒に入った新入りだ。

「どうして眠れねえかよ」

夜勤看守や他の囚人に聞こえないよう、隣にいてようやく聞こえる程度の小さな声だ。だからこそ、その声音（こわね）は妙に優しく巽の耳に響いた。

「看守に睨（にら）まれながら船やら汽車に詰め込まれている間、その時は誰か人と話がしたい、誰かと一緒の部屋がいいと思ってましたが、いざ今日からこの五人部屋で寝ろと言われても、どうも気が張って……」

するすると、弱りきった言葉が巽の口から流れ出す。自分で思っていたよりも精神が痛めつけられていたのか。聞き手を得てしまったことで、弱音は止（とど）まることなく吐き出される。

「分からない。本当に訳が分からないんです。俺はただ友人に誘われて世間を変えようという意欲に満ちた話を聞いたり、防衛のために刃物を持って活動していただけなのに、憲兵に捕まり、殴られ蹴られて」

「ほお」

隣の男は、流れる水のように合いの手を入れていく。同時に雑居房に入れられた同期という気安さもある。身の上を話しながら、巽は半日前、雑居房に入って二人並んで床に額をつけて挨拶した際、彼が名乗った名前と顔を思い出した。

名は、山本大二郎。ひょろひょろと貧相な体と顔にもじゃもじゃとした髭を蓄え、ひしゃげたような細い目が印象的な男だった。巽より十歳近く上の三十歳と言っていた。訛りがなくやや平坦な話し方のせいで、出身地の匂いがしない。その細い体に不似合いな大仰な名前と、二人殺しで無期徒刑という罪状の落差に内心驚いた覚えがある。

先に入っていた三人の囚人は皆四十代か五十代で、皆なぜかいがぐり頭の天辺が額から後ろの首筋にかけて一文字に剃り上げられていた。

一見彼らは大人しく、暗い目でぼそぼそと己の名前を語った他は、特に何も言ってこない。新人いびりを恐れていた巽は却ってその静かさが気味悪かったが、大二郎は全く気にする様子がなく、無神経なのか肝が太いのか、どうも測りかねるところがある。

「面白え話をしてやろう」

ふいに大二郎は声を潜めたまま語り始めた。暗闇の中で顔は見えないが、若年の自分を怖がらせる内容だろうか、と巽は身構える。

「移動の時、近くにいた看守から聞きだした話さ。四年ぐらい前、この集治監が作られた時代に連れてこられた、最初の囚徒ども四十人の話だ。なあ兄さん、あんたも東京モンだよな。ここに連れてこられた時、どうやって来たか、覚えてるか？」

「ええと、横浜港から船で小樽まで乗せられて、そこから汽車に乗って。地名はよく分かりませんが、さらに外輪船に乗り換えて、ここの近くまで」

道程だけをみれば優雅な長旅と言えなくもない。だが実際は、移動時の最初から最後までものものしい鎖に繋がれ、赤い囚人服と編笠という、一目で罪人と分かるいで立ちでの移動だった。船や汽車では、一般の客がこちらに好奇と侮蔑の視線を投げかけているのが編笠越しによく分かった。囚人たちは皆一様に下を向き、互いに話すのも禁じられていた。そういえば、その中に大二郎もいたはずなのだ。編笠越しでは面相も分かったものではなかったが。

こちらの屈辱の記憶など関係なく、大二郎は話を進めていく。

「昔もほとんど同じ道程だったそうでな。奴（やつ）ら、小樽で宿をとることになった。しかし鎖に手錠にこの赤装束、俺らもそうだったように、見るからに罪人の集団だ。しかも本州からそんなに大量の囚人が移送されてくるなんざ、初めてのことだ。小樽に住んでいる連中は、そりゃあもうびびっちまったそうだ」

確かに、今の自分たちのように定期的に囚人が連れてこられている状態ならともかく、初めて囚人が連れてこられたなら、住民はさぞ恐ろしがったことだろう、とは巽にも想像がつく。しかも、その四十名は今と変わらないならば、長期刑か無期徒刑の凶悪犯だ。いくら看守が複数いるとはいえ、宿としても扱いに困るだろう。

「看守長は最初、港沿いの倉庫を借り上げて囚人たちを泊まらせる腹積もりでいたが、倉庫の持ち主が小心者で、それも叶わない。それで、考えた看守長はあることを思いついた。一体全体、何だと思う？」

いきなり話を振られて巽は面食らう。四年ほど前、ということは、今よりも囚人の扱いが酷い、ということではあるまいか。

「監獄まで囚人たちを夜通し歩かせた、とか？」

現在でも看守たちによる囚人の扱いは荒々しい。そのぐらいの非道は有り得たことだろう、という確信をもって巽は答えた。

「ほい残念無念の大間違いだ」

わざと滑稽に、大二郎は鼻で笑う。間違うだけならまだしも、からかわれたことに少なからず憤って、巽は付け加えた。

「じゃあ、全員殺して海に沈めてしまったとか」

「おいおい物騒だな。兄さんそんな血なまぐさい発想が出るとは、穏当じゃないねえ。もっと面白い話だよ」

「それでは一体なんなんですか」

「うん、それがな」

大二郎は変に勿体つけることもなく、続きを語り出した。いつのまにか話に引き込まれ、この先を待っている自分に巽は気づく。こんな、人を殺した男による、信憑性のない与太話に。

「囚人の宿泊についての金はお上から出てたってんで、看守長、その金で、金さえ握らせりゃ誰でも泊めてくれる宿に全員泊まらせたんだよ。具体的には、妓楼だな」

巽は暗闇の中、開いた口が塞がらなかった。

「嘘でしょう、まさか」

「そのまさかだ」

大二郎は巽の驚愕を感じ取ったのか、やけに楽しそうだ。小樽は鰊漁と港湾の発達により東京でもよく知られた北の都市だ。人が集まれば宿は増え、船乗りが多ければ夜の街も賑わう。

とはいえ、まさか囚人を泊める妓楼があるとは。しかもその発案をしたのが看守長だという話は、荒唐無稽にもほどがある。

「こっからがまあ、さらに可笑しい。払った額が相場と比べて多かったのか知らんが、囚人たちはちゃんと妓楼の宴会場で座布団の上に座り、高脚の塗り盆でおまんま食って、しかも妓女が接待をしたんだそうだぜ。この赤色の服着て、鎖つけた囚人をだ。傑作じゃねえか」

ひいひいと、声を上げずに大笑いする大二郎を闇越しに見ながら、巽はひたすら呆れていた。泊まるだけではなく、客として相応の食事も出されたとは。さすがに酒や寝床での接待などはなかっただろうが、それにしても破格すぎる。

「信用できる話なんですか、それは」

「さあなあ。本当かどうかは、俺っちが見た訳じゃねえから分からんが、看守が嘘を言ったんじゃなければ、本当なんだろうさ」

まだ笑いの余韻が残る大二郎の声は、だからこそ説得力があった。作り話か完全な与太話を想像していた巽はひたすら唖然とした。

「傑作よなあ。当の囚人様方もよ、お縄を頂戴して、親戚縁者から遠く離れた蝦夷ヶ島まで送られて、さてどう命を取られるか、とびくびくしただろうさ。そうしたら綺麗なお座敷に通されて、お姉ちゃんがしな作って寄りかかってきてくれたら、こりゃあ竜宮城もかくやと思ったろうさ」

大二郎の言葉の通りに、巽は当時の状況を想像してみる。まだ北海道の監獄で囚徒がどう扱われるかも定まっていない時分の出来事だ。死地に送られたと思ったら思わぬ宿に泊まらされて、囚人たちはこの男の言う通りそこに楽土を見ただろうか、それとも唖然としただろうか。

巽はそこまで考えて、あることに気がついた。

「それ、看守から聞いたということでしたけど、当の接待を受けた囚人は、今もいるんですか」

本人たちの口から話を聞く機会があれば、少なくとも今の話が本当か嘘かは分かる。巽の期待に反して、大二郎がふう、と大きめの息を吐いた。

「さあなあ、四十人の中で、今も生き残っている奴、もういねえみてえだなあ。だから俺は、看守の言った内容を信じるだけさな」

北の監獄に送られるはずが、分不相応にもほどがある饗宴に与った。それだけなら確かに最初に大二郎が言ったように面白い話だけで済んだ。しかしその後に待ち受けていた続きに、巽の心胆は冷えていく。妓楼に泊まった過去の囚人が羨ましいなどという軽薄な話ではない。彼らの刑期を考えれば釈放された筈はなく、既に皆、死んだのだ。その行く末こそ、自分の将来を暗示しているように思えた。

「なあ、兄さん」

言うべき言葉を無くしている巽の沈黙を、大二郎の囁き声が破った。

「いい寝物語を聞かせてやったんだ、代わりと言っちゃあ何だが、頼みがある」

「何、ですか」

巽は身構えた。ありもしない物品を要求される、労役の肩代わりを強要される、などの可能性を想像する。あるいは、禁止事項にもかかわらず囚人間でなくなることのないという男色行為か。拒めるものならば、可能な限り拒みたい。

「教えてくれや。俺は東京での拘置が長かったんでね、最近の外の様子を知らねえ。天皇さんと皇后さんは、まだ元気か」

「へっ」

巽は言われた意味がよく飲み込めず、間抜けな声を出した。一瞬後に、大二郎の訊きたいことを理解し、慎重に言葉を選んで答えた。

「天皇陛下も、皇后陛下も、ご病気の影もなく大変お健やかと」

「ちえっ」

怒ったような、拗ねたような声が暗闇に響き、大二郎はごろりと向こうを向いてしまった。その所作が若干子どもじみていて、巽は思わず笑いそうになる。

この監獄で長期間の刑期や無期を言い渡された囚人は数多い。挨拶の時に殺人の罪と言っていた大二郎も然り。とすれば、気になるのは天皇陛下の玉体、または皇族方の御身に何かがあった時の恩赦だ。

尊いお方がお隠れになるのを望むなど、娑婆なら不謹慎極まりない行いだ。しかしここで息を殺すようにして生きる男たちは、皆いつ来るかも知れぬ、恩赦が下されるかも分からないその時を、今か今かと希っている。

「ああ、兄さん。ひとつ教えておく」

向こうを向いたまま、大二郎は聞き取れるか聞き取れないかぐらいの小さな声で言った。

「ここで東京弁の敬語はやめときな。看守にも他の囚人にも、舐め腐られっちまうだけだ」

はい、とも言えず、巽は無言のまま頷いた。僅かな衣擦れを肯定の意味と捉えたのか、大二郎も小さく頷く気配がある。

「もしかして、あんた、収監は初めてではない、のか。前科者か」

思い付きで発した言葉に返事はなかった。大二郎の妙に余裕がありそうな態度も、言葉の流儀を知っているのも、以前収監された経験からなのか、それとも彼の世渡りの巧さによるものかは、世間に疎い巽には分からなかった。

訪れた沈黙の奥から、カツカツと、深夜なのに遠慮のない踵の音が響いてくる。夜勤看守だ。音は定期的に止まり、再び響き、また止まる。扉にあいた小さな覗き窓から中の様子を確かめているのだ。巽がいる雑居房の前でも足音が止まる。思わず規則正しい寝息を装い、看守が遠ざかるのを待った。

吐息と同時に体からどっと冷たい汗が流れていく。

さっき大二郎が話した、妓女に接待を受けたという囚人たちの話が思い出される。畜生、と巽は思い出したくもない女の影を思い描いてしまう。

――染子。あの、練り切りのような外目に反して腹に炭を抱えた裏切者め。

遠縁にあたる染子とは、同い年ということもあり、調布の本家で親戚が集まる時にはよく遊んだ。やがて彼女は体が丸みを帯びる頃、「巽ちゃんのお嫁になりたい」と言うようになった。

親たちの安易な賛同は巽の同意よりも早かった。とはいえ小柄で艶やかな髪をもち、上目づかいで話す幼馴染の好意は、巽も嬉しくない訳ではなかった。

大学を出て、兄のように奉職をする身になったら娶ってやる。そのつもりで時折手紙を交わす日々は、今思えばささやかで幸せで愚かだ。どこかの折に無理矢理あの細い手首を摑んで床にねじ伏せておけば、兄に易々と鞍替えされることもなかったろうか。それとも俺が囚人の体に挟まれて寝ている今この時にも、あの二人は俺の存在など頭から追い出して、柔らかい布団の中で嬌声を上げているのではないか。

妄想と怒りが境を無くし、巽の下半身にじわじわと血が集まってくる。憎き二人を頭に置いて皮つるみするのはさらに腹立たしく、力任せに引き千切りたい衝動にかられた。

強いて強く目を閉じ、下唇を嚙んで深く息をする。隣の大二郎のゆっくりとしたいびきに合わせて呼吸を続けると、こんな場所で一物を膨らませている自分が途方もなく馬鹿に思えて、自然と思考は冷めていった。

静かになった頭の中で、一組の母子の姿が思い出される。あれは確か、小樽に着いて船を降り、まだぐわんぐわんと回る意識の先で見た母子だ。

「お母ちゃん、あの人たち、どうしたの」

仕立てのいい晴着を着た、五歳ぐらいの女児だった。藤色の着物に身を包んだ若い母親が、巽ら囚人に顔を向けないまま、女児の手を取る。

「罪を贖いに行かれるのですよ」

母親はキリスト教徒であったのか、胸の前で十字を切り、首飾りを握りしめていた。巽の学友の一人にキリスト教徒がいたので、あの仕草を覚えている。

指をさされるより、笑われるより、なぜか一層その仕草が巽には応えたのだった。

罪を贖うのか、俺は、これから、ここで。犯した覚えもない罪を贖いつくしたら、或いは女たちにちやほやされる運命でも待ち受けているのか。彼らの言う天国とやらはお浄土よりも居心地がいいか。そんな訳があるまい、と、誰かのかいた汗の臭いが満ちる中、細く長く息を吐いた。

——ああ、異界だ。

竜宮城でも北の新天地でも、ましてや天国や浄土からもほど遠い。ただただ俺は、異界に来てしまった。巽の心は絶望と、狐（きつね）につままれたようなぼんやりした心持ちに染まった。

犯した覚えのない罪など、そもそも贖いようがないではないか。徒刑十三年、十三年我慢すれば娑婆に出られるなど当てにならない。そのうちに、俺も大二郎のような人殺しの囚人と同じような人間になっていくのだ、天皇陛下の死を心の底から願う日が来るのだ、という確信めいた思いがあった。体に落ちる月光は移り去り、浅い眠りが巽を包んでいった。

翌日からは、囚人としての過酷な日々が始まった。

北海道の集治監に収監された者たちは、日々労働に汗しながら新天地開拓の働き手となり、体に汗してその罪を償う。集治監の最高責任者たる典獄（てんごく）や看守長たちから、移動時を含め繰り返し繰り返し聞かされてきたことだ。

集団生活を規則正しく行い、その働きと精神の美化によって罪が雪がれたと見なされたのならば、一良民として社会に復帰することも可能である、とも言われた。それを信じるかどうかはともかく、ひとたび囚人として赤衣赤股引（あかぎぬあかももひき）姿となったからには、言われるままに労働と規律、そして悔悟の日々を送る他はない。

命じられるままに早朝に布団から抜け出し、扉越しに看守の目を感じながら五人揃（そろ）って黙したまま部屋の掃除。それから食堂に集められ、下等米と麦が四対六の麦飯と塩汁を腹に流し込む。そうするとすぐに外での労役に駆り立てられるのだ。

初日の説明で、集治監内では様々な種類の労役があることは聞かされていた。それらは二つに大別される。煉瓦(れんが)作り、陶器作り、工芸品作りなど、囚人の器用さや技術を最大限に活(い)かした内役(ないえき)がまず一つ。そしてもう一つは、畑仕事や開拓事業、橋造りや道路造りなどに駆り出される外役(がいえき)だ。

まだ若く、士族の家の者として父や兄と幼い頃から早朝の鍛錬を重ねてきた巽は、体力と体格にいささかの自負がある。予想通りに、外部への労役を命じられた。

監獄の昏(くら)くて狭い檻(おり)の中に閉じ込められて作業をするよりは、屋外で作業をした方が幾分かはましだ。そう思っていた巽の考えは、初日で覆されることになった。

ぞろぞろ列になって連れてこられたのは、樺戸集治監の裏手にある丸山と呼ばれる丘陵だった。

ここに生えている木々を伐採し、冬に備えて薪(まき)を作り、伐採跡地は木の根を抜いて畑とするか、建材となる杉を植える。説明をされるとただそれだけの作業だが、現場はものものしい雰囲気に包まれていた。近い場所ということで移動時の編笠こそないが、腰には黒々とした枷と鎖がつけられ、その鎖は二人一連、鎖の長さは三メートルほどしかない。当然、その二人は同じ仕事に携わることになる。

そして周囲には、作業監督と、脱走防止として看守たちが一分の隙もなく配置されている。黒い制服に黒い帽子、そして腰に看守刀を下げた看守たちが、作業をする囚人たちをぐるりと取り囲み、私語や怠慢はないかと目を光らせている。さらに後方には、鉄砲を肩に下げて馬に乗った看守の姿も見える。

ただでさえきついであろう労働を、重い鎖の先に他の囚人が繋がれている状態で、さらに強い監視のもとでこなさなければならない。実際に従事する前から、巽の気持ちは重かった。

幸い、鎖に繋がれ一蓮托生となったのは、昨夜奇妙な話を聞かせてくれた大二郎だった。

「奇妙なことだな。よろしく頼まぁな、兄さん」

「こちらこそ」

大二郎は髭面の下からいっそ毒々しいほどの下卑た笑みを浮かべ、軽い調子で片手を上げた。対して、巽は神妙に頭を下げる。看守はまだ眉間に皺を寄せながらも、二人の腰に鎖を回して錠をかけた。

通常、二人組となる囚人の組み合わせは、なるべく罪状や性質の異なる者を選ぶものだという。重犯罪者は軽犯罪者と。体格の良い者と虚弱な者を。そして互いに気が合いそうにない者を。

そうでないと、繋がれた二人が結託し、脱走を図る可能性が高くなるからだ。巽は納得した。同室とはいえ、傍目には巽と大二郎は歳も違えば体格も違う。学生らしさの残る巽といかにも風来坊の成れの果てという大二郎の組み合わせは、妥当のように思われた。しかも、大二郎はそれを読んだかのように看守の前で軽薄な様子を見せている。巽もその計略に乗らない手はなかった。なんだかんだ言って、雑居房初日の心細い夜に話し相手になってくれた大二郎の存在はありがたかったのだ。

「本日の外役を開始する。全員、粛々と作業に就くように」

馬に乗った看守が大声でがなると、囚人たちがそれを合図に作業に入る。用意されている大鋸や鉈、スコップなどの道具を手に、指示された木を伐採したり、倒れた木の枝を落としたりと、黙々と作業を続ける。巽と大二郎も、先程腰に鎖をかけた若い看守から「この木を切れ、こっちに倒せ」という簡素な指示を受けて作業に取り掛かった。

指定された木は、異様に大きな広葉樹だった。概ね一抱えほどもある。建材にしても、薪にしても、相当なものになるだろうという予感と、倒すのに骨が折れそうだ、という思いが入り混じって首筋に汗が流れる。

巽は思わず、看守に見咎められないように周囲を素早く見回す。他に伐採を命じられた囚人で、これほど太い木を指定された者はいないようだった。

「骨が折れそうだねえ。新入りの力を見るつもりか、嫌がらせだか知らんが、断れやしねえからなあ」

大二郎が半ば笑うような声でぼそりと呟く。簡単に言ってくれる、とは思いながら、巽も同意せざるを得ない。無理だと言えば、よくて叱責、悪ければ底のない懲罰だ。

意外なことに、大二郎は作業の要領がよかった。その細い身体を揺らし、全身を使うようにして太い幹に鋸を入れていく。だが、大鋸の反対側を持たされた巽は、力の入れ方が分からず刃を木肌にめり込ませてしまう。

「そうじゃねえよ、兄さん。押す時じゃなく、引く時に鋸ってのは切れるんだ。俺が引く時はそれに合わせて、あんたが引く時は少うし丸く刃を滑らせるようにしつつ、力を入れて一気にガッと。続けるぜ」

私語が禁じられていると教えられていた巽は、監視役の小柄な看守をちらりと見る。目が合ったが、特に咎められはしなかった。さすがに、作業中のちょっとした打ち合わせや合図は禁じられていないということだろう、と解釈して、「分かった」と返事をする。

二人で渾身の力を込め、幹の三分の二ほどに鋸がめり込んだ時、大二郎は鋸から手を離して片手を上げた。

「看守殿、間もなく木が倒れますので、鎖の方向を変えるために移動します」

「許す」

許可を得て、大二郎はひょいと木の周囲を回り、木が倒れる方向に回っていた鎖を反対側に移動させた。

「兄さんと一緒にお陀仏(だぶつ)したくないもんでね」

巽の前を通る時、大二郎は小さくそう言って舌まで出してみせた。なるほど、鎖が向こう側にあっては、木が倒れた時に巻き込まれ、二人とも怪我(けが)の危険がある。二人で作業をする、ということはその名の通りに一蓮托生なのだな、と巽は自分の背中に冷たい汗が流れるのを感じた。

空は晴れ渡り、野鳥が自由に飛び交っている。その下で、鎖に繋がれたまま、武器を持った看守に監視されながらの力仕事は楽ではない。

——こうなりゃ、やけっぱちだ。

巽にとっては覚えのない罪でこのような辱めめいた贖罪(しょくざい)を強いられているということになる。それでも、大二郎とこうして作業に没頭し、もうすぐ木が倒れるという実感自体はそう悪いものでもなかった。

「よし兄さん、もう少しだ、一!」

「二!」

「一!」

「二!」

「一! よいしょお!」

作業の声掛けも許されているらしいのをいいことに、二人で大声を出して呼吸を合わせる。巽もいつしか力の入れ具合を体で理解し、鋸を引く時のゴリゴリという音が耳に心地好かった。

間もなく木が倒れる、という時、遠方で馬に乗っていた看守長が大声を上げた。

「何やってんだ、中田あ！　方向確認、忘れんな！」

中田と呼ばれた若い看守は、木が倒れる方向付近にいる他の囚人に手早く指示を出して移動させた。鋸を引きながらそれを見ていた巽は、なるほど、と少し納得する。看守といっても全員が全員同じ力を有している訳ではなく、階級、勤続年数、年齢による序列などがあるのかもしれない。

かといって、いち囚人たる自分にそれが関係あるのかといえば、全くないのだが。ふと浮かんだ考えを追い出し、目の前の鋸を引くことに全力を注いだ。

「たーおれーるぞー！」

ようやく木が傾ぎ始めた時、大二郎が大声を張り上げて幹から距離を取った。巽もそれにならって、鎖が張り詰めるほどに木から距離を取った。

「倒木警戒、倒木警戒――――！」

中田看守も小さな体に似合わぬ大声で周囲に注意を促した。すぐに残っている幹と皮の部分がバキバキと音を立てて折れ、大木が枝をきしませながら地面に倒れた。地にめり込む振動が周囲に響き、近くの木の枝に止まっていた小鳥たちがけたたましく飛び去る気配がする。近くで同じように木の伐採に取り組んでいた他の囚人たちは、いちはやく倒された大木を目にして驚いた表情を浮かべている。

「よし！」

歓喜の言葉は少ないながら、大二郎は笑顔を向けてきた。巽もぎこちなく笑顔を返す。

社会で自由に生きること、好きな場所に行き好きな物を食うこと、これまで可能だったありとあらゆる行動を鎖と共に封じられても、こうして息を吸い、体を動かし、笑うことだけは許されている。生きることはまだ許されている。皮肉なことに、巽の二十一年の生涯で初めて、真に実感を伴って自分の生命を感じられた瞬間だった。

　木を伐採してそれで作業が終わりではなく、今度は倒れた木を薪にするために枝を落とし、約二尺ごとに幹に鋸を入れていく。木を切り倒した時ほどの爽快感はないが、大二郎と巽は声を掛け合いながら黙々と作業に没頭していた。

　やがて太陽が天頂を過ぎ、看守長が「休憩！」と声を掛ける。看守らによって朱色の弁当箱が配られた。片手で持てる大きさの、長方形の弁当はずっしり重い。

「昼食、始め！」

　号令に合わせ、囚人たちは地べたに座り込んで弁当をかっ込む。中身はみっちりと麦飯が詰め込まれ、端っこに申し訳程度に沢庵（たくあん）一枚、それも漬かりすぎて酸っぱい臭いのものが添えられているだけだ。

　それでも誰も文句を言わず、中身を腹に流し込んでいた。ままならない、自由を奪われた生活で、食は人間の数少ない楽しみとなる。巽はどこか黴臭（かびくさ）い弁当箱から冷えて硬い麦飯を口に運びながら、それでも一粒も残すことなく蓋を閉めた。

　見ると、隣で大二郎も同じように弁当を食べ終えたところだった。巽は一組で一本与えられた竹筒の水筒を傾け、大二郎に渡した。いつ汲（く）んだかもしれない生臭い水だが、汗をかいた体にはことさら

滲み る。

大二郎は水筒を手に、ふいに手を上げた。

「すみません看守殿。用便、希望します」

「用便よし。急げよ」

中田看守の許可を得て大二郎は立ち上がる。鎖で繋がれている以上、巽も一緒に行かざるを得ない。大二郎は皆が休憩している開けた場所から近い藪まで行くと、赤股引の紐を解いた。

「すまんね兄さん。あっち向いててくれ」

「ああ、分かった」

排泄は致し方ない。自分もそのうち立場が逆転することもあろう。昼食の直後に人の排便に立ち会わなければならない不幸を、巽は大二郎に背を向け耐えることにした。

あまり離れると逃亡を疑われるため、巽と大二郎の姿は看守から丸見えだ。中でも二人を一番近くで監視していた中田看守は自分の弁当を食う箸を止め、大二郎をじっと見ている。仕事とはいえ、飯の最中に人の排便を監視せねばならないとは難儀なものだ、と巽は自分の立場を忘れて同情した。

巽はせめて、とさりげなく位置を変え、中田看守から大二郎の尻が見えないあたりに移動する。これなら巽の横から大二郎のしゃがんでいる姿自体は見えるだろうから、余計な疑いは生まれまい。そう思ってのことだった。

「まだかかるのか」

「それがどうも、ウンコ硬くてよ。悪いがもうちょっと」

背中越しに声を掛けると、大二郎の苦しそうな声が返ってくる。野菜や油物が極端に少ない監獄の食事では致し方ないか、と待っていると、ごそごそと、そこら辺で千切った蕗の葉で尻を拭く音がした。

ようやく終わったか、と思っても大二郎はなかなか立ち上がらなかった。

「あんた、どうした。何やってる」

たまりかねた巽が軽く振り返って声を掛けると、大二郎は背を丸め、今自分がひり出した糞を覗き込んでいるようだった。のみならず、木の細枝二本を箸のように持って、何やら突いている様子ではないか。

まさか、糞を食っているのか。樺戸集治監に来てから粗末な麦飯に椀の底が見えそうな薄い味噌汁ばかり食わされているといっても、糞を食うほど飢えているはずはない。

「おい、嘘だろう。食ってるのか」

巽はこちらを見ている中田看守の様子を気にしながら、背中越しに声を掛けた。

「食う？　ああ、もしそうだったら、どうする？」

「どうするって……」

自分が排泄した大便を、自分で食う。それは、まともな精神を有している人間の所業か。全身を悪寒が貫いた。殴られるよりも、罵られるよりも、まるで異なる衝撃と恐ろしさが湧き上がる。気持ちが悪い。

言葉が出ず、浅い呼吸を繰り返す巽に潜められた声が届いた。

「糞じゃなく、糞の中に混ざってる麦粒を食っているのさ。兄さんみたいな坊っちゃんなら分かるだろ。今まで散々食ってきた白飯と違う麦飯が消化できねえで、粒粒が出ちまうこともあらあな。それを食ってるんだ。たまに誰かの腹の中にいたサナダ虫の一部が出てることもあって、間違えて食っちまうこともあるけど、あれはあれで柔っこくてよ、意外といけるんだ」

なおのこと気持ちが悪い。そう言おうと眉間に皺を寄せたところで、大二郎は堪(こら)えきれずに小さく噴き出した。

「嘘だよ兄さん。食う訳がねえだろう。俺(おら)ぁ探してるのさ」

違うと知って、巽の肺に空気が戻る。

溜息(ためいき)の代わりに「何を」と言葉が出た。ひどく掠(かす)れた声になった。

「石だよ、石。糞石(ふんせき)って知ってるか、兄さん」

「いや、なんだそれは」

小便が通る管に石が詰まる病気は聞いたことがある。亡くなった伯父(おじ)が昔、大層それで苦しんでいた。しかし糞が出る管に石ができるとは聞いたことがない。

「馬の糞石の方が有名かな。ごく稀(まれ)になあ、馬の糞から石が見つかるのよ。別に草食ってるだけなのに、体の中で石を作るんだな」

「結石、ということか」

馬の糞石の事例など聞いたこともないが、体内で石状のものが発生するのであれば、それは結石というものだろう。巽にもそれぐらいは分かる。

「結石？　よく分からんが、その石が見つかると、昔は殿様に献上すれば、米五俵と交換してくれたんだそうだ」

「米五俵？　そんなに？　何に使うんだ」

「その糞石をな、小刀で削って、とろ火で煎って、それから薬として飲み下すんだと」

「薬……」

話をしている間も、巽はこちらを監視している中田看守の視線を感じて気が気ではなかった。こちらが用便休憩に乗じて無駄話をしていることぐらいはもうばれているだろう。

「話はいいから。石も、なかったんだろ？　もう戻らないと看守に余計な詮索をされる」

焦って声を掛けても、大二郎はのんびりと話を続けている。

「まあ急ぐなよ。看守サマサマだって人間だ。糞する間ぐらいは待ってくれるさ。それでな、その糞石、体のどこに効くと思う？」

「内臓の病か？」

「ここだよ」

ふいに、後ろから股間を摑まれて総毛立つ。思わず振り返って大二郎の腕を足ではらった。

「おっと。ごめんな。驚かしちまった。糞石ってのが効いたかどうかは知らねえけど、殿様は馬のでけえイチモツにあやかりたかったんだろうなあ」

大二郎はさも楽しそうに笑い、腰を上げた。

「貴様ら、ふざけておらんで早く戻れ！」

小さな騒ぎを見咎めたのか、看守が馬の上から尖った声でがなりたてる。大二郎はじゃらじゃらと鎖を鳴らしながら慌てて休憩所に戻り、巽もそのすぐ後を追った。

一瞬だけ振り返ると、大二郎が排便をした場所には、形の崩れた糞と、汚れた枝が二本。そして、小さな水たまりが残されていた。

昼食後、作業は日没までほぼ休みなしで続けられた。囚人の多くは疲れ果て、特に巽らと共に来たばかりの新入り囚人たちの疲弊は目にも明らかだった。

同年代より多少は体力に自信のある巽でも、腕と肩の筋肉が痛み、横になったらすぐに眠ってしまいそうなほどだった。

房に戻り、簡素な夕飯を流し込むと、幸いやるべきことは何もない。雑居房に先に入っていた先輩囚人は三人とも、もう三年以上もここに収監されているとのことだった。

想定された新入りいびりなどがないことに巽は安心したが、飯を食い終わると蠟燭（ろうそく）の炎が消えたように倒れ伏す彼らの姿を見ると、生に対するあらゆる感情を失ってしまったように見えて、己の行く末が恐ろしくもなった。

俺もああなるのか。

毎日、食う、出す、働くだけの日々を十三年も続けるのか。いや、難癖でもつけられて刑期が延びる羽目になったら、下手をすれば死ぬまでこの生活が続くのか。

外役初日の疲労と、休まらない思考の間で、消灯の時間となり早々にランプが消されても、なかなか眠りにつくことができない。他の囚人が乾いたいびきをかく中で、巽は小さく寝返りを繰り返した。

夜勤看守の見回りの足音を二度ほど聞いた頃、隣で大二郎が音もなく上体を起こす気配があった。囚人服の内側に手を入れ、もぞもぞと何かを探っている。やがて何かを取り出したようだった。

「兄さん。にーいーさーん。起きてんだろ」

吐息と聞き間違いそうな囁き声に、巽も観念して身を起こす。月光に照らされて、大二郎が髭面を歪めるようにして笑っていた。

「昼間、無駄話に付き合わせてたのも、人の股座握りしめやがったのも、看守の目を逸らすためだったんだろう」

巽は幾らか不貞腐れながら訊いた。昼、排泄場所に残っていた小さな水たまり。あれは小便ではなく、馬鹿な無駄話を装いながら、水筒の水で何かを洗っていたに違いなかった。

「それで、目当てのものは出たのか」

「おう。あんた、昼間、気ぃ遣ってくれただろ。だから特別に見せてやる」

大二郎はそう言うと、手に握りしめていた物をつまみ、月光にかざした。

大きさは、親指の爪ほど。月の儚い光を受けて白く輝くそれは、輝石のように見えた。

「作業帰りにこっそり歯の奥に隠して持ってきた。綺麗だろう?」

「まさか、本当に石だとは思わなかった」

巽は呆然と呟いた。大二郎がついた、糞石という嘘には気づいていたのだ。金か、脱獄に使う何某か、ここで生活するのに有用で、かつ絶対に所持を認められない物品を持ち込むために飲み込んだのだと思っていた。

見せられた石は、一度大二郎の肛門を経たのだということを頭の隅に追いやれば、非常に美しいものだった。

「ただの石ではないな、中に、何かが入っている」

「ご名答、さすが兄さんだ。この水晶はな、中に水が入っている。珍しいもんだよ」

言われてみると、水晶と言われた石の中央部分に、ごく小さな空間が広がっている。石を傾けると、その中に入っている小さな気泡が動いて、その場所に水が満たされているのだと分かる。大二郎の言う通り、確かに珍しいものだ。しかし、引っかかる。

「綺麗だし、珍しいが、何かの役に立つのか？」

「別に何の役にも立たんさ」

大二郎はこともなげに言ってのけた。何の嘘も、衒いも、その言葉から感じ取れない。

「これは俺の宝物なんだ。だから絶対に手放したくなかった。それだけだ」

そう言うと、大二郎は石を月光にかざしてうっとりと眺めた。宝物。この男は、それを手放したくないがために己の体で飲み下し、収監時の、口の中や尻の穴までほじくるような検査を潜り抜けて、見つかれば只では済まない危険を冒して、自分の糞からこの石を取り出したのだ。

巽は昼間の時点ではそんな簡単なことに気づけなかったのだという気恥ずかしさと、まんまと騙された大二郎への微かな怒りが腹の底で燻った。しかし、雑居房で月光を反射している石を眺めているうちに、そんなことは消し飛んでしまった。

綺麗だ。

危険を冒し、自分にその片棒を担がせた大二郎の気持ちは分からないが、綺麗な石だということに巽は同意する。役にも立たないその石を眺め、昼間の疲れを忘れているうち、雑居房の窓から中の様子を窺っている中田末吉看守の視線に、二人は気づかなかった。

二　塀の中の住居

中田末吉は二十五歳。樺戸集治監に勤務する新人平看守である。

特に人の印象に残る男ではない。背は看守の中ではやや低く、肉付きも悪いうえ、声も小さい。時に怒声で、時に罵声で囚人たちを制さなければならない看守としては、致命的な欠陥ですらある。長期刑や無期徒刑の囚徒に過酷な労働を課す樺戸では尚更(なおさら)だ。

「中田あ！　ぼさっとすんな！」

「さっさとやれや、中田！」

看守長や同僚からも、怒鳴りつけられることが常である。囚人を束ねて監視する看守が、囚人たちの前で他の看守から叱責を受けることは権威の失墜という意味で酷い侮辱であるのだが、同僚たちはそれを分かっていてわざと中田を叱り飛ばしているふしすらある。

しかもそれで怒るでもなく不貞腐れるでもなく、あまり表情を変えずに淡々と職務を果たすものだから、なお同僚の神経を逆撫(さかな)でするのだった。

明治十八年の時点で、国家の末端に属する看守という職は、警察官同様、ご維新で仕える先を失った元士族やその子弟が就くことが多かった。時代の流れの中でやむなく職替えと価値観の変化を受け入れざるを得ない中、望まずして北海道の地に移動させられた者が多いのである。

そんな事情で士族という出自を心の拠り所にする看守が多い中、中田は数少ない農家の出身だった。道南・函館近くの、しかも貧農の生まれだったのである。そのせいで、たとえ階級や勤続年数が同じであっても、他の看守たちからは一段下の存在と見なされ続けていた。

体格に恵まれず、出自も低い。そんな中田末吉に、他の者にはない看守としての適性を挙げるとするならば、その顔、特に目にあった。

造形だけをいえば、印象の薄い顔だ。一重の瞼に低い鼻、薄い唇。しかし、他に特徴がないが故に、その眼差しの鋭さ、そこに伴われる陰気な印象だけは、彼の有為なもちものといっていい。彼に何か文句をつけても、欠点を挙げ連ねようとしても、その目でじっと見つめられれば、舌打ちをして顔を逸らし、その後一切の関わりを持ちたくないと、そう思えるのだ。

中田としては、ただただ見ているだけだ。殊に眉を顰めるとか、睨みつけるとか、表情筋を伴うような変化をつけた訳でもない。ただじっと物を見ているだけで忌避される。それは理不尽で、しかし幼い頃から彼の人生の一部でもあった。

中田には古い記憶がある。まだ自我が芽生えるかどうかの頃、彼は藁で編まれたえじこの中に寝かされていた。

末吉という名は、彼を産んですぐに母親が死んだことに由来する。歳の離れた二人の姉と、歳の近い兄が一人。四人目を産んで母親が死に、これでもう最後、という意味で父がぞんざいにつけた名が末吉。末子としての名前だった。

乳児の時は近所の女たちから乳をもらい、世話をしたのは主に姉たちだった。家族が畑で仕事をしている間は、体がすっぽりと入るえじこに入れられ、時折おしめを替え粥を与えられる他は、眠っても泣いても放っておかれた。その扱いは、この時代、地方の農家においては別段おかしいものではなかった。

　えじこに詰められた幼い中田は、時には粗末な家の天井を眺め、また時には畑の傍に転がされて曇天を見つめた。えじこの壁に切り取られた天から、時折、誰かが中を覗き込んでくる。そして小さな両目が開き、胸が静かに上下しているのを確認すると、溜息と共に呟かれるのだ。

「まだ生きてる。死んでくれてたらいいのに」

　そういった類の言葉を。

　声の主は父であったり兄姉であったりした。言葉の意味を理解しないまでも、自身の生存により積み重なる身内の小さな絶望をため込んで、中田末吉は成長するにしたがって、その目から知らず希望の光を失っていった。

　えじこが小さくなり、自分の足でその辺を駆けまわれるようになった頃、彼は末子ではなくなった。父が近所の若い娘をもらい、末吉にとっては腹違いの弟が生まれたのだ。

　家に居場所はなかった。跡取りの長男、可愛がられる弟。そこで彼はただ畑で手伝いをしながら成長し、読書と算盤だけは得意で、というよりもそれにしか情熱を傾けられず、近所の勧めで学校へは進めた。友人もなく、黙々と学んで、やがて運よく官職に就いた。そして、任じられるままに樺戸で看守の仕事に就いた。本人としては、食い物に困らず、仕送りをせびる実家に義理を果たせる程度の俸給があれば、それで構わなかった。

　実際に看守の仕事に就いてみたところ、陰気な中田にとっては天職に近いと思えるものだった。

例えば、平看守である中田は囚人たちの生活管理をはじめ、あらゆる面倒なことを押し付けられる。看守の下で仕事をするのは押丁と呼ばれる作業員だが、看守も制服を着ているだけで実際の仕事量と給料は押丁とさほど変わりがない。

とはいえ、中田にとっては肉体を使った作業は子どもの頃から慣れたものだった。押し付けられた便所の掃除も、馬糞を拾い集めることにも、特に屈辱を感じない。外役のために囚人を出し入れする際、検身室で毎度毎度男の尻の穴まで覗かなければならないのには多少閉口したが、士族出身の同僚が音を上げる中、中田は「農家よりまし」と心の中で呟いて、淡々と仕事をこなすことができた。

その冷静な余裕は、囚人たちと接する時にもいかんなく発揮された。

囚人は看守に雁字搦めに監視される一方で、とにかく看守を抱き込みたがる者もいる。

孤独な獄中での生活の中、単に世間話の相手を欲しがっている場合もあれば、脱獄の機会を窺い情報や物品を得ようという不届き者までいる。故に、看守は基本的に囚人との私語を禁じられていた。

そして、中田はその決まりを忠実に守れる男だった。

例えば、罰則違反のために鉄球をつけられ、独房に入れられた囚人が夜中にしくしくと泣く。

「看守さん、看守さあん。なあ、鉄球をつけた足の皮がな、痛いんだよ。擦れて血が出るんだよ」

格子越しに、猫撫で声でいかにも哀れっぽく苦痛を訴える。彼の訴えに看守が耳を傾けたが最後、己の出自の不遇、故郷に残した家族への憂い、罪を犯さざるを得なかった懺悔などを滔々と語り始め、それは同情した看守が鉄球を外すまで延々と続けられる。

しかしこれが中田看守の場合、その訴えはただ耳に煩いばかりで、「明日になったら医官に訴えろ」の一言で終わらせてしまう。

囚人と一切心通わせることがなく、他人に興味がないので同情も過度に怒ることもない。これは、彼にはあって他の看守にはなかなかない特性といえた。

それの性質が明らかになるにつれ、中田は面倒を起こしがちな、言い換えれば普通の新人では太刀打ちできないような囚人の担当も任されるようになったのである。

同僚からの態度はさらに冷たくなっていったが、規律の厳しい職種である以上、法に悖(もと)るような嫌がらせまではされない。その距離感は、中田にも楽なものだった。


明治十八年の春の終わり。中田が樺戸集治監で職に就き、一年が経(た)っていた。夕方、官舎に帰ろうとしたところ、同僚看守から肩を叩(たた)かれた。看守や囚人の逓信(ていしん)事業を担当している職員だ。

「中田。お前に手紙が来ている」

手渡された封筒の宛名は間違いなく自分へのものだ。しかし、その字はまるで、炙(あぶ)られた蛭(ひる)がのたくった跡にも見える。よくこれできちんと自分のもとへ届いたものだ、と静かに感心しながら、中田は封筒を裏返す。そこには父の名が同じく下手な文字で記されていた。中は見なくとも分かる。仕送りの催促だ。

函館近郊の小さな畑しか持たない実家の稼ぎなど、たかが知れている。半年前の手紙ではまた子が増えたと書いてあったから、尚更だろう。

樺戸集治監では、看守たちが住む官舎は高い塀に囲まれた敷地内に設けられていた。長屋造りで、家族のいる看守は広い部屋を宛てがわれる。囚人たちが暮らす獄舎からは離れ、またその間にも塀が築かれているが、結局は自分たちも『塀の中』の暮らしだ、と密(ひそ)かに中田は思っている。

中田に妻子はいない。独身の職員は中田だけではないというのに、家庭持ちの看守は、たとえ中田より若年であろうとも、殊更に生活の苦しさを持ち出しては暗に独り者の安楽さを責める。その根には看守の給料の低さがあった。

官人として決まった給料を得ているとはいえ、その水準は決して高いものではなく、遅刻、無断欠勤、制服や看守刀の不備などがあればすぐに厳しい減給が言い渡される。

塀の中の厳しい生活では娯楽が少ないせいなのか、妻帯者の家ではぽこぽこと子どもが生まれ、またそれが家計を圧迫するらしい。

中田が手紙を手に独身者用の宿舎へ歩いていると、継ぎだらけの服を着た内儀（おかみ）が数人、大きな笊（ざる）を頭の上に載せて歩いていた。笊の中身は緑色で、中田はよく知らないが、桑の葉だという。なんでも樺戸集治監の初代典獄夫人がこの周辺で野桑を見つけ、看守の妻たちに官舎内での養蚕を提案したのだという。

自然に生えている桑で蚕を飼い、婦人たちが労働の喜びを得ると共に家計の足しにする。美しい理念であるのかもしれないが、必死の思いで養蚕による内職をしていた農家の姿を知っている中田からすると、結局は看守の薄給を補うことを内儀に推奨する、ひどく歪んだ構造のようにも思える。

笊を頭に載せた内儀たちは、互いに会話することもなく疲れた様子で長屋へと姿を消した。元気なのは周辺で毬遊（まりあそ）びなどをしている子どもたちだけで、彼らも継ぎだらけの、農家の子たちとそう変わらない身なりをしていた。

独身者用の三畳の自室で、中田は封を開けない手紙を窓際の卓に置くと、ごろりと横になった。建物は囚人の手によって建てられたもので、木材からして彼らの手で伐採、製材が行われている。壁は薄く、隣の部屋から、同僚が煎餅布団にくるまって放った屁（へ）の音がよく聞こえた。

囚人たちの住む獄舎の板壁の厚さは八分。大人の指の二本分近くもあるため、脱獄を試みて削ろうにも時間がかかる。一方、官舎は同じ木造とはいえ、こちらの壁ははるかに薄い。音はほぼ筒抜け、冬は囚人とは異なり厚い布団や火鉢を使えるとはいえ、壁からの冷気が肌にしみた。

魚油の灯（あか）りで照らされた天井板がゆらゆら揺らめいて見える。獄舎の中では今頃、囚人たちが泥のように眠っていることだろう。

夏期間、外役の場合は朝から夕方まで約十時間半の労働が課せられている。囚人の起床は四時、管理する看守はもちろんもっと前に起きて、点呼、道具の確認、上司の訓示を聞いてから囚人を叩き起こしに行かねばならない。

「馬鹿くせえ」

誰が、とか、何が、という言葉を意識的に使わずに、中田は呟いた。看守の待遇に不満だとどこからか漏れれば、それだけで自分の立場は悪くなる。寝言で文句を垂れることのないように、いっそ猿（さる）轡（ぐつわ）でも噛んで寝ようか、と独りうっそりと笑って、衣桁（いこう）にかけた制服にブラシをかけた。

黒いウール地、金のボタン、ズボンの脇には赤い線。囚人の赤い服が罪人の証（あかし）なら、この制服はそれを管理する看守の象徴である。支給されているのは一揃いだけで替えはない。中田は生地を傷めない程度の力加減で馬毛のブラシをかけ、表面の埃（ほこり）と、いつのまにか裾に飛んでいた泥を綺麗に落とした。儀式のように手を動かし、強いて雑念を頭から追い払った。

翌日の夕方、外役の作業を終え、獄舎に戻る囚人の列に中田は付き添っていた。人数は五十人ほど。木材の伐採、運び出し、畑の開墾、道路開削など、囚人の外役に終わりはない。過酷な労働を課せられるたびに囚人たちの眼差しは生気を失い、肉体も見るからに痩せ細っていく。

今日、中田が監視した班は獄舎裏にある丸山の伐採だった。木の切り出しは手前から奥へと進めていくため、現場を往復するだけでも一時間はかかる。

「おい、早く歩け。もたもたするな」

汗と泥にまみれ、二人組を繋ぐ鎖を緩慢に鳴らしながら歩く囚人に、看守の一人が鋭く注意した。大抵の囚人は黙ったまま歩みを早めるが、中には誰が言ったのかを記憶するように看守のほうをちらりと見る者もいる。その疲れた表情の中には、どろりとした毒が混ざっている、と中田は感じる。

労役に疲れ果てていくに従って、一部の囚人には看守への憎しみを大きく育てていく者もあった。まずは看守を見る目つきが、次に態度があからさまに悪くなる。やがて、命令に屁理屈を捏ね出したり、反抗が始まったりするのだ。看守に媚び諂う囚人の十倍はたちが悪い。

そうなれば懲罰として食事の量を減らす、打ち据える、屏禁室という一坪半程度の狭い小屋に独り閉じ込める、などの措置がなされ、それによって集治監という収監施設の治安は保たれる。

その一方で、囚人の脱走は集治監にとってもっとも危惧すべき事態だった。不満と不安が爆発した際に突発的に発生することもあれば、普段大人しくしていた囚人が日々こそこそと脱走計画を練って決行することもある。

囚人たちの列の先頭が集治監の門に近づいた。先頭で馬に乗っている看守長が、右手を上げて合図をする。列を見張っていた看守たちが、いっせいに「小用始め」と声をかけた。

命令を受けた囚人たちは、自分たちの赤い股引の紐をくつろげ、道の端に向かって小便を始める。外役から戻った際、こうして一斉に小用を足させることでその後に続く検身室での身体検査、獄舎への帰還を円滑に行わせるのだ。

彼らは看守たちが見守る中、排泄の僅かな快感と、今日の労働を終えたという安堵とで、誰もがどこか呆けたような顔をしていた。小便は夕日に照らされ黄金色に輝いている。毎日繰り返されるこの習慣で肥料分が過多なのか、大門周辺の道端は草がほとんど生えることができない。

小便を終えた囚人から順に身を整え、看守もまたそれを見守る。中田も手近な囚人たちにおかしな所はないか確認していたところ、列の最後尾で怒声が上がった。

「脱走、脱走ー！」

同僚看守の声だった。看守と囚人、双方に動揺が広がる中、馬に乗っていた看守長が腰に差していた看守刀を振り上げる。

「早く門の中に囚人を入れろ！　便乗は許すな！」

他の看守たちもそれぞれ腰の看守刀を引き出し、囚人たちに睨みをきかせる。

「早く大門の中に入れ！　さっさとせんと、問答無用で叩き斬るぞ！」

中田も腹の底から声を上げ、囚人を急かせて門の中へと誘導する。ほどなくして重い木の門戸が閉まった。看守らの対応が早かったお陰か、幸い、逃亡したとされる囚人以外は全員を敷地内に入れることができた。

「中田！　鐘だ！　急げ！」

「はい！」

先輩看守の鋭い声が飛び、中田は目の前の囚人たちがおどおどと身を固め、他の看守から距離が離れていないことを確認すると、大門近くにある高見張の梯子へと急いだ。手に棘が刺さることも気にせずに登りきり、吊るされた鐘の紐にとりつく。

カンカンカンカンカンカン

頭が割れそうなほど高い音が響く。それでも、中田は左手で梯子を、右手で紐を必死で摑み、鐘の音を鳴らしていた。可能な限り強く、遠くまでこの音が聞こえ、しかもこれが警鐘なのだと分かるように。

やがて同じ音が敷地内のあちこちからも響く。非常を知った者が、集治監内のあちこちに設置されている鐘を同じように鳴らし始めたのだ。普段は起床や食事などを知らせるカーンカーンというのどかな音が、今は短く鋭く響き渡って火急の事態を知らせている。

中田は鐘を鳴らしながら後ろを振り返った。大門を入った広場に囚人たちが集められている。拳銃や刀を手にした看守たちが彼らを囲み、二次脱走を必死で防いでいた。

「そのましゃがんでいろ！　もっと固まれ！　待機を続けろ！」

鐘の音で聞こえないが、そう言っているに違いない。中田はそのまま周囲を確認した。門を入って左側の官舎周辺では、看守の家族たち、特に妻や子どもたちが慌てて建物の中に入っていく。敷地内にいた看守たちが門の外へと走っていた。さっき脱走が発生したと思しき道端では、看守の一人がうずくまり、同僚から声をかけられている。うずくまったその体の下に、小さく血だまりの赤色が見えた。

「ああ、馬鹿らしいことになった」

梯子の上の中田は顔を歪ませ、悪態をついた。宛てのない憎しみさえ含んだ言葉は鐘の音で掻き消え、中田本人しか知ることはない。

残りの囚人たちはすぐに獄舎へと戻され、彼らの監視につく最低限の人員の他は、全看守百名以上が集治監前の広場に集められた。誰もがズボンの赤線に両の中指を沿わせ、一定の間隔を保ってぴしりと整列している。夏の太陽は地平線に隠れ、薄暗がりの中、あちらこちらで松明が焚かれていた。緊張する看守たちの視線の先で、集治監典獄、つまりはこの樺戸集治監の総責任者が怒りで歪む顔を隠そうともせず、口角泡を飛ばしていた。

「良いか！　囚人は見つけ次第、確実に捕らえろ！　抵抗する場合には、一分の迷いなく斬り捨てろ！」

中田をはじめとした一般の看守のみならず、副典獄も、看守長らも、一様に唇を引き結んで耳を傾けている。

「取り逃せば貴様らにも政府の秩序を乱す者として厳重な処分を下さねばならん！　貴様らの誠実な仕事に期待しておる！」

看守たちの後ろには、違う装いの集団が殺気立って典獄の話を聞いていた。看守たちのものとはまた違う緊張感が漂い、中田の背中の筋肉が勝手にぴくりと動く。

彼らは地元、月形村の集落の男たちだった。手に手に鎌や鉈、さらには鍬までも持ち出し、松明に照らされた顔は看守たちよりもさらに険しかった。

もともとこの一帯地は木に覆われた原生の森で、ここに集治監を設けることになって初めて拓かれた土地だ。獄舎を作るために大工たちが集められ、彼らや看守相手に商売をする商人が移住し、囚人たちが開拓した田畑が安く払い下げられたため、新たな農地を求めて農民が移り住んできた。集治監を束ねる典獄はこの地域に学校を設置したり、警察署署長としての役割も果たしたりしている。

つまり、月形の集落自体が、集治監ありき、集治監のために存在しているのだ。故に、こうして囚人の脱走が発生すれば、男たちは集落単位や青年団単位で呼び出され、武器となるものを手に捕縛に駆り出されることになる。

典獄の演説が終わった後、副典獄が捕縛の予定や人員の割り当てを話している間、中田は暗闇に紛れてちらりと後ろを見た。住人たちは自分たちで固まって捕縛の段取りを決めている。その目は、不満を溜め込む囚人たちに負けず劣らずのぎらぎらとした憎悪を滾らせていた。

「剣呑なことだ」

唇を動かさず、口の中だけで中田は独り言ちた。

月形の住人たちが囚人の捕縛に協力するのは地域民としての義務からだけではない。

二人一組で鎖に縛られている外役の囚人が逃走すれば、彼らはまず、自由を阻む鎖を切断することを望む。もちろん、その辺の石を打ち付けただけで外れるようなものではないから、農家の納屋などに入り込んで、何らかの道具を得ようと考える。

鎖がうまく外れたならば、次は服だ。囚人の象徴として着せられている柿色とも呼ばれる赤色の服は、兎角目立つ。その色を纏っている者がうろうろしているだけで脱走犯と分かるし、自然の中に似た色がないその服は、山野に逃げても緑にも雪の白にも溶け込めずに自分の場所を知らせてしまう。故に、脱走囚はすぐに代わりの服を得ようと盗みを働く。

体よく服を得られても、それまで押さえに押さえつけられていた彼らの欲は止（とど）まるところを知らない。次に飯を盗んで食らっては腹と英気を満たす。追手に抗（あらが）うための武器を求める。遠方までの逃走を果たすための資金もなくてはならない。ついでに女が手近にいたならば老若美醜にかかわらず押し倒す。そして口封じに殺す。

結果、不名誉にも集治監がこれまで脱走を許してしまった囚人は、ほとんどが近隣住民に多大な被害を与えながら逃げていく。窃盗、傷害、強盗、強姦（ごうかん）と殺人。時には放火。脱走囚を捕らえることは、彼らにとって生活の平穏を保つために必須であると同時に、過去の憎しみを清算する機会でもあるのだ。

「中田、お前、とちんなよ」

肩への強い衝撃と共に、苦々しい声をぶつけられて、中田は振り返った。探索で組むことになった、先輩の小岩井（こいわい）だ。中田よりひとつ年嵩（としかさ）で、北関東のどこかの士族の息子だというが、小柄な中田よりもさらに細い。しかし出自のせいなのか、いつも中田を見下すような雰囲気があった。

小岩井は腰に下げた看守刀の他、手にした脇差を神経質そうにベルトから抜いたり戻したりしていた。先祖伝来のものだと酒席のたびに自慢している一振りだが、松明の光にゆらめくその光はいまひとつ鈍い。中田には、子どもの頃近所に住んでいた刃物研ぎの名人の爺（じい）さんが手掛けた菜切包丁のほうが、余程切れそうに思われた。

「分かってんだろうな、お前。俺らで必ず糞ども捕まえるんだからな、分かってるな」

「はい。必ず、職責を果たします」

頬を紅潮させ、小岩井はかちかちと下品に匕首（あいくち）を鳴らしている。口の端は歪んだ形で曲がっていた。

笑っているのだ。

あぁこいつ、殺したいのか。

中田は小岩井の様子に合点がいった。日頃、反抗的な囚人を殴ったり蹴ったりしても看守に咎めはないが、暴行の果てに殺せばさすがに減給処分にはなる。翻って、先ほどの典獄の言葉通り、脱走囚については捕縛を試みて抵抗された場合、個々の判断による銃殺、斬殺が許されている。

小岩井はどうやらそれが目当てか。侍だかお武家さんだか知らないが、そんなに刀持って人を殺したいものなのかね、と心の中で鼻白んだ。

中田は神妙な顔で、「よろしくお願いします」と頭を下げた。小岩井は何を勘違いしたやら、「うむ、任せろ」と脇差の鞘を腰のベルトに突っ込んだ。

二人が看守長に探索を指示されたのは裏の丸山だ。小岩井は松明を手に勇んで歩いていく。中田は慎重に一歩分の距離を取ってその後ろを歩き始めた。

巻き込まれたり、捕縛がうまくいかない腹いせで刺されたりしてはそれこそ馬鹿臭い。小岩井の機嫌をほどほどにとりつつ、できればその間に他の者が脱走囚を捕まえるか殺すかして欲しい。そう考えていた。

春が終わりつつある丸山はやんわりとした湿気に覆われていた。肌着が受け止めきれなかった汗をウールの制服が吸い、生地が重くて不快だ。

「ええい、この。ちっ、蚊が出てきやがる」

小岩井が忌々しそうに松明を振る。藪蚊が二人の汗を追ってもう出て来たのか、暗闇で姿を見せないままに羽音を響かせて不快だ。中田も耳や首元を手で払いながら、木陰や藪に生き物の気配がないかを見回していく。

右手にも左手にも、松明の灯りが一つずつ見える。こうして、一定の間隔で二人組の看守が山を探ることで、潜んでいるかもしれない囚人を探している訳だ。

「小岩井さん、出すぎです。左右の両班が追い付くまで、少し待ちましょう」

「ちっ、指図すんな。うるせえな」

中田の忠告に小岩井は足を止めたが、どうしても悪態はつきたいらしい。なおもぶつぶつと文句を言い続けている。

中田は松明の光に照らされた範囲を見渡し、密生している笹藪に意識を集中したが、何も潜んでいる様子はない。思わずほっと息を吐いた。

今回逃走している囚人は二人。外役で組んでいた二十代の藤田(ふじた)と三十代の猪谷(いのたに)という男だ。どちらかが作業で使った五寸釘を囚人服の襟の中に隠し持ち、小便を見守っている看守の隙をついてその首元を刺して、騒動の最中に走って逃げたらしい。

看守の武器は奪取されていない。夕方の逃走ということで、月の細い夜に灯りを持っていればすぐに見つかるから、丸山のような近くの山林に姿を隠し、日の出と共に遠くまで逃げる可能性が高い。中田と小岩井はその潜伏可能性の高い場所を探しているという訳だ。

住人たちは自分たちの住居周辺の警護と探索を行っているという。どうせなら自分もそちらに加わりたかったものだ、と思いながら中田は首に止まった蚊を叩き潰した。暗くて見えないが、掌(てのひら)を舐めると血の味がする。うまく当たっていたらしい。

左右の松明が追い付いてきた。中田としては彼らに先行してもらいたいくらいだったが、小岩井が「よし行くぞ」と勇んで笹藪を漕ぎ始める。

そこでふと気づいた。自分と違って山歩きなどに慣れてはいないであろう小岩井が、どうして他班よりも先を歩けているのか。

「小岩井さん、待ってください」

「ああ？　何言ってんだ、横の奴らに先越されるじゃねえか。止まるわけねえだろ」

「いえ、そうではなく」

小岩井が止まって振り返った隙をついて、中田はするりと小岩井の一歩先に出た。松明の光に照らされた無数の笹の葉が繁る中、これから小岩井が歩こうとしている箇所は、葉の密度が幾分か低いように見える。

「なんだよ、俺がせっかく歩きやすそうなところを選んで歩いてやってるから、他の連中より先に行けてるってのに」

——この、時代錯誤の馬鹿野郎が。

中田は唇を尖らせる小岩井に罵声をぶつけそうになった。この馬鹿が歩きやすいと思っていたところは、何かの生き物が先に通った跡だ。

馬鹿に付き合っている余裕はない。中田は腰から看守刀を抜き、右手で柄を握りしめた。

「おい、中田。お前どうした。聞こえてんのか。馬鹿になったか、おい！」

お前が馬鹿なんだ、と思いながら、中田はゆっくりと跡のない笹藪へと踏み出す。なるべく小さな声を意識した。

「すみませんが、その松明で上を照らしてもらえませんか」

「ああ？　お前俺に命令できる立場か、何言ってるか分かってんのか？」

「では、松明を、少しお借りできますか。もし突然奴らが出てきたら、小岩井さんがお手のその脇差で全力で相手できますように」

「は？　んだよ、そういうことなら……」

そう言って、小岩井が松明を手渡してくるのと同時に、中田の耳は奇妙な音を拾った。

ごおぁぁ、という、古びた鉄の門が閉まる音に似ていた。それが人の叫び声と気づいたのと、視界に何かが飛び込んでくるのは同時だった。

「きぃゃあああっ」

妙に甲高い小岩井の悲鳴が藪と木々の葉を震わせる。やっと役に立ちやがった、と中田は頭の隅で冷静に馬鹿を評価した。

中田の目の前には、地面にうつ伏せで倒れた小岩井と、柿色の股引に長い鎖を上半身に纏った二人の男がいた。黒い顔に目だけをぎらぎら光らせている。

やはり、木に登って隠れていたのだ。

囚人の一人は素早く小岩井の脇差を奪ったのか、刃をこちらに構え、ぶるぶると震えている。もう一人は、まるで小刀を構えるように五寸釘を両手で持っていた。

木から下りた彼らの下敷きになり、踏みつけられた小岩井は「ひぃいいい」とか細い悲鳴を上げている。自分の踏みつけている小岩井に暴れる様子がないのに気づいたか、釘を持ったほうが屈（かが）んで小岩井の延髄に釘先を突き付けた。また高い悲鳴が上がる。

「み、みの、見逃せ。行かせろ。でないと、でないと」

「待て。落ち着け。大人しく捕縛されれば殺されることはない。手に持っている物を、静かに地面に置け」

中田は恐怖と興奮で震える囚人たちに、なるべく落ち着いた、威厳のある声で命令した。幸い、小岩井の悲鳴のお陰で左右の探索班が異変に気づいたのか、人の声と藪を踏み分ける音が近づいている。状況は有利だ。しかし囚人たちはその気配も、中田の説得も耳に届いていないらしい。

「お前、お前こそ、それを地面に置け。そして俺らを行かせろ」

「いや猪谷、こいつと、この男の、二人分の武器と、あと制服ももらっておいたほうがいい」

「無駄だ、ここで俺たちを振り切ったところで、着替えたところで、どうせ捕まる」

「う、うるせえええ!」

脇差を手にしていたほうが、我を失ったように両手を振り回しながら突進してきた。中田は迷わず手にした松明を藪に捨て、揺らいだ炎に照らされた脇差に向けて看守刀を振る。

「あああああ!」

中田の右手が固い手ごたえを感じると同時に、血しぶきが舞った。どうやら看守刀の刃が柄を握った囚人の指に当たったらしい。

あああ、あああ、と傷を負った囚人がその場にひっくり返る。放り出された脇差を、今度は釘を持っていた囚人が素早く拾った。

「ひ、ひぃ……っ、ひぃーっ……」

完全に正気を失いながら、両手で抱えた脇差の切っ先は正確に中田を捉えている。湿った笹の上で燻る松明に照らされ、鈍い光を反射していた。

中田の心中は存外静かだった。他の看守はおそらく四人ともこちらに気づいて近づいている訳だし、それに気づけばこいつらも無駄に抵抗はしないだろう。

そう思っていると、もう踏みつけられているわけでもないのに、腰が抜けたか地べたに伏せていた小岩井が顔を上げた。

「中田あ！　斬れえ！」

妙に上ずった声に驚いたのか、目の前の囚人が急に両肩をいからせ、ひゅーっと大きく息を吸い込んだ。

「て、てめえ。てめえらなんか、おれらを人間とみてない、人間以下のくせに、てめえっ！」

脇差の切っ先を中田に向けたまま、突進してきた。

——ああ、なら、仕方ないか。

——死んでもらっても、いいか。

中田の頭の中で誰かが囁いた。許可が下りた、そう判断して、構えていた看守刀を振り下ろす。握った手に力を入れ、目標の場所から視線を逸らさず真っすぐに。この作業に中田は覚えがあった。鍬を振り下ろして地面を耕す時。鉈を振り下ろして薪を割る時。それらと同じだ。

看守刀は囚人の頭の真ん中を捉え、頭皮を裂き、顔にめり込みながら頭蓋骨の薄い前面を割った。軟骨組織にめり込んで、そのまま顎と喉笛も縦に裂いた。

なんだ、囚人の頭もこうやって割ればよろしいのか。節のある薪より余程容易(たやす)い。

もう一人の囚人は目の前で相棒が倒されて恐ろしくなったのか、ひっくり返された蛙(かえる)のような恰好(かっこう)

でわなわなと血のついた手を震わせている。それが、中田と目が合った瞬間、落ちた脇差を拾おうと地面に這いつくばった。そして、立ち上がれないままでこちらに刃を向けた。

ああ、抵抗するつもりなのだ、と中田は判断する。

――こいつ、女のような悲鳴を上げた小岩井よりもよほど肝が据わっている。

要領が分かれば、もう一人も容易かった。さっき頭蓋骨を真っ正面から割ったせいで、看守刀の刃は一寸ほど欠けてしまった。だから、今度は頭を狙わず囚人の右肩から左鼠径部にかけてを、長い刀身を活かして切りつける。鳩尾から柔らかい腹の辺りに特に力を込めると、刃こぼれの部分がちょうど皮膚に引っ掛かって、良い具合に腹膜の奥まで切り裂けた。

「ぎ、ぎゃあああっ」

全身から引き絞るような声を上げ、囚人は腹の傷に手をやった。血と血よりも黒っぽい何かがはみ出てくるのを必死で押さえて蹲ったので、中田は晒された延髄に看守刀の刃を力いっぱい叩きつけた。

こういうのを、介錯というのだったか。中田が落ちなかった首の意外な硬さに驚いているうちに、声が近づいてきた。

「大丈夫か！」

「おい、やったのか、中田！」

どやどやと、騒がしく看守四人が到着した。ある者は倒れた囚人二人にもう息がないことを確認し、ある者は奴らが登っていたらしき木の枝に残された囚人服の上衣を回収する。小岩井は笹に尻をついたまま、「ひーっ、ひーっ」と上ずった声を出しながら、脇差についた血を袖で拭っていた。

呆気ないもので、中田も自分の看守刀についた汚れをざっと拭うと、自分が放り投げた松明の火を淡々と消火した。革靴で燻る火を踏みつけるたび、小岩井の踏みつけ心地はさぞ塩梅が良かったろうなあ、と妙な考えが浮かんだ。

　脱走囚二人の死体は、後から追い付いた看守たちと、探索に参加した地元住民たちの手によって集治監内の広場に戻された。夜が明けないうちに死体は荷車に載せられ、獄舎の中へと運び入れられる。同時に、束の間の眠りを貪っていた囚人たちは強制的に起こされ、廊下に並ばされた。中田も疲労を考慮されることはなく、死体の傍に立ってそれらを照らす役を言い渡される。雑居房の前に囚人たちは向かい合って整列させられ、その間を荷車に載せられた二人分の死体が進む。その速さはあくまでゆっくりで、逃走者の末路を見せつけようという看守側の意図が感じられた。

「よく見ろよ、よく見るのだぞ。お前ら。これが更生と勤労の機会を自ら手放し脱走した、愚か者の末路だ」

　先頭に立った看守長が胸を反らして『正当な指導』を申し渡す。中田が囚人たちの様子を盗み見ると、彼らは血の乾かぬ死体を眠そうな目で見届けていた。

　中田の中で合点がいく。就任して一年の自分は脱走囚の死亡は初めてのことだが、古参の囚人たちにとっては、仲間の死は別段珍しいことではないのだ。重篤な疲労と栄養失調を患っても放置され、ある日朝になると冷たくなっていた、などということは頻繁にある。

　脱走囚についても、中田が来る以前には、逃走の際に強盗・強姦殺人を働いたかどで地域住民に嬲り殺しにされ、さらに看守たちに幾つもの肉片に切り分けられた者もいたという。その脱走囚の肉片はスコップで拾われて荷台に載せられ、やはり今回のように囚人たちに晒されたそうだ。

男たちの体臭に血の臭いが混じり、空気も蒸し暑いがどこか冷えている。看守長の熱っぽい語りに反し、囚人たちの眼差しは冷ややかだ。中田は汗ばんだ自分の体がどんどん体温を失っていくのを感じていた。

脱走囚の騒動は、前日夕方に発生して日の出前に収束した。典獄は速やかな解決をことのほか喜んだ。

囚人に脱走を許したこと自体は問題である故、五寸釘で怪我を負わされた看守はその怠慢と過失から懲戒処分。同じ班を担当していた中田を含む看守たちは二割の減俸半年。そして、捕縛に抗い反抗した囚人二人を仕留めた中田は、その功績から差し引いて、減俸を免れることが申し渡された。

看守の同僚たちからの、中田への評価は分かれた。

ある者は「士族分でもないのによく二人も仕留めたものだ」と彼を素直に褒め、また、小岩井らをはじめ中田を煙たがっていた連中は、「人の功績を狡(ずる)くかすめ取ったのだ」と噂(うわさ)した。

尤(もっと)も、捕縛現場に到着した看守たちの証言により小岩井が腰を抜かしていた話も同時に広まっていたため、あからさまに中田を揶揄(やゆ)する者はいなかった。

中田自身は、乏しい表情の裏側で、どうにもやりきれない感情を抱える羽目になった。

確かに、典獄や看守長に捕縛を褒められはした。自分でも、職責に適(かな)う働きを果たせたのだという自負はある。

しかし、三畳間の自室でいつものようにごろりと横になり、自分の両掌を見ていると、これは人を殺した手なのだな、という思いがせり上がって、指先が冷たくなるのを感じる。

後悔というのではない。彼らは規律を破った上、自分に武器を向けて抵抗を試みた。もう一度同じ状況になったとしても、やはり自分は二人を殺したと思う。

その一方で、死んだ藤田と猪谷は自由民権運動の元活動員で、東京での暴動に加担したかどで捕らえられたという。人を殺さないまま、こんなところまで流されてきたのだ、という事実が蟠る。

だが、奴らを殺した俺は、人殺しでも褒められる。

よく分からない。よく分からないし、分かる必要も、おそらくない。

官舎の自室で独り寝ころんでいても、中田はもう独り言を呟くことはなかった。何を言っても、何を思っても、どうせ意味はないのだ。

塀の中にある獄舎と官舎。囚人と看守。その違いは生活のし易さ、休みの有無、飯の美味さ、そして死ぬ危険性、などだ。

逆に言えば、同じ塀に囲まれて、それくらいの違いしかないのではないか。何を思っても、何を悔いても、ただ目の前に課された仕事を遂行する。それだけだ。

中田は身を起こすと、いつものように衣桁にかけられた制服にブラシをかけた。こまめな手入れのお陰で、同僚の間でも中田の制服は綺麗だとされ、手入れの仕方を尋ねられることもある。

それでも、上衣の前面に飛んだ血の痕はなかなか消えない。水を含めた布で拭っても、ブラシで裏側から叩いてもなかなか拭いきれず、黒い生地の中でさらに黒々とその存在を主張していた。

囚人二名の逃走劇の後、ニセアカシアの花が咲く頃に、小菅から新たな囚人たちが送られてきた。

樺戸集治監から少し離れた波止場まで船に乗せられ、そこからは集治監大門へと続く真っすぐな道を徒歩で移動させられる。その護送の任務に中田も就いていた。

夏の初めの気配が漂う、気持ちのいい天気だった。集治監の開設当初に道の両脇に植えられたというニセアカシアは成長が早く、豊かな枝のそこかしこに白い房状の花をつけている。看守の夫人たちの中には、この花を若いうちに摘み取って、自宅で天ぷらにするのだという人もいた。

月に一度程度の非番がこのような天気であったなら、自分も外に出かけて似合わぬ散歩など楽しむだろうに。中田は頭の片隅でそう考えながら、のろのろと歩く柿色の服の集団を眺めていた。

彼らは被せられた笠を傾け、時折ニセアカシアの木や北海道内陸らしい青空を眺めている。今のうちに堪能しておけ、と中田は思う。ひとたびあの大門の下を潜ったならば、お前らも俺と同じに、集治監という機構を動かす歯車の一つとなるのだ。

無言の中で彼らを見つめ、中田はいずれ彼らも至るであろう諦念の境地を想像した。


中田が斬り伏せた囚人二人が所属していた雑居房には、入獄した新人二人が入ることになった。奇しくも、担当は中田だ。

その部屋にもとからいた古参の囚人は、同室の囚人の脱走を未然に防止できなかったかどで、額から後頭部までを一文字に剃り上げるという懲罰を受けている。中田個人の印象としては彼らが脱走計画を知っていて敢(あ)えて黙っていたという雰囲気はないが、他雑居房の囚人への見せしめも兼ねているので、致し方ないのだと思う。

そこに放りこまれた囚人二人は、一見しておかしなところはなかった。一人は三十がらみの癖がありそうな男。もう一人は、民権運動にかぶれて投獄されたという二十歳そこそこの文士風の男だ。

世を斜に見た風の男と世間知らずの小便垂れ。いずれも、この樺戸にはよくいる種類の囚人だった。中田は彼らの外役初日の監視にも当たったが、見る限り、まだ心身充実して外にいた時の元気が余っている、という印象だった。重労働である木の伐採さえ、息を合わせてなんとかこなし、さらには労働に僅かな喜びさえも感じているように見える。

結構なことだ、と素直に中田は感じる。

――今のうちだ。どうせ。

やがて日々の労働に心身をすり減らし、看守である自分たちに媚びるか憎しみをぶつけるかしながら、己の本性というものを顕わにしていくことになるだろう。体が負ければ病で死ぬし、心が負ければやがて脱獄を試み、死を含むしっぺ返しを受けるのかもしれない。

それはもう、本人たちが抗おうが、看守である自分がどう思おうが、変わりのない未来なのだ。中田はそう思いながら、前月の夜中に二人を斬り殺した森で、巽と大二郎が汗を煌かせて働いている様子を眺めていた。彼らは昼食後に用便を要求し、慣れない外での排便で妙に気ぜわしくしていたことがほんの少しだけ中田には気にかかった。

小さな異変はその夜にもあった。

割り当てられている夜中の見回りで、中田は小さな灯りを手に獄舎をくまなく眺めていた。脱獄を試みる者、喧嘩をする者、男色行為に耽る者など、発生しうる事態の全てを懸念しながら監視をするのは中田をしても神経が磨り減る。

幸い、この夜は特に大きな問題はなく、最後に新入りが来た雑居房周辺を巡って終わりだ。

足音も、呼吸も殺し、灯りに手をかざして極力光を抑える。

暗闇に慣れた目が、突然、光を捉えた。小さなものだ。格子の隙間から雑居房内に差し込む控えめな月光よりも、やや強いという程度の。

中田は音もなく灯りを吹き消し、ゆっくりと光の見えたほうへと進んだ。それは雑居房内部と廊下を隔てる格子の間から見えたものだった。

気配を殺し、近づくと、雑居房の内部で人影が起き上がっている。二つだ。顔は見えないが、頭部にあたる部分に剃り跡がないことから、例の新入り二人だと思われた。

そのうちの一人が、月光に小さな塊をかざしている。さっき見た光はその反射なのだと中田は気づいた。職務から、脱獄に用いられる金属を想像し、腰の看守刀の存在を確認する。

しかし、それを掲げる手の主は、角度を変え、きらきらとその塊に月光を当てているだけだ。石か、と中田は合点がいった。火打石のような無骨な灰色ではなく、ただガラスのようにきらりと光っているだけだ。そして、悪しき目的で囚人が所有しているのではない、ただ、美しいから持っているのだと、そう思った。

中田が息を殺している間にも、小さな石は静かに月光を反射し続けている。二つの人影はごくごく小さい声で何かの言葉を交わしているようだ。

石への賛美か。中田はどうしてか、闇の中でそう感じていた。脱獄の算段でもなく、境遇への愚痴でも、おそらくない。そう思えるほどに、彼ら二人の表情は馬鹿な餓鬼のように楽しげだった。

三　鎖と蛤

集治監における囚人の起床時間は、全国一律で朝六時と定められている。しかし北海道内は例外で、夏場は早められていた。これは、地理的に夏季の日の出時間が早く、開拓、道路開削事業などの労役により多くの時間を投じられるようにという措置であった。

樺戸集治監も六月、七月は朝の四時前には獄舎に備え付けられた鐘が鳴り響き、看守による「洗メーン！」という怒号に近い号令が飛ばされる。

――ああ今日も、悪夢の続きだ。

瀬戸内巽は号令と同時に、重い体をなんとか起こした。樺戸に送られてから約一か月。早朝から昼の短い休憩を挟んで日没まで厳しい外役を課せられて、若い肉体もさすがに悲鳴を上げていた。

飯は三食与えられるとはいえ、おかずが乏しいせいで空腹の大半を麦飯でなだめることになる。肉や卵など、食い応えのあるものに飢えていた。学友とつついた築地の、牛鍋屋の濃い味付けが懐かしい。甘辛い味付けにたっぷりの白米。合わせて熱々の燗(かん)もぐいっと流し込みたい。

「おう若いな。朝一発から女のこと考えてんのか」

朝食前に寝具を片付けていると、成り行きで雑居房の相棒のようになってきた大二郎がわざと婀娜(あだ)っぽい目をして巽を揶揄(からか)う。顔に出ていたのか、と巽は慌てて唇をへの字に曲げた。

「違ぇよ。なんでそうなる」

「なんかこう、とろんと気持ち良さそうな顔してたからよ、起き抜けになんかいい夢でも見たのかと、そう思った次第よ」

「そんないいもんじゃねぇよ。ただふと、肉が食いてえなあって、牛鍋の味を思い出してたとこよ」

「おうお前ら、いい話してんな」

慌ただしく片付けをする作業に紛れ、小声で話していたつもりだが、どうやら同室の囚人に聞こえていたらしい。巽と大二郎に割って入るようにして、田淵が呆れた声を上げた。

「頼むから朝から腹減る話題出さねえでくれよ。これから食堂行っても出されんのは麦飯とうっすい味噌汁なんだからよ」

「そりゃあその通りだ。朝から牛鍋なんぞ想像してたら、麦飯との落差に胃がしくしく泣いちまう」

大二郎が歌舞伎の女形のように柿色の上着の袖で涙を拭うそぶりをするので、巽も田淵も小さく噴き出した。廊下を歩きながら各房の監視をしていた看守が「おいこらそこ、黙って急げよ！」と声を上げたので、三人とも慌てて口を噤んだ。

田淵は巽と大二郎が収監された際、先に雑居房にいた三人のうちの一人だ。どうやら最古参かつ一番の年嵩らしく、何かと仕切るそぶりを見せる。身は痩せているが骨格ががっしりした男だ。出身も罪状も語らないが、どこか人の深いところまで観察するようなぎょろ目が印象的だった。

巽が初めてこの雑居房に入った時、他の二人と共に頭の中央を剃られる奇妙な髪型をして、気力が萎びきっていたように見えた。後から聞いたところによると、その髪型は懲罰の一種なのだという。

「田淵の旦那。頭の剃り跡、随分まともに戻ってきたな」

雑居房を片付けて食堂へと移動する途中、大二郎は声を潜めて田淵に言った。

「お、そうか？　まだ他の髪と差があるが、大分伸びてきたのはありがてえな」

田淵は嬉しげに額から後ろにかけて一文字に剃られた跡に手をやった。

巽がこの房に来る少し前のことだ。あの雑居房の囚人二人が外役時、看守に怪我を負わせて脱獄を企てたのだそうだ。奇妙な剃り跡は、共に生活しながらもその計画を察知できなかった、或いは知っていても止められなかった責による罰とのことである。

「畜生、看守どもが。こんな変ちくりんな頭にしやがって。俺らは何も関与してねえっていうのによ。お陰で外役の時に頭の天辺が焼けて仕方なかった」

肉体の痛みはないが、囚人とて誇りや羞恥心はある。それを挫（くじ）くための措置だと聞いた時、巽はこの集治監の冷徹なやり口に眉を顰め、大二郎はしたり顔で頷いてみせていた。

「じゃあ今度誰かが逃げ出したら、次は下の毛を剃られるのかい」

大二郎が軽口を叩き、田淵にぎろりと睨まれる。

「あのなあ、そりゃ洒落（しゃれ）になってねえのよ」

「すまねえ、旦那」

大二郎はへらりと卑屈に謝った。

「言葉にゃ気をつけろよ。脱走した藤田と猪谷はな、とっ捕まってなまくら刀の試し切りみてえにされて戻って来たんだ」

「そうか、そうよな。茶化して悪かった」

「分かりゃいいんだ」

青々とした剃り跡が目立たなくなるにつれて、田淵は新人の巽と大二郎に横柄なもの言いをするようになってきた。どうやらこちらが本性らしい。看守も田淵をこの雑居房の長と見なしているらしく、連絡事項などがあれば彼に最初に声をかける。江戸の牢名主みたいなもんか、と巽は納得した。

狭い雑居房での道連れだ。向こうが不当な行為をしてこない限り、なるべく穏便な人間関係を築くに越したことはない。大人しく廊下を歩く巽の肩を、田淵がいきなり叩いた。田淵の私語は少し大目に見てもらえるらしく、傍にいた中田看守はちらりとこちらを見ただけで何も言わなかった。

「おう兄さん。外役の時に蛇をな。蛇がいたら、捕まえろよ。そんで、看守に見つからねえように俺によこせ。蝮が一番だが、青大将でもいい。心配すんな、後で少し分けてやるから」

「どうすんだい、蛇なんて」

確か以前にもこんな会話をしたな、と巽は記憶をまさぐった。そうだ、樺戸に来て初めて外役に出て、大二郎が自分の糞をほじくっていた時だ。

あの時は未消化の麦粒を食うという法螺話をされたが、まさかこいつまで蛇を食うだなんて言って人をかつごうというのか。いくら食い物が粗末だからといって、看守の目を潜って火も使えぬ状況で蛇を食えるはずがない。

「まさか食うって話じゃねえだろ」

「食うに決まってんだろうが」

真面目な顔で返されて、巽は言葉を失った。隣にいた大二郎まで、田淵のあっけらかんとした答えに目を丸くしている。

「なに驚いてんだ。兄さんだってさっき、肉食いたいような話してただろう」

「そりゃ肉は食いてえが。この集治監は蛇を食う習慣があんのか」

「おうよ」

まだ信じられずにいる巽に、田淵は自信満々の様子で頷いた。

「前の二人みたいに脱獄してぶっ殺されなくても、ここで死ぬ奴が多いのは知ってんだろ。飯は出されるっていっても食った以上に働かされ、怪我や病気したって大した治療もしてもらえねえ。暗くて湿った病監で寝かせられるだけだ」

「ああ、まあ、それは……」

集治監内には医療施設として病監という建物があり、医官もいるらしいのだが、医官に診せて体の不具合が治ったという話は聞こえてこない。

「蛇を食えば、こんな集治監でも生きながらえることができる、って話よ」

それは、栄養学的な話か、それとも迷信の類なのか、巽は疑問に思った。しかし田淵は信じて疑っていないようだ。向かう食堂のさらに遠くを見ながら、うっとり蛇を夢想している様子だった。


肉を食べたいという巽の欲を歪めて叶えた神がおわしたか、はたまた田淵の言霊が効いたのか。その日、開墾用の木の根起こし作業に出た昼休憩で、蛇は見つかった。大二郎が小用希望で看守の許可をとって草むらに向かい、巽は同じ鎖に繋がれながらも可能な限り距離をとって背を向けていた。

脱走防止のため鎖に繋がれての作業は動きづらくてうんざりする。こうした排泄の時が一番辛い。付き合わせるのも付き合うのも苦痛でしかない。

「おい、まだか」

「待て待て。こちとら兄さんみたいに若くねえんだ。小便の切れが悪くてよ」

巽は苛々としながら、それでも大便でないだけまだましか、と思う。大二郎の例の石は、外役の間に雑居房を検められることが少ないと分かってからは、どこかに隠してから外役に出て来る。もう飲み込んで糞をまさぐることはない。それでも一度、ふとした時に田淵に見つかりかけていた。その翌朝、箒の竹枝を引っこ抜いて雑居房の便桶をかき回していたから、以前のように飲み込み隠して難を逃れていたらしい。それ以外は順調に隠しおおせている模様だ。

ごそごそと股引の紐を縛る音がした後、「おっ」と小さく声がした。鎖が少し引かれる感触があって、思わず巽も振り返る。

「どうした？　脱走を企ててるとでも思われたら面倒だ、さっさと……」

「いやな、これ、見つけちゃって」

立ち上がった大二郎は紐を摑んでいた。その紐の端がぐにゃりと持ち上がる。さほど大きくもない、しかし緑色の蛇に間違いなかった。

「おっ、よく見つけたな！」

大二郎の長い小用を不審に思っていたのか、田淵が目ざとく見つけ、鎖に繋がれた細い男を引き摺るようにして近寄って来た。

「田淵の旦那、これいるか？」

差し出された蛇を田淵は嬉しそうに受け取った。蛇は警戒して、頭を持ち上げ真っ赤な口を開けている。

「なんだ、青大将か。少し体が小っせえな。まあいいけど」

本当は蝮が良かったんだがな、と言って田淵は蛇の胴体を両手でしっかりと持ち上げ、一気に地面へと振り下ろした。

べちん、と湿った音がして、蛇の頭が土の上に叩きつけられる。それでも致命傷とはならなかったのか、痙攣（けいれん）のような動きで口が開いた。

「頭、やれ」

「ああ」

田淵に言われた男が、作業用の鍬を地面へと振り下ろす。とん、という小さな振動が地面を伝った後、蛇の頭部が転がっていた。

田淵はなおもぐにゃりと動く胴体を、男は落ちた頭を持ち上げ、切断面からだらだら流れる血を口で受けた。

「俺にもよこせ」

「俺もだ」

代わる代わる、近づいてきた六人の囚人たちが、嬉しそうに蛇の生き血を飲んでいく。巽の胃の底がせり上がり、せっかく詰め込んだ麦飯が吐き出されそうだった。自分が口にした訳でもないのに、蛇の体温と同じ、冷たい血の飛沫（ひまつ）が生臭さを伴って喉の奥に這い込んでくる気がする。

大二郎は彼らに交ざるでもなく、ほうほうと興味深そうに湿った饗宴を眺めていた。

「あんたは飲まないのか」

「んん、今日はやめとこう。腹壊したくないし」

呑気（のんき）なもの言いに、腹の問題か、と言おうとした巽はひゅっと息を飲んだ。血をほとんど飲みつくされた蛇の胴体の端を、田淵が踏んでいた。そして、踏んだところから蛇の皮を持ち、剝いでいたのだ。

女の足袋を脱がせるよりも簡単そうな手つきで、みるみる白っぽい桃色をした肉が露わになっていく。すぽんと音がしそうな勢いで尻尾の先まで皮を剝き、田淵は桃色の棒となった蛇を草の上に置いた。鍬を持った男が、さっき頭を落とした要領で胴体を端から数寸刻みで切断していく。巽は思わず自分の口を押さえた。空気を飲み込んで胃の中身を無理矢理押し戻す。

「お前らは、食わねえんだな」

「うん、やめとくわ」

答えられない巽の代わりに大二郎が返事をした。男たちは肉を両手で持つと、そのままがりがりと齧り始めた。さすがに内臓は除いているようだが、ふと田淵が腹腔のどろどろとした部分から小さな赤い塊を摘まみ上げる。

「やった、肝あたった」

そう言うと、わざと舌を出し、他の者に見せつけながら蛇の肝を舐めとった。他の男たちは実に羨ましそうにその光景を見つつ、手にした小さな肉塊をごりごり音を立てながら齧っている。細い肋骨などはそのまま嚙み砕き、背骨の硬い部分だけぷっと吐き出しては草むらへと放っていた。

看守は咎めないのだろうか。巽は離れたところにいるはずの中田看守らにこっそり目をやる。休憩の時間とはいえ、蛇を獲って勝手に食うなど、懲罰の対象になるのではないか。正直にいって、蛇の血や肉より、懲罰の方が余程気にかかった。

中田看守を含めた看守四名は間違いなくこちらを見ていた。中田こそいつもの無表情だが、他の三人は口の端に薄ら笑いすら浮かべている。そうか、と巽の中で合点がいく。

――そうか、道楽だ。これは奴らにとっての見世物か。

温かい血が通い、同じ国に生きる人間であっても、彼らにとって自分たち囚人は同じ種の生き物ではない。浅ましかろうが形振り構わず蛇の生き血を啜り、生肉を齧る囚人たちの姿が、さぞ面白く見えているのだろう。恐らく規律上では取り締まらねばならないであろう行為をわざと逃し、眺めている理由はたぶんこれだ。

巽は生唾を呑んだ。蛇の血を飲んでもいないのに、妙に生臭く喉の奥に張り付いた。看守の奴らにとっては、蛇に夢中な田淵らも、傍観している自分も大二郎も、どちらも等しく見下す対象だ。いや、もしかしたら蛇を食らわない我々の方が、馬鹿者の上の馬鹿者とさえ思われているのかもしれない。

小さな蛇では一人分の分量はたかが知れたもので、田淵らはじき平らげて口の周りをべろべろ舐めていた。

残ったのは、鍬についた血と、肝以外の内臓、そして剝かれた皮だった。

囚人のうちの一人が皮を懐に入れて持ち帰ろうとしたが、看守が近づき取り上げた。皮を加工して何らかの不正な道具を作っては困る、ということだ。

何事もなかったかのように夏のじりじりとした太陽は天頂を過ぎ、看守が午後の仕事開始を告げる。

地面にしつこく食い込む木の根を掘り返したり、てこの要領で持ち上げたりと、一心に汗を流す。

北海道とはいえ内陸のこの一帯は湿気も気温も高く、おまけに汗につられてよって来る藪蚊どもが煩い。囚人たちは照り付ける日光の下、顔やら手をべちべち叩きながら労役に勤しんだ。

巽がこっそり様子を見ていると、蛇を食べた囚人たちは、皆、どこか高揚しながら作業に取り組んでいるようだ。田淵などは歌まで歌い出し、看守に警棒で小突かれる有り様だ。

巽は手を動かす合間に、看守の目を盗んで大二郎に話しかけた。

「なあ。あんたは蛇、食わなくてよかったのか」

「俺は餓鬼の頃、川魚を生で食ってえれえ目に遭ってな。それから刺身も食えねえのさ。蛇なんざ、以てのほかほか。天子様に命令されても御免被りまさあ、ってな」

「じゃあ、焼かれてたら食べてたのかい」

「食ったかもな。案外うまいかもしれないから、焼いたらあんたも食うといい」

へっへっへ、といかにも楽し気に笑う大二郎に、巽は苦笑いを返した。躊躇(ためら)いなく生の蛇を貪り食った囚人たちを目の当たりにして戸惑いはしたが、巽が子どもの頃には、干した蛇の肉を太刀魚(たちうお)の干物だといって売りさばいていた行商の婆さんがいた。婆さんはやがて捕まったが、近所の女房衆からはその行為に関する不満は特に出ていなかった覚えがある。焼けば案外食えるのかもしれない。生の肉や血、ましてや肝は絶対に御免だが。

考えに耽っていると、大二郎が鍬を振り下ろしながら、ふいに真面目な顔と声を向けてきた。

「なあ、兄さん。他人事(ひとごと)なんかじゃねえぞ。今の俺ぁ生の蛇なんぞ冗談じゃねえって思ってるし、あんたもそうだろうが、人の考えってのは隅田川に浮いた枯葉みてえなもんさな。くるくるすーいすい、っと方向を変えてまう」

ざしゃり、ざしゃりと、振り下ろすごとに土を抉(えぐ)る音の合間に語る内容は、面白おかしい節回しなのに、声はどこか冷水のように冷たい。

「俺も兄さんも、何年か経ったら人の捕まえた蛇を奪ってまで、皮がついたままの生蛇をバリバリ食うようになるのかも知れんのよ」

な、と同意を得るように向けられた視線は、いつもの大二郎の人懐こいそれではなかった。今頃は雑居房のどこかか、もしかしたら大二郎本人の腹の中にあるかもしれない水入り水晶の光り方にも見えた。

しかしそれは一瞬で、すぐさま大二郎はまたもとの笑顔を浮かべ、鍬を振り上げる。

「まあ、その前になんとか恩赦か地道に賞表を溜めて、臨時放免といきたいもんだねえ。そうなりゃ蛇どころか鰻（うなぎ）だって穴子だって食い放題さ」

「おい、外の食いもん思い出させるなよ」

巽は大二郎に合わせて軽い調子で応じたが、内心では彼が発した警句のような言葉が引っかかっていた。自分も、いつかは田淵らのようになってしまうのか。或いはもっと悪辣（あくらつ）な……。

黙っていると考えが沈みそうで、巽は慌てて話題を探す。

「なあ大二郎さん。なんであんた子どもの頃、川魚なんか生で食ったんだ」

「ん？」

川魚は泥臭いうえに寄生虫が多い。海の魚の刺身ならともかく、なぜわざわざ川魚を生で食ったというのか。純粋な問いは存外大二郎の想定の外だったらしく、彼はしばらく鍬を軽く動かしながら考え込んだ。

「……何でだっけ。ああそうだ、あん時は餓鬼仲間で賭けをしたんだよ。商売人の息子が、生で一匹、内臓ごと全部食ったら、団子代やるってな」

「馬鹿餓鬼だなあ」

「おうよ。金もらって意気揚々と家に帰ったら、腹ぁ痛えわ親父に殴られるわ、散々だった……」

大二郎はいかにも大事だったかのように、親父に殴られたと思しき頭をさすり始めた。その大仰なしぐさに巽も笑いを誘われたが、実際、この男の口から出ることは一体どれだけが本当なのだろう、という疑問が頭をもたげていた。疑問は茸が薄闇でぼうっと発する怪しい光にも似ていた。

「あんた一体、どこの生まれなんだい。訛りもないようだが」

「さあね。木の股からある日いきなりオギャアとひり出された訳でなし、生まれたところは確かにあるよ。ただ、多分兄さんに言っても分からんぐらいの、つまらん田舎さね」

大二郎は煙に巻くようにしてへらへら笑った。多分言いたくないのだろうし、或いは本当に地名を言われても自分には西か東か見当もつかないのかもしれない。巽は強いて話題を変えた。

「どこの生まれにしてもよ。あんたなら生まれた瞬間、熊を相手にしてさえふざけそうだ」

「熊かぁ。蝦夷ヶ島の熊は月の輪熊より随分大きいって話じゃねえか。せっかくここまで流れてきたんだ、まんまと笑わせられるなら、笑わせてやりたいもんだけどなあ」

罪を贖うために汗を流し、与太話に時に笑いながら希望と明るさを保ち続ける。囚人なりにひとつの揺るぎない形を成した生活が、どこか巽には怪しくも危なっかしく思えてきた。

その日の夜、粗末な夕食を終え、消灯までの僅かな自由時間の間、田淵はいつになく機嫌が良かった。蛇の血肉と肝を食べたせいか。それとも食うにあたって自分が先頭に立って指示をしたことで調子づいているのか。不機嫌に巻き込まれるよりは余程良いが、頭頂の一文字部分だけ短い髪をして偉ぶる様は、ほんの少しだけ滑稽に見えた。

田淵は同じ房の四名を招き寄せて車座になると、巽と大二郎に「ここには慣れたか」「困ったら俺を頼れ」と上機嫌だ。

ここは本人が満足する程度にすり寄っておくのが賢明か、と巽が考えていると、ふいに大二郎が片手を上げた。

「田淵の旦那にひとつ聞きたいことがあるんだけどよ、俺らの房の夜回りや外役で見張りについてる、あの中田って看守はどんな奴なんだ？」

廊下を巡回しているかもしれない看守に聞こえないよう、大二郎は声を抑えて訊いた。

「ああ、あの、お面みてえにあんまり顔動かさねえ奴か」

田淵の印象にはあまり強く残っていないらしい。巽にしてもそうだった。中田看守は特に目立った外見の特徴もなく、黙々と職務を遂行しているだけだ。ただひとつ印象的なことといえば、看守服がいつも綺麗に保たれていることぐらいか、と巽は思い返した。実家が士族の家系のため、知り合い縁者には警察官や憲兵も多くいるが、あそこまで生地を美しく保っている者はいなかった。きっと几帳面な仕事ぶりの延長線上で、制服の手入れも行っているのだろう。今日の蛇食いの最中にも表情がまるで変わっていなかった。

「中田、中田なあ。無暗に怒鳴ったりもしねえけど、こっちの話に応じることも少ないし。何考えてるか全然分かんねえ奴だけど、小岩井の馬鹿よりはましだな」

囚人に関心を持たれないことが良い事か悪い事か、巽には判別がつきかねる。

「じゃ、小岩井って看守は、どんな人だったたんだ」

巽は田淵の話を掬うように訊いた。基本的に看守と囚人との私語は禁止されている。業務連絡の延長としての手短な雑談程度はその限りではないが、管理する者とされる者の間に個人的な感情は不必要とされている以上、看守が自ら名前を名乗ることはない。看守同士での会話から名前を推測するだけだ。巽が入獄して以降、小岩井という名前は聞いたことがない。

「小岩井ねえ」

田淵は眉間にしわを寄せつつ、にやりと笑った。

「どうしようもねえ小物って感じの奴だったたな。元おサムライの家系だか何だか知らねえけど、威張り腐ってばっかりいたぜ。塀の内でも外でも、手前（てめえ）でどうしようもできねえ血筋のことを鼻にかける奴あ、ろくなもんじゃねえな」

巽は田淵や他の囚人たちに合わせて笑った。自分が士族出身であることは明かしていない。今後も隠しておいた方が良さそうだ。

大二郎は一人、妙に真面目腐った顔で頷いていた。

「確かにそうだ。塀の内でも外でも。田淵の旦那、うまいこと言うな」

だろう、と田淵は大袈裟（おおげさ）に頷いて、「なんせ俺はここ来て長いから」と自慢にならない自慢話を始めた。大二郎の隣にいた巽だけが、ぼそりとした彼の呟きを耳にしていた。

「でも、分かりやすい奴の方がこっちとしてもやりやすい面もあんだよなあ」

「ん？　大の字、何か言ったか？」

「いや？　その、威張り腐ってたっていう小岩井っての、俺が来てからは名前聞いたことねえなって思って。まだいるのか？」

「最近姿を見ねえな。辞めちまったのかもな。あいつはいつまでも仕事に張り付いて俺らにネチネチやりそうだったから、沢庵賭けやってなかったんだよ。惜しいことしたぜ」

うんうん、と他の囚人も田淵に同調する。巽は思わず訊いた。

「沢庵賭け、って何だね？」

「新入りの看守や、萎びちまった看守がいつ辞めるのか、冬に出る新物の沢庵を賭けるのよ。俺、結構強いんだぜ」

「しょうもねえなあ」

巽は脱力して笑った。囚人は兎角娯楽に飢えている。漬物を賭ける程度のささやかな賭博でさえ盛り上がるのだろう。その対象に普段自分たちを痛めつける看守を選ぶあたり、強か(したた)というかなんというか。

人間というやつは生きるか死ぬかの最低限の暮らしに追い込まれていても、いや、だからこそ、心を遊ばせる余裕を必死で求めるのかもしれない。半年前は想像もしなかった北海道の集治監にまで追い込まれて初めて、巽は人間のしぶとさを感じ始めていた。

あーあ、と田淵は狭い雑居房の床にごろりと横になる。

「もし天皇さんでもおっ死(ち)んで、恩赦ですぐ娑婆に出られたとしても、看守にだけはなりたくねえもんだな」

「そらそうだ。俺も嫌だ」

「俺も嫌だな、警官も嫌だ」

皆、思い思いに好き勝手なことを口にする中、大二郎が「そうか？」と首をかしげた。

「俺は立派な人間じゃねえからよ。誰かに威張り散らせるなら、看守になるのも悪くねえなって思うがな」

「酔狂だねえ」

皆、ははは と特に反論もなく笑う。巽も上辺だけ同調して寝ころんだ。

実際には、放免された元囚人はいくら優秀であったとしても看守や警察官などの公的な職業には就けないだろう。よほど立派な身元引受人がいない限り、真っ当な組織に受け入れてもらえるかどうかも怪しい。

自分はどうなのか。巽が思い描くのは実家の父と兄だ。しかしいずれも、自分が社会活動に巻き込まれて冤罪を押し付けられたのだと訴えても耳を傾けてはくれなかった。

運よく刑期を終えるか放免されたところで、既に切れた縁だと突き放されるのが関の山。しかも、自分の心持ちとしては奴らの顔も見たくはない。縁を切るならこちらからだ。

巽は囚人たちの与太話に愛想を傾けながら、いずれ塀の外に出たときの己の孤独を想った。そして、その時までは生き延びてやると心に誓った。大二郎が言っていた蛇の血を飲むことも、その時になれば案外腹を括るのかもしれないな、と他人事のように考えていた。

それからも夏の日の労役と短い休息が繰り返され、田淵らは元々あった髪を新しく生えてきたものと切り揃えて、中剃の跡は完全に消えた。

その日は五日に一回の入浴の日だった。樺戸集治監には全体で千人以上が収容されている。日にちを分け、複数の浴室を使ってはいても、運良く一番風呂に当たらない限り、垢と汚れがどんよりと浮かんだ濁り湯に浸かる。それでも、毎日汗みどろになった体を湯で拭える日を、囚人たちは心待ちにしていた。

入浴も看守の監視のもと、規律正しく行われなければならない。入浴組は洗い場で素っ裸になって一列に並び、看守の号令で湯に入り、また号令で手拭いを四角に畳んで頭に載せ、洗い場に上がる。そこから「洗体」と言われて初めて、桶を手にとって体を洗うのだ。

せめて体を洗ってから浴槽に浸からせてくれれば垢まみれの湯に入らなくて済むのに。巽のみならず、看守さえそう思っているであろう規則は、しかし誰にも改められないまま続けられていた。

それでも五日ぶりに汗と垢を落とし、脱衣所で肌に馴染み過ぎた柿色の囚人服を身に着けている巽に、大二郎が目を輝かせて話しかけてきた。

「なあ、俺、外役の帰り、笠ごしに面白いもん見ちまってな」

まるで河原で輝石を見つけた餓鬼そのものだ。何だ、と促すと、大二郎は声を抑えられずに「女だ」と言った。

「監獄の外回りの塀に、夕方、白い頭巾を被った女がいたんだよ」

入浴後の心地よい気だるさに包まれていた脱衣所に、ざわりと妙な熱気が発生する。

「そりゃ、どこにでもいる手拭い被った姉さんじゃねえのか」

隣にいた他の雑居房の男が、興奮の籠った声で言う。異議ある内容とは裏腹に、どこか期待の色が混ざっていた。

「いいや、あれは違うな。顔を隠すように被っていたし、雪のように真っ白の布だったともさ。おまけに布には糊がきいていたときたもんだ。この辺に、そんな姉さんがいるかい？」

今度こそ、「えっ」「まさか」と男たちは抑えきれない驚きの声を上げた。

巽は一瞬、染子の奴が、と脳裏におぼこい笑顔を浮かべた。嫁に貰ってやるつもりでいたのに、俺が無実の罪で捕らえられた途端に兄貴に鞍替えした厚顔甚だしいあの小娘。だが、もし、何かの手違いと分かってあいつがこの地まで来ていたら。兄と娶せられることを拒み、俺の無実を信じてこの塀の向こうにいたならば……。

各々、思い当たる女の姿を想像する囚人たちをよそに、大二郎は実に楽しそうに目撃した女の話を続けた。

「それになあ。その女、俺が最初ちらっと見た時はさ、この辺りの住民のように俺ら囚人の列を眺めていたんだが、二度目にそっち見た時は、塀の方を向いて、こう、見上げていたもんよ」

囚人たちは騒然とした。大二郎の組よりも先を歩き、塀の中に入ったのは誰か。手近な男同士で自分のいた位置について答え合わせが行われる。

「笠被ってたら誰が誰だか分からんだろ」

「いや、情の深い女は情夫の体はすぐ分かるというぞ。男だって女の体で誰だか分かるだろう」

などと、疑問や茶々が投げかけられるたびに、議論はさらに盛り上がっていく。

巽は人知れず溜息を吐いていた。大二郎は今日の外役は七号団、参加四十名のさらに最後方で集治監に帰って来た。よりによってその大二郎と鎖で繋がれていたのは自分だ。つまり、その女が待っていたのは自分ではない。一瞬だけでも、己にとって都合のよい幻想を作り出したことを強く恥じた。

「それにな、ここが肝心よ。その女、夏向きの紗の着物の襟をね、少し大きめに抜いていたんだよ。こう、分かるだろ？　外役終わりだから、もう辺りは薄暗いだろ？　そんな中、真っ白な頭巾と同じぐらい白い首筋が、こう、浮かび上がっていてな。女が襟を余計に抜くってのは、商売の癖なのか、それとも切ない心持ちのただ中にいる素人女なのか、どっちなんだろうかねえ」

まるで講談の口上のような芝居がかった大二郎の話し方に、男たちはさらにのぼせ上がっていく。否定と肯定と願望がない交ぜになって、各々好き勝手なことをうわごとのように口にし始めた。

「商売女に決まってるだろ、そんなの」

「いや、もしかしたら、素人の女でも、塀の中の誰かを想って、恰好だけでも艶を出しているのかもしれねえだろ」

「もしかして今この瞬間にも、塀の外にいるんじゃないのか」

「わざわざ北海道まで渡って、樺戸の塀の傍で人知れず待っているってのか」

「もしそうなら、相当情の濃い女ってことじゃねえか」

中には、自分のかつての妻の名や、いかにも商売女の源氏名を呟く者もいる。場が盛り上がり過ぎたのか脱衣所の隅で監視していた看守らが「静かにしろ」「さっさと着替えろ」と声を上げて、謎の女騒ぎはひとまずお開きとなった。

それでも、男たちの熱は冷めていなかった。いそいそと身支度をして雑居房に帰る間にも、妄想と期待を抱いた気色が彼らの全身から漏れ出ている。

馬鹿らしい。早くもその蚊帳(かや)の外となった巽は、囚人たちの浮かれた背中を見ながら冷静に雑居房へと向かった。

灯りが少なく薄暗い廊下は湯上がりの男たちが発する湿気と、妙な情報に浮かれる異様な気配が漂っていた。廊下の所々で監視をしている看守たちも、下らないとばかりに苦笑いに似た表情を浮かべている。

そんな中、巽は常時と変わらず無表情を貫いている中田看守の前を通った。儀礼的に軽く会釈をすると、「蛤だな」という小さな呟きが耳に届く。

思わず巽は足を止めて中田看守を見る。彼は感情の籠らぬ目で巽を眺めながら、さらに口を開いた。

「あの男が吹聴するような女など、居なかった」

中田は事実をただ述べるようにそう言った。冷静なその声が、却って巽の考えをかき乱す。

女はいない。それが分かっていて、何故あの場で訂正しなかったのだろうか。中田の言うことが正しいなら、囚人たちは大二郎の艶を含んだ嘘にまんまと煽られ、それぞれ思い思いの女を思い描いていることになる。

大二郎は巽の少し先で小柄な男と話をしながら歩いていた。

「俺は別に、月形にまで来るような女と縁付いてなかったしなあ」

「分っかんねえぞ。そう思ってんの、お前の方だけだったら、どうする」

白々しい顔をしていた男は大二郎にそう吹き込まれた途端、射精を覚えたての少年のように頬を赤らめて「そんなわけが」と独り言ちている。

泥水の溜まりのようなこの場所で、一滴の水が与えられる。塀の外ではなんということもない普通の水も、汗と垢にまみれたこの塀の中では、なんと清い水に思えることか。

男たちがそれぞれ夢想の果てに結ぶ女の姿はそれは美しく、肌の柔さ甘さは天女の如きであろう。巽でさえ、女が塀を見ていた、その情報だけで裏切者である染子の姿を甘美な願望と共に思い出したのだ。

塀の外で暮らした時、自分はこれほど女を狂おしいほど美しく想ったことがあったろうか。

巽は思わず中田看守を見た。些末な私語を敢えて止めることもないと判断したのか、色のない目で彼らを眺めているだけだった。

「あの、看守さん。蛤って、どういう意味ですか」

言葉を選び、謙虚と無知を装ったその問いに、返ってきた言葉は固いものだった。

「そのままだ。あの男は夢幻を吐く。以前九州から来た囚人にも、似たような奴がいたな。炭鉱で嘘ばかり吐いて小銭を稼ぐ詐欺師だった」

中田は冷静な口調の中にも軽蔑を隠さないまま言った。なるほど、と巽は妙に納得した。明治になってから盛んな炭鉱産業の中には、その富目当てに善人も悪人も一緒くたになって群がるのだと聞いたことがある。舌先三寸で成り上がろうとする輩は一夜城のように築かれた富にこそ似つかわしい気がした。

中田看守は表情を変えないまま、踵を返して去って行った。カツンカツンという、やけに整った踵の音が冷えた廊下と格子に響いていた。

──中田は、大二郎を蛤と言った。

巽は学校や乳兄弟から学んだなけなしの知識を掘りあてる。蛤。確か、大陸では昔、蜃気楼のことを大蛤が吐き出した夢だと思っていたという話だったか。

蛤のように夢幻を吐く男。中田の言葉に誘導され、大二郎がふわふわと吐く心地よい言葉に、目の前の柿色を纏った男たちの多くがまさに気持ち良く酔わされている。それが良い事かどうかも分からず、巽は他の看守に怒鳴られるまでゆっくりと廊下を歩き続けた。

消灯後、囚人が詰め込まれた房は静寂の中にも異様な気配に満ちていた。狭い部屋のそこかしこ、或いは隣の部屋からも、湿った吐息と煮詰めた性欲の気配がする。消しきれない衣擦れの音と生臭い気配に、巽は暗闇で眉を顰めた。

入浴後の大二郎の話のせいだ。煽りたてられた空想の情欲を、囚人たちはそれぞれ密かに慰めている。看守に見つかればもちろん咎を受ける行為だ。或いは、禁じられていること自体が、行為の快感を高めているのかもしれなかった。

当の大二郎は毛布を蹴とばし、穏やかな寝息を立てている。巽はこの夜何度目かの寝返りを打った。もしも自分が外役でこの男と組まされず、幻の女が焦がれる対象に含まれていたのだとしたら、自分も他の奴らと同様、染子の細い手首を思い出しながら自慰に耽っていたかもしれない。そう自覚できるぐらいに粘ついた色欲が溜まっている自覚はある。

眠ろう。明日も叩き起こされて労働に身を投じる毎日が続く。巽は湿った気配から背を向けるようにして、外壁側を向いた。強いて瞼を閉じていると、余計に男たちの息遣いを強く感じる。

背後でもぞり、と誰かが動く気配がして、腰骨にどかりと重い何かが乗ってきたのを感じた。

寝ぐせの悪い奴め。巽は隣の大二郎が寝返りの拍子にぶつかったのだろうと思った。しかし、何かがおかしい。

臭いだった。入浴後でも体から抜けない、あるいは着替えの囚人服に染みついた特徴的な体臭を巽は感じ取った。

――田淵だ。

反射的に振り返ろうとしたが、いきなり大きな手で口を塞がれ、もう片方の手で喉仏を強く握られた。

声や呻(うめ)き声どころか、呼吸さえままならない。振り払おうとしたが、太い両足で後ろから腰と両腕を締め上げられ、さらに全身でのしかかられる。身動きが取れなかった。

「なあ。ああ、思ってた通り、兄さんの肌が一番、女に近いなあ」

潜めた声が耳元にかかる。やはり田淵の声だ。さっきの大二郎の話に煽られて、男の体でも構わないと考えやがったか。巽の全身の筋肉が強張(こわば)った。かっと全身から汗が噴き出し、反動のように全身の血液が冷えていくのを感じる。尻の上辺りに田淵のそそり立ったものを擦りつけられ、反射的に身を引くが、喉仏を強く握られて、再び体が強張った。

「心配すんなよ。ちょっと尻ったぶに挟ませて貰うだけだ」

宥(なだ)めるような田淵の声に、ふざけるな、と怒りが湧いた。自分の体を好きにされることを許すことはできない。同時に頭のどこかで、声が出せなくても他の囚人はこの事態に気付いている筈だ。誰か止めろ。止めないならば、こんなことを傍観するのがここの流儀ということか。

「兄さんも興奮できたら穴でお互い気持ちよくなろうや。なに、男同士の方が味が濃い時もあんだよ」

体重をかけられ、振り払おうともがいたが、その度に喉仏をぎゅうと握られ意識が遠のく。その隙に口だけでなく鼻まで塞がれ、喉を握っていた手で股引と下穿きをずり下げられた。耳の裏をべろりと舐められ、気持ちの悪さから睾丸が縮む。

——畜生め。糞親父と糞兄貴にみっちり仕込まれた剣術や柔術も、役に立たんのか。

或いは身を入れて鍛錬しなかった自分が悪いのか。怒りと悔しさと無力感で涙さえ押し出される中、巽の耳はあの硬い音を拾った。

硬い踵が床を打つ、あの規則的な音。見回りだ。

はあはあと荒い自らの吐息のせいで、田淵は気がついていないようだった。一か八か。巽は抵抗の為に込めていた力を緩め、ただうつ伏せに床に伏せる。そして、哀れっぽくすすり泣きの声を上げた。声は房の外にまで確かに反響していく。田淵は「おう、観念したか、いい心がけだ」と上ずった声を上げ、自分の股引を下ろしにかかった。

「そこの貴様。何をしている！」

看守の鋭い声が聞こえ、巽は無理矢理に首をよじった。複数の看守が房の鍵を開け、中に踏み込んでいる。ようやく気付いた田淵は「ひっ」と短い声を上げ、慌てて身を起こした。巽の手足を押さえていた拘束が緩んだ。その拍子に看守は田淵の襟首を摑み、床に引き倒した。巽はその隙に自分の囚人服を直す。

「おい貴様。男色したな」

田淵はひっくり返された蛙のような恰好で、必死に自分の顔を隠している。看守が手にした灯りに照らされ、股間で縮み上がった陰茎が頼りなげに揺れているのが見えた。

下半身を無様に晒しながら、田淵は二人の看守に文字通り引き摺られ、廊下へと出された。雑居房の中はまだ明るい。灯りを手に、まだ二人の看守が残っていた。そのうちの一人が中田看守だった。彼は座り込んでいた巽に近寄ると、立ったままこちらを見下ろした。

「お前は」

「違う、違います！　俺は首を絞められ、無理矢理組み敷かれてただけで！」

巽は夢中で自分の口元と喉を指し示した。男に襲われかけたという屈辱が明らかになる恥よりも、奴の情夫と思われ共に罰を受ける方がよほどおぞましかった。

中田は膝をつき、巽の首を辺りをまじまじと観察した。眉ひとつ動かさない中田の感情と判断が読み取れず、凝視を受けた喉仏がごくりと鳴る。

「指の痕がある。確かに絞められているな」

「うん、確かに」

もう一人の看守も巽の喉を確認した。田淵らが蛇を食う時に笑って見ていたうちの一人、林とかいう看守だ。林看守はへらへらと場違いに笑う。

「お前、男に抱かれる最中に絞められるのを好むのか?」

そんな訳があるか。ふざけたことを抜かすな。睨みつけるわけにもいかず、巽が必死に首を横に振ると、中田看守が「分かった」と立ち上がった。

「規律違反の摘発一名。他の者は寝ろ。直ちにだ」

巽の雑居房だけでなく、廊下と壁を挟んだ他の部屋からも安堵の息が洩れる。

「違いますよ、看守さん。俺は別に、野郎なんぞ……ひぎっ」

廊下に転がされている田淵の声が、悲鳴へと変わった。

「黙れ。汚えモン出して嘘ついてんじゃねえ」

看守に小突かれ、田淵の声はすすり泣きへと変わった。房の扉に再び錠がかけられて、看守たちの踵の音が灯りと共に遠ざかっていく。雑居房は時ならぬ捕縛騒動を終えて静まり返り、女の話がもたらした湿った空気もどこかに消え去っていた。

巽は座り込んだ状態からずるずると床に伏した。

「災難だったなあ」

いつの間に傍に来ていたのか、暗闇のすぐ近くで声がする。

「まあ、田淵の旦那もこれでしばらくは屏禁室送りだろうよ。戻ってきても、他の房に配置されるだろうさ」

屏禁室は雑居房のある監獄棟から少し離れた場所にある、小さな小屋だ。一種の懲罰のための施設だという。中は暗くて狭く、入れられた者は横になることもできずに一日中正座して過ごさねばならない。食事の量を減らされるというのは気の毒だが、労役がないならむしろ得ではないか、と巽などは気楽に思うが、実際に入った者の経験談によると、外役で厳しい労働に従事している方が数倍ましだという。

集治監の男色防止の原則から、行為が見つかれば懲罰のうえ、行為を行った者同士はなるべく離れさせられる。一方的に強いられかけた者にとってはありがたいことこの上ないが、双方合意の者同士にとってはこの上なく過酷な懲罰というわけだ。

「まあ、これでもう心配はねえよ。兄さんも寝な」

間延びしたような大二郎の声に、巽は猛然と怒りを感じ始める。そもそも、この男が本当かどうか疑わしい女の話をしたせいではないのか。

「田淵の奴が何をしてたのか分かってたんだろう。どうして助けてくれなかったんだ」

「俺ぁ石を出し入れしていたせいか痔の気があってね」

何を、と言おうとした巽は大二郎の言葉をようやく認識した。ようは、助けに入って自分も標的になるのが嫌だった、という言い訳なのだろう。それは例の石を体内に隠していたことが由来、つまりは痔のせいだというのだ。

「ぶふっ」

巽は思わず大きく噴き出しそうになるのを、息を飲み込んでなんとか堪えた。言い逃れにしたってもっとまともなことが言えるだろうに、と思うと、急に諦めと安堵と呆れが肺の中に満ちてくる。大二郎への文句の代わりに、大きな溜息を吐き出した。それを見計らったかのように、大二郎がぽんと肩を叩いた。

「田淵の旦那も、中剃が目立たなくなって調子づいていたのが、これでまた大人しくなるだろうさ。目出度し、目出度し、ってくらあな」

な？　と大二郎が同意を求めてくる。月明りもなく、暗闇の中ではいくら目をこらしても薄ぼんやりとした輪郭しか見えない。その表情は声の通りに笑っているのか、それとも冷徹な目をしているのか、巽には分からない。

「他人事だと思って軽く言いやがって」

文句も込めて巽は唇を尖らせた。

「怒んなさんな。たとえ尻の穴ほじくってもほじくられても、ケツワリみてえな奴よかよほどましよ……」

大二郎は欠伸に紛れてぶつぶつ言うと、横になった。

「ケツ割り？」

巽は聞き慣れない単語を疑問に思ったが、男色に関する隠語だろう、と思って特に大二郎に聞くことはしなかった。既に大二郎はゆっくりとした寝息を吐いている。

巽はなかなか寝付けなかった。田淵の所業が気持ち悪かったというだけではない。喉の奥で何かが引っかかる。

状況だけみれば、男色を行おうとした不埒(ふらち)な囚人が罰を受けた。単純な事件だ。

しかし、本当にそれだけか。

巽は、夕方に中田看守が大二郎を評した「蛤」という言葉が気にかかっていた。囚人たちが好きなように解釈できそうな女の可能性をほのめかせる甘い夢。囚人はみなそれに酔った。罰として受けた中剃が元通りになり、かつてのように調子づいた田淵は欲を抑えられずに若い巽に襲いかかった。そして、当の中田看守が目ざとくそれを見つけて捕らえた。

看守側にとっては結果的に都合が良かった。

巽はいつぞや、生の蛇を貪り食う彼らを見物していた看守たちの目を思い出していた。殊に、一人いつもと変わらぬ表情で田淵らを見つめていた中田看守を。

そして、さっさと横になり今は寝息すらかき始めているこの大二郎だ。

中田は、大二郎の予測もつかない行動をあえて止めずに内部の膿(うみ)を出させようとしてはいないか。

一度そう仮定すると、何か、妙に理屈がかみ合っているように思える。例えば、河原にある石を目を閉じて二つ拾ったら、その二つの表面がぴったり符合するような奇妙さが、河口の水面のように揺蕩(たゆた)っている。それはきっと、俺を巻き込むことを屁とも思わない。巽にはそんな予感がした。

四　歯と梅干し

牢名主のように振る舞い、巽に対して力ずくで男色行為に及ぼうとした田淵が懲罰で去り、雑居房の生活は穏やかさを取り戻していた。

元々いる二人の先輩囚人と巽、そして大二郎の四人は、労役を終えた夜、束の間の雑談を楽しんでいた。

「田淵の旦那も懲罰が終わった頃か。若い新入りの尻の穴狙って見つかるとか、馬鹿な奴だ」

「この房に戻ってこなくて良かったな、巽坊よ。あいつが目をつけたら、尻の穴がぼろぼろになるまで突っ込まれて、尻から腸が飛び出てるところだ」

「おやおや兄さん、痔だけでも嫌なのに、脱肛たあ笑えねえなあ」

三人は面白おかしく話しているが、巽の頬は思わずひくついた。本当に笑えない。

大した罪でもないのに重い罰を科せられてこんな地の果てのような場所に送られた上、野郎に性のはけ口にされながら死んでいくなどと。想像するだに惨めで、おぞましく、気色が悪い。

せっかく和んだ雰囲気を壊したくなくて愛想笑いを続けたが、巽の内心はどろどろとした怒りと決意に燃えていた。

——こんなところで死ぬものか。絶対に、生き延びてやる。

過酷な労働の割に飯の量が足りない。不味い。清潔な衣料がない。よく眠れる寝具がない。一人きりになる時間がない。

積み重ねられた不自由は、囚人という立場では致し方のないものでもある。巽もこうして集治監にぶち込まれるまでは、罪人の刑罰というのはかくあるべし、と思っていたし、或いは若さゆえの乱暴さで、罪人は皆死すべしとさえ思っていた。

ここに至るほどの罪を自分は犯していない。だからあくまで巽としては、自分は冤罪で不適切な状態に置かれている、と自認している。

現実の問題として、自分はただ政治運動の末端に加わっていただけだ。指示されて武器を持って謀りごとに加わってはいた。しかし誰かを殺した訳でもないし、誰かの人生を狂わせてもいない。そう心身の潔白を訴えたところで、ここから出ることは叶わない。

ならば、不満はあっても十三年の刑期を終えてここを出、その後に然るべきところに訴えてやる。己の名誉を回復してやる。俺を蔑んだ家族に、元婚約者に、正当な手段で目に物を見せてやる。そのために、なんとしてでも生き延びてやる。どれだけ労役で体が疲弊しようが、看守の心無い扱いで自尊心を削がれようが、体の奥で決して揺るがないものは生への誓いだった。

これが五年後、十年後、どう変化しているかは分からない。心が折れ、信念が萎え、完全に腑抜けになるかもしれない。だが、今日、明日、来月、その先までも、誓いを自ら破りはすまい。

巽は終わりの見えない階段を前に、それでも目の前の一段を昇り続ける覚悟を固めた。夜毎、悔しさから強く歯を食いしばり、その日のうちに決意は削がれてはいなかったか、確認しながら眠りにつくのが習慣となった。そうせねば、生きていけそうになかった。

外役を主とする労働は季節が変わろうが辛く、変化のない生活習慣は時に叫び声を上げたくなるほど退屈だったが、それでも雑居房が四人から五人に増員されて巽は新入りの立場から脱し、人の変化を受け入れながら時間はじりじり過ぎていった。

相変わらず辛い囚人生活の中、たまに大二郎が気の抜けたことや真偽の分からない話を持ち出しては、囚人たちを興奮させたり外への思いを募らせたりする。田淵の暴挙の件以降、囚人たちの性欲を煽る艶話はさすがに控えているようだが、彼の軽妙な話し口と笑いに、巽を含めた囚人たちはそれぞれ希望に似たものを心に抱くようになっていた。

そうこうしているうちに、北の短い秋は終わりを迎え、寒さがぐんと増してきた。朝夕はすっかり冷え込むようになり、外役でふと頭を上げた時、真っ青な空の下で遠くの山並みの天辺が白く雪に覆われている。

冬の予感に巽は身を竦めた。身体頑健という自負はあるが、どうにも寒さが苦手なのだ。東京の実家にいた頃は火鉢の傍から離れられず、分厚い半纏と上掛けがなければ夜に眠ることもできなかった。庭での剣術の鍛錬と道場通いは父と兄が煩いので渋々やってはいたが、足の裏を刺すような土の冷たさも、皮まるごとしもやけになりそうな道場の硬い板床も大嫌いだった。

もちろん樺戸集治監には雑居房に火鉢などない。足袋もなく裸足で、外役の際はそこに粗末な草鞋だ。外套など望むべくもない。体を動かしている間は温かいが、昼休憩などとれば急に汗が冷えてくる。そんな時は囚人同士身を寄せ合ってやり過ごすしかなかった。

夜も同じだ。冷え込む雑居房内で寒さを耐えるには支給されている茣蓙と薄べり一枚では心許ない。

窮屈さを我慢しながらなるべく身をくっつけ合って眠るしかなかった。男の体であること、互いの体臭がきついことなどは最早気にならない。田淵のように欲情される心配さえなければ、人の体の温かさが無性にありがたく感じられた。

巽にとって意外だったのは、大二郎が寒さに弱い関東育ちである自分よりも輪をかけた寒がりだったということだ。

「寒い、寒いよう、兄さん。悪いけどちょっと体寄せさせてくれ」

冷え込む夜に情けない声で懇願され、田淵に襲われた経験のある巽は思わず体を強張らせた。

「田淵の旦那みたいに巽の兄さんを女に見立てたりしねえから、頼むよう。俺の好みは肥り肉ではちきれんばかりの若い女だ、安心してくれ」

「そりゃ俺は硬くてごりごりの野郎だけどもよ」

大二郎の気が抜けそうな泣き言に絆されて、巽はとうとう夜の間は大二郎と体を寄せて眠ることに承諾した。別に猫だとでも思えば、と最初は思ったが、ただの臭い中年男はどうしても猫のようには思えなかった。

――俺より寒がりがいるとはね。

故郷を明かさないこの男、実はけっこう暖かい場所の出身なのではないか。別に興味はないけれど、今度いっちょ聞いてみようか。巽はそんなことを考えながら眠りにつき、起きた時にはささやかな疑問は大概夜の向こうへ消えていた。

とうとう空から雪が舞い、朝に外役に出ると枯野原一面が白砂糖を振ったように霜で覆われ、それはすぐに雪へと変わった。寒さがいや増していく。それでも、なんとしてでも生き延びてやろう、という巽の決意は固い。だが、入監して半年余、ただ、自分でも想像し得なかったものが心身を脅かし始めていた。

朝起き、労役で開墾や畑づくりに駆り出され、夜寝るまで、いや時には眠りさえ脅かすほどの痛み。それは右の下顎からやってきた。

最初は歯の根元がむず痒い程度の違和感だったものが、明確な痛みに、やがてずぐんずぐんと鼓動に合わせて大きな痛みの波が絶えず巽を襲う。五体満足でいつか出所を、とは思っていても、歯の痛みはどうにもならなかった。

「いてえ。いてえ」

看守の目がない雑居房での時間など、巽は無意識にぶつぶつ呟くようになっていた。歯の痛みだけに止まらず、やがて頭の右側も連動したように痛みだし、下顎が腫れて熱を帯び始めつつある。

今日も、飯の時間に出た沢庵を嚙んで「いてっ」と声が出た。本来貴重な添え物である沢庵をこうした形で憎むとは、思ってもみなかった。

「どうした兄さん」

隣で黙々と麦飯を口に運んでいた大二郎が気遣う。相変わらず飄々と過ごしている大二郎だが、巽を始め、囚人たちの困りごとには妙に鋭いところがあった。

「歯がどうにも。虫歯かね」

「厄介だな、兄さん。歯のどこだよ」

「奥歯が痛くてかなわん。うちの家系はもともと抜け変わった後の歯は丈夫で、死んだ爺さんは八十二で死ぬまで歯がほとんどそのままだったから、焼き場の奴が驚いてたってくらいなのに」

「そらあ丈夫な歯だこと」

看守に見咎められないように交わす会話は、どうということもない内容なのに自然と小声で秘密めいたものになる。巽が自分の弱みを晒すことに慣れていないこともあり、声を潜め続けた。

「寒くなってから、どうも右の下の奥歯がぎりぎり痛むようになったんだよ。舌で触っても穴が開いてるふうでもないし、ちょっと見てくれねえか」

監視の目がこちらに向いていないことを確認して、巽は大きく口を開けた。

「ああこら、虫歯だよ、兄さん。奥歯の内側の、歯茎に近いところがちょっと黒っぽくなってる」

うえ、と巽は呻いた。寒さと同じぐらい歯病みは嫌いだ。子どもの頃、ぐらぐら傾いた乳歯がなかなか抜けず歯医者に行かされ、問答無用で引き抜かれた。するりと抜けたし痛みも大したことはなかったが、大の大人が小さな口に指二本を突っ込んで歯を抜くという、その行為自体が恐ろしかったのだ。

集治監に入れられてから、甘いものといえば外役でこっそり見つけた木の実、草の実ぐらいしか口にしていない。ただ、歯を磨くための塩などが支給されている訳もないので、歯垢（しこう）を爪でこそぎ取る、床板のささくれを毟（むし）り取って爪楊枝（つまようじ）代わりにするぐらいのことしかできない。

古参の囚人たちの汚れた黄色い歯を見ていると、いつか自分もこうなるかもしれない、という予感はあった。とはいえ、予感があっても痛み自体は簡単に耐えられるものではない。

漬物を残して痛みのない側で麦飯を噛んでいると、大二郎が手を伸ばしてひょいと漬物をかすめとった。

「おや、怒んねえの」

「やる。漬物やら、痛みのない方で嚙んでも響いて仕方ねえ」

沢庵をわざとばりぼり音を出して嚙みながら、大二郎はふーんと顎に手をやった。

「兄さん、寒いからって歯ぁ食いしばり過ぎたんじゃねえか。ガキの頃、俺の隣ん家の親父は相撲が好きでな。稽古で踏ん張ってたら奥歯が粉々に割れて、図体でかいのに痛みで土俵をのたうち回ったって話よ」

「うへえ」

体が大きな男でさえも悶絶しかねないほどの痛み。想像するだに痛そうだ。

「看守丸め込んで病監に行っても無駄だぜ」

ふと、声を掛けられて二人とも顔を上げる。吉田（よしだ）が視線を上げないままで話しかけてきていた。北関東で荷運びをしていたという体格のいい男だ。もともと真面目な性格だが、飲み屋で乱闘に巻き込まれ、殴った男が当たりどころ悪く死んで、ここに送られてきたという。

もともとは田淵の次に幅を利かせていたが、田淵が懲罰で雑居房を出されてからは、房の頭のような位置にいる。実際にこの中では一番の古株だそうだ。とはいえ変に威張り腐ることもなく、若年の巽には兄貴分のように立ち振る舞う。息が異常に臭いことには閉口したが、田淵のように男色の気を出してこないだけ巽としてはましに思えた。

吉田は歯を嚙みしめたまま、上下の唇を馬のようにまくり上げた。黄色と茶色と黒色がまだらになっている上、前歯が二本ない。

「見ろこれ。俺だってここ来るまでは歯並びがいいってのが二番目に自慢だったんだよ。だが、虫歯でボロボロになって、終(しま)いにゃ根っこから腐って抜けちまった」

「へえ、そうなのか」

こいつの口臭の酷さはそのせいか、と巽は思ったが、黙って相槌を打つ。ただ、いくら事実を告げられたからといって痛みが和らぐものではない。

食後、雑居房に戻って巽は恐る恐る痛む歯に触れてみた。柔らかい指の腹であっても、ずきりと確かな痛みを感じる。

人がこんなに痛い思いをしているというのに、同室の囚人たちは全く気にすることもなく雑談に興じていた。

「吉田の旦那、歯並びが二番目の自慢の種だったなら、一番の自慢は何だったのかね」

大二郎に問われ、吉田は憤慨したように自分の股間を指した。

「そりゃ決まってんだろ、これよこれ。牢屋じゃ使い道がなくて宝の持ち腐れだ。勿体なくて仕方ない」

「そりゃご尤(もっと)もだ、あい失礼した」

「おい大二郎、騙されんなよ、吉田のは精々痩せ海鼠(なまこ)程度だ。今度風呂の時に確かめれやあ」

「何を、俺が痩せ海鼠なら手前は干し海鼠じゃねえか」

「硬くて黒くていいじゃねえかよ」

お道化(どけ)た大二郎、そして気心の知れた囚人同士の掛け合いで、雑居房の中が笑いに包まれる。巽も、こうして馬鹿な話に交ざってそちらに意識を向けているとほんの少しだけ気が紛れた。

「ああおかしい。と言っても、吉田の旦那みたいに歯が腐れて抜けるまで待たんとならんもんかね」

「ああ、俺ぁ餓鬼の頃に糞婆（くそばばあ）から痛み止めの方法教えてもらってたもんでな。歯が抜けるまでは、外役の時にこっそり摘んだウドやハコベラの葉っぱ噛んでたもんさ。そしたら痛みが少し、少ーしはマシになった。口うるせえ糞婆サマサマだな」

「畜生、今の時期、ウドやハコベラどころかペンペン草の一つも生えちゃいねえじゃねえか」

巽が頭を抱えながら嘆くと、また周囲がどっと笑った。巽としては冗談ごとではない。今はまだ雪に覆われた十二月、北海道の冬は初めてだが、雪が融（と）けるのは三月に入ってからだと聞いている。つまり、痛み止めとなる薬草を自力で手に入れるにはまだあと季節一つぶんを我慢し続けなくてはならない。

それまでに根が腐れて抜けてくれればまだましで、痛みで気がおかしくなってしまったらどうなるだろう。少なくとも、馬鹿な話で気を紛らわせられる雑居房からは出されてしまうような気がした。

顔を顰めている巽に向かって、吉田が気の毒そうな顔をする。

「気の毒だが、我慢するしかねえよ。この柿色の服着たご身分じゃ、腹病みでもそう簡単に診ちゃあもらえねえんだからよ」

確かにそうだ。囚人という立場でなければ、どんな馬鹿でも小悪党でも、金さえあれば医者に診てもらえる。しかし、この柿色の囚人服を身に纏っている間は、聖人だって易々と医官に診てはもらえないのだ。

「俺も、入監したての頃、同室の奴にしごかれてなあ。打たれて肩の筋おかしくしたんだが、結局我慢するしかなかった」

「俺はしもやけだな。去年の冬、藁沓（わらぐつ）が古くて隙間から足が腐りかけてよう。便所の手洗い用の水に浸け続けてなんとか持ち直したが、今でも足の指の感覚ねえや。あん時に軟膏の一つも貰えてたらなあ」

他の連中も怪我や病気の不安が他人事に思えなくなってきたらしく、次々に不安を口にし始める。誰しも大なり小なりの不調や怪我を経験し、対処法のなさを嘆いた。

「腹病みで死んだ奴も、そういやいたな」

「ああ、最初は腹の上の方が軽く痛むと言って、そこから熱が出て食い物食えなくて痛みでいっつもウンウン煩くて、とうとう看守が医官に見せたんだが、病監送りになってそのままよ」

古参の囚人がさらりと言った内容に、巽は震え上がった。そうだ、不安や文句が言えるのは今生きているからで、生き延びられなかった者も無数にいるはずなのだ。

「そのままっていうと」

「帰ってこなかったな。治してもらって他の雑居房に移されたという話も聞いてないから、きっと何もされずにお陀仏だったんだろうよ」

うええ、と巽は呻いた。そのしかめ面を見て、吉田は神妙な顔になった。

「巽坊よお。お前、冬の間は病監送りにはなるなよ」

「どうしてだ。病監って、病院だろう？　病人が療養するに相応しい寝床と飯があるんじゃないのか」

吉田はぶるぶると大袈裟に首を横に振った。

「確かに外役も内役も免除されるけどよ。特別寝床や飯が良い訳でねえし、なによりだだっ広い病室に人が少ないもんだから、寒くてかなわねえんだよ。俺が腹痛であそこ泊まった時は、十月だっててのに寒いのなんの。隣で寝てた重病人の爺さんが朝になったら死んでたよ」

入獄してから、脱走を試みて失敗し、死体が見せしめになっていた様子を巽も幾度か見させられた。当然、こうなるなよ、という戒めのために晒されたものだから、巽も特に気の毒に思うことはなく、むしろ浅はかな奴らだ、程度にしか思わなかった。

しかし怪我や病気をこじらせて死んでいく囚人に対する気持ちは異なる。普通であればすぐに治る病気さえ放置されて死ぬ、ましてや雑居房よりも寒いゆえに死ぬというのは、明らかに理不尽だ。

「そりゃ難儀だな。俺なら絶対にそんな死に方は嫌だ」

大二郎が両腕で自分の体を抱いて震えあがった。最近は大分寒さにも慣れてきたようだが、夜に巽にくっつくようにして暖を取るのは変わらない。その場合、巽も一人で眠るよりも少なからず温かいため、大二郎の寒がりはそれなりに重宝しているのだが。

「まあ」

気を取り直した大二郎が、ばん、と大きな音を立てて巽の背を叩いた。

「痛いは痛いかもしれんけど、されど歯、たかが歯だ。頭や内臓なら腐れちまったら一大事だが、歯なら命まで落としゃしねえよ」

「おい、余計なことを言うなよ。存分に痛がっててくれた方が、沢庵狙いやすいだろ」

「おっ、じゃあ俺は巽坊の飯狙うか」

「俺は味噌汁だ」

「酷(ひで)え、みんな人が痛え思いしてるとこによってたかって」

妙な笑いに包まれて、そのまま就寝の時間になった。現在は五人が収容されているこの房は全員が横になった時点で既に狭いが、寒さが厳しくなってからは大二郎以外も暗黙の了解で体をくっつけ合う。

たまに「屁すんな」「うるせえお前こそいびきどうにかしろ」などと喧嘩にもならない小さな言い争いはあるが、犬の子のようにこうして固まっていないと寒さをしのげないことはお互いそれこそ骨身にまで染みている。

巽は腫れている下顎にそっと手をやった。そこだけ他の部分より熱い。相も変わらず痛みはあるが、自分だけ特別に温かい懐炉を得たような気になる。

できることなら、冷えて仕方ない足の指を頬に当てられたら助かるんだがなあ。しょうもないことを考えながら掌を当てているうちに、痛みも意識も遠のいた。

眠りについて、どれだけの時間が経ったか分からないが、巽はふと背に冷たさを感じて瞼を開いた。途端に歯の痛みが襲ってきたので、小さく寝返りを打って寝やすい体勢を探す。暗闇の中で視界が反転し、大二郎の姿が見えた。

大二郎は起き上がって座っていた。巽が感じた寒気はそのせいらしい。換気用に開いている小さな窓から差し込む微かな月光に向けて、例の石を掲げていた。

大二郎は例の石を後生大事に持ち続けていた。耳の穴、脇の下、時には下穿きの中に隠して持ち歩き、どうしても看守に見つかりそうな時には飲み込んで糞から再び取り出す。そうして時折、月明りのある夜はそれを取り出して眺めるのだ。

日が経つにつれ、巽以外に雑居房の他の囚人たちも石の存在を知ることになった。何のためのものなのか、なぜ綺麗なだけの石ころを危険を冒してまで手元に置いているのか。誰に何を訊かれても、大二郎はその場限りの冗談としか思えないような答えを口にし、やがて誰もその石には頓着しなくなった。

大二郎の手によって大事そうに掲げられているそれは、幾度か糞と共に大二郎の体内を渡り歩いているにもかかわらず、透明さを失わずに輝き続けている。ことに今日は満月に近い。くたびれ、集治監からどこか斜に構えて世を見る大二郎の顔ですら、どこか上野（うえの）の路傍で売られている胡散臭（うさんくさ）い仏像のようにも見えた。

大二郎の吐く息が白く月光に照らされている。早く眠ればいいのに、と思いながら巽は薄べりにくるまり直し、身を縮めて目を閉じた。痛みをやり過ごすように、ゆっくり呼吸をして眠りが訪れるのをひたすら待つ。月光も近くにない暗闇の中で、ふいに、瞼ごしに強い光を感じた。

「そこのお前、動くな！」

硬く鋭い命令の声が響き渡る。巽が反射的に身を起こすと、房内は強い光に包まれていた。急な明るさに目が追い付かないが、大二郎は石を月に掲げた姿勢から、慌ててその石を飲み込もうとしている。その動作を鋭く見咎めたのか、「動くな！」とさっきとは違う声が響いた。

「動けば房内の全員を撃ち殺す」

拳銃の撃鉄を起こす金属音と共に、最初に響いたのと同じ声が冷徹に告げる。大二郎が再び石を持っている手を上げた。

光源が廊下と房を隔てる格子の向こう側にあるため人の姿までは分からない。しかし巽には声の主に覚えがあった。中田看守。大二郎を蛤に喩（たと）えた無表情な男だ。

「それを手に持ったまま、廊下に出てこい。おかしな動きをすればやはり全員を殺す」

内容の過激さに反して抑揚の少ない声に、大二郎は従うことにしたようだ。同房の巽や吉田ら、廊下や壁を隔てた近隣の房の囚人たちも起きて成り行きを見守る中、大二郎はゆっくりと房の出口へと向かった。

中田の他にもう一人いた看守は、林だった。拳銃を持っていない林が錠前を開け、大二郎は石を掲げたまま廊下に出た。すぐに中田がそのこめかみに銃口を突き付ける。

「他の囚人から、お前が何か小さな物を後生大事に隠しているという情報提供があった。特に月夜にそれを眺めているという話だったからこっそり見張っていたら、当たったたな。見せろ」

中田が差し出した掌に、大二郎は黙って石を置いた。巽からは表情がよく見えないが、内心悔しがっているのは間違いない。

囚人が、規則外の行為や密かに進められている脱走計画を密告するのは珍しいことではない。巽らは無害で奇妙な石を大二郎が所持しているものとして慣れていたが、誰かが怪しい石だと思って告げ口をしたというのも、有り得ないことではなかった。

大したことではない。奪われたところでどうということはない。そう装っているのか、大二郎はにやにやと困ったように微笑んでいる。しかし、格子越しに見守っていた巽にはとてもそうは思えない。でなければ、毎度糞をほじってまで守ろうとするものか。

「ふん、外役の時に糞をほじって取り出していた石か……」

中田の声に大二郎の表情は固まる。ばれていた。巽は格子の近くまで寄って、看守二人と大二郎の様子を固唾を呑んで見守っていた。

中田は灯りに石をかざしたり、眇めて見たりしている。

「どれ俺にも。見せてみろ」

それまで黙っていた林看守が口を挟んだ。古参の看守で、しかしそれほど出世欲がないのか、巽の目からはさほど厳格ではない印象がある男だ。とはいえ、真面目一辺倒でないだけ中田よりさらに摑みどころがない。

林はひとしきり石を眺めた後、つまらなそうに唇を尖らせた。

「火打石か火薬の塊か、そんなもん想像してたけど、別に透明なだけの石だな。値打ちもんか？」

「中に水が入っているというだけで、ただの水晶です。石英の透明な結晶に過ぎない。ちょいと珍しいというだけで、価値の高いものでもなく、もちろん、役にも立ちません」

中田は訥々と事実を述べた。役に立たない、ということは脱走の道具に使われる恐れもない、ということだ。ふうん、と林が再び石を覗く。

意外にも中田が岩石に明るいことに驚きながら、巽は成り行きを見守るしかない。歯の痛みさえ今は感じられない。大二郎は緊張からか顔に笑みを張りつけ、微動だにしなかった。

「梅干しの種と一緒だな」

「……梅干し？」

林の思わぬ単語を大二郎は反復した。役に立たない石ではあるが、食った後に捨てるだけの物と同じとはどういう意味か。耳をそばだてていた巽にも意味が分からない。林はふふっと皮肉そうに笑った。

「梅干しとは、どういうことです、林さん」

「中田が来る前のことか。以前、この房で死にかけの囚人がいてな。食欲が落ちて痩せ、粥さえ喉を通らないとなった時、医官がそいつに梅干しを食う許可を与えたんだよ。一日に一粒」

へえ、と巽は密かに感嘆した。囚人の食事には稀に梅干しが出されることもあるとはいえ、死にかけた者に配慮して融通されることもあるのか、と小さな驚きがあった。

「そらあ、その人も喜んだでしょうな」

大事に隠した石を梅干しの種と同列扱いされたにもかかわらず、大二郎は素直な感想を述べる。軽い口調を装いながら、その声はやや強張っていた。林は大二郎の物言いに特に頓着するでもなく、話を続けた。

「そいつはいたく感激して、毎日出された梅干しの種を、全部取っておいたんだよ。一個一個、乾かしては舐めしゃぶり、味を吸いつくし、また乾かす。その後一列に並べてはにやにやしながら眺めていたもんだった」

へえ、と、うええ、の間の声を上げながら、大二郎は眉間にしわを寄せた。微かな塩気と酸味を求めて繰り返し味わう梅干しの種。見つからないようにと幾度も飲み込んでは都度糞の中から掘り出される役立たずの石。考えてみると、どっちもどっちではある。

「そのうち、梅干しのお陰かやっこさん、とうとう元気を取り戻してな。それでも梅干しの種を後生大事に持ってしゃぶってたもんだから、さすがの看守も呆れ果てて、没収されることはなかったよ」

ははは、と小声ながら笑ってみせた話に、中田は眉根を寄せた。そして、石を手にしたまま、大二郎の頭に突き付けた銃口をぐいと押し込む。

「聞いたか。お前が隠し持っていたこれは、梅干しの種と同じだ。役立たずな石であることには変わらん」

「看守さん。後生です。その石、自分にゃ大事なものなんです。返しちゃもらえませんか」

大二郎の嘆願にも、中田の表情は動かない。

「返す理由はないな。このまま雑居房棟の外に出て、ぽいと外に放り投げるだけのことだ」

中田の答えは冷静な、しかし看守としては至極当然の内容だった。しかし、格子越しに様子を見ていた巽は、大二郎の様子に目を瞠った。かっと目を見開き、憤怒と哀願、それらが色濃く混ざったような表情で中田を睨んでいる。頭に突きつけられた銃口など、まるで気にしていない明け透けな怒りだった。

林がその表情を目にし、腰の看守刀の柄に手をやった。中田はごく軽くだが眉間に皺を寄せると、拳銃はそのままに大二郎に近づいた。

「そうしたらお前は石を探し回るか？」

「地べたを這いずり回っても探し出す。絶対にだ。なければあんたの胃腸を割いてでも探し出してやる」

巽は思わず息を呑んだ。飄々とした大二郎の、その声に紛れもない殺意が滲んでいる。林が柄を握る気配があり、中田が片手で制した。

「お前が何か隠し持っていることは知っていた。この石を奪ってしまうのも簡単だ。だがそれがもとで反発して脱走を企てられたり、単に石を返してやったところで隠すためにおかしな行動をとり、こっちに余計な手間が増えるのも腹立たしい」

この能面づらの看守、随分とよく観察していたらしい。話を聞いていた巽は戦慄し、大二郎の顔には装っているものではない皮肉な笑みが浮かんでいる。緊張に満ちた空気が少し緩んで、巽の顎がまた痛みだした。

そして、その視線と中田の目が合った。

「おい」

格子越しに、明らかに自分に声を掛けられて巽は思わず姿勢を正す。

「お前、前に歯痛を訴えていたな。どこだ」

「右下の、奥歯です」

看守に治療を頼んだ訳でもないのに、虫歯のことは把握されていたらしい。それにしても、いきなり俺の歯がなんの関係があるのだ、と巽は訝しんだ。

「中田、何考えてる」

「林さん。この石男を中に戻して錠をかけ、見張っておいてもらえますか。俺は鍛冶場から鋏を持ってくるので」

「ん？……うん、分かった」

中田は林が開けた扉から大二郎を房内に戻すと、雑居房棟の出口へと歩いていった。特に急ぐでも勿体つけるでもなく、コツンコツンと規則正しい足音が遠ざかっていく。残された林は大きな欠伸をして、廊下にどかりと腰を下ろした。

房に戻っても、大二郎は直立不動の状態で動けずにいる。林は看守刀の柄に手を置きながら、格子越しににやにやこちらを見ている。大二郎だけでなく、巽らも正座して固唾を呑んだ。

歯痛の囚人。鍛冶場にあるような鋏。考えられることは一つだ。だが、なぜ今、そんな話になるのか。巽はさっぱり分からず、視線をこっそり大二郎へと向けた。大二郎はこれから自分の歯を抜かれるかのように顔を青くしている。

抜かれるのなら抜かれるで構わない。ただし、大二郎が持っている石となんの関わりがあるというのか。考えを巡らせていると、林はもう一度大きく欠伸をした。

「まったく、中田も馬鹿だねえ。農民出身の割に生真面目すぎるし、変なところで道理に従順だ」

「は、林看守さんは、どうなんですか」

独り言のつもりではなく、こちらに語りかけている。そう判断して、巽は言葉を選びながら応じた。

「俺？　俺ぁ、別に適当にやってるだけさな。石狩の旧士族農家の三男坊だから食うために札幌（さっぽろ）に出て、何でもいいから職をと思ったらできたばかりのここに流れ着いた。そんだけのことだ」

灯りが一つの、薄暗い廊下で、ぽつりぽつりと林は語る。どこか大二郎と似た重みのない物言いの間に、諦めと享楽が渦を巻いているように巽は感じた。

「他の看守もどっこいどっこいの癖によ。ご維新で食い詰めた侍が結局看守になった奴とか、面倒くさくていけねえ。囚人に威張り倒して侍気取りの馬鹿もいるしな」

「よく、ご存じで」

皮肉ではなく、巽はそう返事してしまった。しまった、と思ったが林は気を悪くしたふうでもなく続ける。

「石野郎とつるんでる坊っちゃんよ、おめえも士族の出だわな。普段の立ち方座り方で分かる」

林は巽の座り姿勢をじろじろ見た。不本意とはいえ、叩き込まれた剣術や礼儀作法はいくら囚人となっても抜けはしない。

「俺の二番目の兄貴がそんな感じよ。まあ、こっちは看守じゃなくて教師になって、餓鬼どもに偉ぶって侍気取りってんだから、余計タチ悪いかもしれねえが」

傍から見れば看守によるただの愚痴だ。ふんふん、へえへえと肯定して受け流しておくのが一番だ。しかし巽は、安易な肯定の言葉を口にできないまま全身を強張らせていた。痛みが、強さを増していく。

「そういう奴らは見てるぶんには退屈だけはしねえが、何せ自分より上の人間の言う事しか耳に入れねえから面倒くさくてなあ。二本持ちの子弟が馬鹿な偉ぶり方するのと、偉ぶられても耐え続けんの、どっちが偉えかって話よ……」

林はもう一度欠伸をして、刀にかけていた手を後ろの床についた。問わず語りの意味が何であったのか、どういう態度を取るのが正解なのか、何も摑めないままで、巽は気になっていたことを口にする。

「あの、林看守さん。さっきの梅干しの囚人、まだこの集治監にいるのですか」

「どうだっけ。あー、死んでるな。伐採の際に木に潰されて死んじまったんだ、確か」

薄々、予感はあった。梅干しをありがたがるほど体を壊した病人が、この樺戸で長生きするのは難しい。病が癒えても、弱った体で外役に出れば事故にも遭おう。

分かっていたつもりではあったが、林の口から告げられた現実に巽の心は追い付かない。感謝も、喜びも、全て潰れた後に残されたのは梅干しの種だけ。何かの暗示のようで居心地が悪い。

「お、戻ってきた」

林の言う通り、コツコツと規則正しい中田の足音がこちらに近づいてくる。廊下の暗がりから姿を見せた中田の右手には、二本の鉄の棒でできた鋏があった。

巽は若くて力があるため外役に回されているが、樺戸集治監の敷地内には囚人が働く施設が複数設けられている。味噌や醤油の製造所、木工所、紙漉き工場、養豚施設、そして鉄器などを製造する本格的な鍛冶場もある。鋏はそこで使われているものだ。柄が一尺ぐらいと長いのは、熱い鉄を挟むためだ。中田はご丁寧に小さな金具を摘まめるような鋏を選んできたらしく、柄の先にある変形した金具は螺子でも人の奥歯でも効率的に摑めそうな形状をしていた。

「ま、頑張って耐えな。来い」

林は扉の錠を開けた。巽は立ち上がって一人廊下へと出る。あえて大二郎の方は見なかった。

「ここに正座しろ」

中田の命令に従い、巽は廊下の床に膝をついた。そのまま言われた通りに正座しようとして思い直し、床にうつ伏せになる。

「正座しろと言ったはずだが」

「この状態で、自分の背や肩に乗って押さえて頂いた方が、痛みで暴れず看守さんたちのお手を煩わせることが少ないかと思います」

「なるほど、道理だ」

中田が頷くと、それを合図に林が巽の背に乗ってきた。両腕を背中にまとめて押さえられ、両膝で肩を押し潰される。体重だけではない、体の力点配分とここを押さえれば無力化できるという人体の弱点を完全に会得している押さえ方だった。

「口を開けろ」

巽は下顎を床につけ、首を逸らすようにして上顎を持ち上げた。他の房に入っている囚人たちが、何が起きているのかと覗き窓からこちらを注視している気配がする。好奇と、怯えが半分半分といったところか。大二郎はどんな顔をしているのか。もしにやにや笑われていたら、一発ぶん殴るぐらいはしたいところだ。

中田が鋏を口の中に入れる。右側の一番奥の歯からコンコンと小さく打ち付け、二番目の奥歯にくると雷のような激痛が巽を襲った。

「べあっ」

情けない声が出て、巽は自分が踏みつぶされた蛙になったように思えた。鼻垂れた糞餓鬼の頃、戯れに踏みつぶした畦道(あぜみち)の蛙はこんな気分だったか。

いや違うな、と巽は思い返す。目の前には目標を定めた中田の冷酷な目が二つ並んでいた。潰れた蛙の痛みは一瞬だ。だが俺は、これから同種の生き物によって一瞬ですまない痛苦をもたらされようとしている。

痛みを感じる奥歯がゆっくり挟まれる。その瞬間にもぎりぎりと痛みを感じたが、巽は涙が浮かんだ両目で中田を見上げた。視線が合うと、中田は巽の耳に口を近づけて、吐息とほぼ変わらない程度で囁いた。

「悲鳴を上げろ。大きく」

下顎に激痛が走る。今までの痛みや鋏が当たった衝撃の比ではない。悪意も害意も関係なく、自分が今まで生きてきた中で一番の痛みだった。巽は反射的に上顎を下ろして口を閉めようとしたが、前歯が鋏の柄にぶつかり動かない。蛙どころではない、哀れな負け犬のような声が出始めたところで、初めて巽は中田の言葉を思い出した。

悲鳴だ。大きく。できるだけ大きく。

巽は言われた通り、あらん限りの声を上げた。犬の遠吠えのような声を喉からせり出す。口を強制的に開けられているせいで、その声は意図せず音の歪(ひず)みを得て断末魔の叫びのように響いた。見物のように覗いていた囚人たちが余りの悲鳴に身じろぎする気配がある。「ひっ」という小さな声を上げる者までいた。

中田は両手で鋏の柄を持ち、遠慮ない力で巽の奥歯を引っ張っている。痛みはさらに増して脳髄をガンガンと侵食していくようだった。その苦痛が半分と、残り半分は拭いきれない怒りや憤りから噴出させるように、巽は叫んだ。

「んんっ」

中田のやや間の抜けた声と共に、ふと、痛みの質が変わった。痛むことに変わりはないが、原因である歯が消えたため、引っこ抜かれた組織の傷みだけが残った。

「抜けた」

巽は生理的に流れた涙のせいで歪んだ視界を上へと向ける。そこには、米粒を摘まむようにして抜きたての奥歯を持っている中田がいた。

「やっと抜けたか、頑固なもんだ」

巽の肩と背にかかっていた重圧が解かれる。林が立ち上がって、中田の手にある歯を見ていた。

解放された巽は反射的に立ち上がろうとしたが、口の中の痛みと違和感から体に力が入らない。虫歯の痛みとは異なる痛みに呻吟(しんぎん)しつつ、口の中に溢れる血を唾と共に吐き出した。舌で痛みの根源だった歯があった場所を探ると、そこに慣れ親しんだ硬さはなく、頼りないぶよぶよした穴の感触が残るのみだ。滲み出てくる血で口腔が鉄臭（かなくさ）い。これ以上床を血で汚せば咎められるだろうかと無理に飲み下し、袖で必死に床を拭った。

中田は抜けた奥歯をしげしげと見た。二股に分かれた小さな根から血がぽたりと滴って床に模様を作る。

「虫歯のうえ、ひびが入っている。そこから中が腐ったんだろう。正当な処置だ」

抜かねばならないほどに大きな侵食は見られないが、看守がそう言えばそれがまかり通るのが集治監の流儀だ。巽は頬の上から患部を押さえ、中田が抑揚のない口調で語る横顔を見ていた。口の中に血の味が広がる。普通の血よりもどろりと舌に張り付くような気がしたが、その分だけ虫歯の毒が抜けているのだと思えばむしろ出血を喜びとさえ感じられた。

中田は、歯を床へ放った。一度、二度、血の雫（しずく）を滴らせて倒れた巽の鼻先へと転がってくる。それを再び摘まんで握りしめると、中田は巽に近づいてしゃがんだ。

「お前が石を預かれ」

ややゆっくりとした、言い聞かせるような命令だった。

その指先では、抜いたばかりの歯と、大二郎の石の二つが並んで輝いている。

「お前は抜いた歯を後生大事に持つことになる」

冷たい、平坦な声で中田は語る。声量は小さい。そのため、話している内容は房から覗いている他の囚人たちの耳には届かず、傍目には巽が静かな叱責を受けているように見えた。

「お前は抜けた歯を襟の中に隠し、時々それを取り出してはしげしげと眺める気持ちの悪い奴だ。看守に見つかっても、親から貰った体の一部だと、無様に泣き叫んでは返してくれと懇願する。看守が蹴り殴っても、後生だと喚き続け、呆れて返してもらえるまで餓鬼のように泣くんだ」

――俺に無様になれというのか。石を守る、その代わりに。

中田の命令から、巽はそのように受け取った。

「取り出して眺めた歯が、光の塩梅で透明に見えることがある。しかし看守が奪って確認すると、ただの歯でしかない」

「そうだな。抜けた自分の歯を後生大事に身に着けている、変な囚人だ。歯一つで脱獄できる訳でもないから、模範囚であり続けるなら看守としては別に特段奪うほどのことでもない」

林はいつの間にか中田と同じようにしゃがみ、話に交ざりこんでいた。手袋に覆われた拳で巽の額をこつこつと小突き、教師のように言い含める。

「あの変な石は没収されない。お前が預かり、抜けた奥歯を盾に守り通すのなら、所持を許す。そういうこったな、中田よう?」

中田は返事をしないで立ち上がった。林の言葉を肯定していないが、否定する様子もない。

「お前にできるかね、坊っちゃん」

林の揶揄うような問いかけに、巽はひたすら頷いた。口の端から血が漏れて飛沫が舞う。

「れも、ろうして」

口が上手く動かず、素朴な疑問の意図が二人の看守に正確に伝わったかは分からない。だが、中田はいつもの平坦な口調で続けた。

「外役の時にお前ら組になっているだろう」

通常、外役で鎖に繋がれる二人組は刑期の長い者と短い者、あるいは気の合わない者同士が選ばれる。結託して脱走するのを防ぐためだ。

「先月脱走した一組が、力の強い方が、気弱で体も小さい相棒を殺して、死体をかついで逃げてな。なら模範囚であれば体格や性質が似ていて、相性のいい奴を組ませた方が作業の効率も上がるのではないかという結論に至った」

比較的相性のよい巽と大二郎が組み、看守にとって無害なくせに面倒な石の秘密の責任を負わせようということか、と巽は解した。

「ここで生き延びたければ、相棒の秘密も守ってみろ」

そう言うと中田と林は立ち上がり、巽を立たせて房の扉に向かわせた。灯りから陰になる角度で、巽の手に何かが握らされる。硬いそれらの数は二つだ。

「言うまでもないが、結託して逃げたり、おかしな真似をすれば諸共に引導を渡す。三人斬るも四人斬るも変わらん」

「そういうことだ。今日貰ったモン、賭博の賽代わりにするんじゃねえぞ。そうなったら石狩川に捨ててやる」

それだけ言うと、二人の看守は巽を房内に戻し、錠をかけた。そして初めから騒動など何もなかったように、靴音を響かせていく。

「滅多に見られねえ中田の酔狂だ。せいぜい楽しませな」

林の妙に楽しそうな声が響いた後、扉が閉まる音が響いた。

後に残されたのは夜中の騒動が終わった奇妙な静けさ。近くの房からは、既に大きないびきさえ漏れていた。

「巽坊、なんつうか、散々だな」

「いきなり抜くとか、中田の奴、鬼か」

房内の囚人たちは小声で口々に巽を労わったが、大二郎が石を持っていることを密告した者がこの中にいる可能性を考えると、曖昧な返事しかできない。

大二郎は房の一番奥にいた。表情は見えないので、そちらの方に向かって取り戻した石を差し出す。大二郎は両手でそれを受け取り、自分の命そのもののように胸のあたりで固く握りしめた。

「兄さん、ありがとな」

「礼言われることじゃねえ。どうせ歯が駄目になったら抜かれるのは変わりないことだったろうし」

「それでもだ」

大二郎は頭を垂れていた。泣いているのかどうかは分からない。巽は普段よりも小さく見える大二郎の影に語りかけた。

「中田看守の言い分だと、この虫歯とあんたの石、俺が襟のとこに一緒に隠し持っておけということみたいだ」

「じゃあ、申し訳ねえが、この石は兄さんに預ける。石とあんたの歯、大事に保管しておくれな」

巽は頷き、ゆっくりと差し出された石を再び受け取った。明るくなったら囚人服の襟の布に切れ目を入れて、石と歯の両方を収めなければならない。それまでひとまず、枕として使っている半割の薪にかけた布を剝ぎとり、石と歯を包んで懐に入れた。

「酔狂、か。中田の野郎」

「そりゃ温情ってことだよ」

憎々しく巽がつぶやくと、肝を冷やした筈の大二郎は存外落ち着いて中田を擁護した。温情。そんなものがあの堅物にあるものか、と巽は疑った。

時間は夜半を過ぎている。朝になれば、大二郎の石の騒動も、巽の歯のことも関係なく、樺戸集治監はまた一日を開始する。巽は薄べりに潜り込んで目を閉じた。歯痛とは異なる抜歯の痛みは苦痛だし、漏れ出る血は不快だが、悪いものが除かれたのだという不思議な爽快さがある。

暗がりの中で、大二郎がごく小さい声で呟いた。

「人間の歯や骨ってのも、石とおんなじで、結晶らしいぜ」

「じゃあ、小便の道に詰まる石や胆嚢(たんのう)にできる石、あんたが前に言ってた馬の糞石も同じじゃねえか」

「そうだな。だが、兄さんのその襟に収められるのはどっちも大事な石だ」

大二郎は、大事な石を人に預けることに抵抗はないのか。ふと巽の中に浮かんだ疑問は、口に出そうと思った瞬間に大二郎自身の声でかき消された。

「ありがとな。あんた、恩人だ。俺と俺の石の恩人だ」

そこまで礼を言っても、大二郎は水入り水晶の由来を語ったことはない。聞けば多分、面白おかしい嘘を言う、そんな気がした。

こうして自分が歯と一緒に後生大事に預かっていたならば、この男がいつか事実を語る日が来るのだろうか。それは収監されて何年も耐えた後か、それともいつか罰から免じられて塀の外に出た日なのか。

分からない。分からないが、明日か、来月か、来年かもっと先か。この歯と小さな石と同じ程度には、生きる理由が増えた気がしていた。

五　焰と氷

悪夢はしばしば囚人を苛む。失った栄光、かつて普通に過ごしていた日常、贖い切れない後悔、あるいは忘れることのできない美しい愛までもが、饐えた臭いの中で微睡む男たちの無意識を蝕んでいく。

明治十九年一月。樺戸集治監に収容されて初めての厳冬期を迎える頃、巽も人知れず悪夢に悩まされていた。

本州の寒さとは根本的に異なる、鼻毛が凍るような寒さの中を朝から晩まで労役に駆り出され、看守どもに見下されて日々自尊心を砕かれる。最初は耐え難いと思われたそれらの痛苦も、日が経つにつれ、慣れきらないまでも死ぬまでのものではない、と思えるようにはなった。

しかし、なまじ囚人としての生活に慣れたことによって己の裡から漏れ出した弱みはいけない。凍りつくような冬の寒さの中でも大二郎や他の囚人と身を寄せ合って眠ることを覚え始めた頃、巽はしばしば悪夢を見るようになった。そう長くはない二十二年の人生における様々な後悔、繋ぎ止められなかった未来が繰り返し繰り返し、悪夢の形をとって現れてくるのだ。

ある夜、巽は夢の中で小石川の自宅玄関に突っ立っていた。

これは夢だな、と半分自覚しながらも、慌てて自分の両手を見る。先日の鋸引きでついた右手親指の傷が生々しく残っている。しかし、纏っているのは柿色の囚人服ではなく、着古した綿入れだ。普段着ていたもので、袖についた染みに見覚えがある。

咄嗟に、出所したのだ、という認識が心を占める。十年以上の刑期が短縮されたか、とか、冤罪が証明されたのだ、という都合のいい帳尻合わせを頭が勝手に組み立て、誰もいない自宅に響き渡るほどの快哉を叫ぶ。吐ききった息を吸い込むと、出汁のいい匂いがした。

上がり込んで奥の襖を開ける。茶の間の膳には、古馴染みの女中が用意したであろう食事が揃っていた。夢の中だというのに豪快に腹の音が鳴った。巽は行儀悪く座り込むと、手を合わせることももどかしく、箸をとってかき込み始めた。

献立は見慣れたものだった。麦の入っていない正真正銘の白米。鰹出汁のきいた大ぶり豆腐の味噌汁。きゅうりの糠漬け。鰯の梅煮。生姜のきいた茄子の煮浸し。質素で、ざっかけない食事の滋味が舌を優しく刺激する。懐かしさと愛おしさと食欲が相まって、唾液と涙と鼻水がいっぺんに流れ出た。惜しみつつ食べたいのに、一瞬で嚙み砕いては飲み下してしまう。急くことが基本の囚人仕込みの食い方であっても、舌には確かな味わいが残った。行儀の悪さを見咎めるに違いない父と兄がここにいなくて、本当に良かったと思う。

巽は米の最後の一粒、魚の煮汁一滴までも全て胃に収めて、膳の上の食事はあっという間に無くなった。

せめて米だけでももう一杯、と厨に声をかけようとして、やめる。呼べば母をこの場に呼び寄せてしまいそうだった。仕方なく、自分で碗を持って立ち上がる。厨に足を踏み入れると、土間には染子の姿があった。

染子は白い尻を丸出しにして伏せていた。纏った襦袢一枚の裾を大きくはだけ、腰巻きもつけずに尻をこちらに向けている。顔が見えないからこの女体が染子だという証はないはずが、巽にはどうしてか強い確信があった。

樺戸集治監にぶち込まれる前に、染子の体を暴いたことはない。だから、これが現実ではなく夢だとすれば、結んでいる像は実際の染子のそれではない。かつて悪友と度胸試しのつもりで買った商売女の尻なのだろうと頭の奥で認識している。少したるんだ脂肪の形は、明らかに十代のものではなかった。染子の本来あるべき尻が青梅の如く締まっているとしたならば、目の前に転がるこれは、暗い森の中に生えた白い毒茸のようにも思われた。

厨の土間で女子が尻をむき出しにして寝ている、という異様さから、夢の中の巽はこれが現実ではないと確信を深めている。

それでも欲しいものは欲しい。巽は茶碗を放り出して土間に下り、白くぼんやりと浮かぶ尻に手を伸ばした。白くぶよぶよとしたその皮膚に触れる。掌に確かな温もりを感じ、同時に一物が興り始める。欲というより機械的な反応だった。

このまま両の尻たぶを握り締め、勃起した男根を臓物を破る強さでねじり込ませ、染子を思うさま汚した後は、このだらしない太腿を枕にして分厚い布団で好きなだけ眠ってやりたい。何らの不安も騒音も届かない安寧に満ちた場所で、寒さに身を竦ませることもなく、勝手に目が覚めるまで何夜も眠り続けるのだ。

巽は夢か現か最早考えもせず、とにかく目の前の欲を順繰りに叶えていきたいと欲した。願望の切っ先を乾いた女陰に押し込もうとした時、不意に二つの目が見えた。染子が首を捻ってこちらを見ている。乱れた髪の間から、二つの目玉だけがぎょろりとこちらを見ているのだ。

それを見た瞬間、巽は目の前の尻を拳で思い切り殴った。ぎゃあっ、と狐の頭を踏みつけたような声が響く。左手で尻を握って右手で殴り、間髪容れずにまた殴る。その度にぎゃっ、ぎゃうっ、と醜い悲鳴が上がった。もっとその声が聞きたくて、巽は柔肉の奥にある硬い腰骨を目掛けて殴り続ける。

――俺の快楽は女を凌辱することではない。美味い飯も、安眠できる寝具もいらない。ただただ、生きて、俺を虚仮にした奴らに一泡吹かせたい。北辺の地に放逐し、その存在を忘却したつもりでいても、俺は覚えているぞ。お前たちへの怒りを忘れはしないぞ。今に見ていろ。覚えておけ。俺はまだ貴様らを憎んでいる。

一発、ひときわ怒りを込めて殴りつけた。同時に、自分の体が揺れて目が覚める。あたりはうっすらと明るく、床には女の円い尻ではなく、ごつごつとした体を横たえた囚人たちの姿が見える。巽はここがどこなのかようやく思い出した。そして、染子の尻を殴ったのではなく、横向きで寝ながら右手で床を殴りつけていたのだと気づいた。

「何だよ兄さん、また野郎に尻狙われる夢でも見たのか」

隣で寝ていた大二郎が声を上げ、同じ雑居房の男たちが数名、ぷっと噴き出す声が聞こえた。その奇妙に長閑な、間の抜けた雰囲気に、巽の意識も緩やかに覚醒を始める。

「すまねえ。寝ぼけちまった」

大二郎の声に乗じて、咄嗟に無邪気で無害な過失を装った。空は白み始めているようだが、看守が叩き起こしに来る時間まではあと少しある。早くも大二郎は深い寝息の音を発していた。

巽も寝返りを打って身を縮めた。脳裏で夢の中で知覚した味覚や女の尻の手触りなどをありありと思い出す。

手に入らない欲を叶える夢など、今の自分にとっては悪夢以外の何物でもなかった。喉が渇いている時に海水を飲むようなもので、更なる渇きしかもたらさない。

しかし、寝起きに大二郎がからかい交じりの茶々を入れてくれたことが、今は無性にありがたかった。少なくとも馬鹿なだけの夢だと笑って短い眠りにつくことができる。この後で短くとも他愛のない夢を見れば、きっとさっきの甘美な悪夢など忘れられる。

巽がはあっと吐き出した息は空気を白く染めた。くるまっている薄い上掛けの襟元は寝息で白く凍りついている。身を縮め、上掛けを頭の上まで引っぱり上げて、巽は短い眠りを求めて目を閉じた。もう習慣になってしまったように、囚人服の襟元に穴を開けて仕舞ってある二つの塊を握り締める。確かに二つ、ここにある。一つは痛みを訴えて中田看守に抜かれた巽の奥歯。もう一つは大二郎が後生大事に持っていた石英の結晶だ。

どちらも意味のあるものではない。価値もなく、役立ちもしない。しかし石英は大二郎が何としてでも手元に置いておきたい石として、巽の歯はその存在を守るための影武者として、重要な意味を持っている。

その二つを預かっていることが、真っ当ではない夢の対極の意味を有しているように思えて、巽は襟元をぐっと握り締めた。こうして石を守る役割を全うしている間だけ、少し気が楽になる。意味のない石を大事にする大二郎の心持ちが、ほんの少しだけ分かったような気がしていた。

季節はまだ一月半ば。北海道の内陸特有の冷え込みに包まれるここ月形でも、寒い時期はまだ続く。

この地は雪が多い。何日もだらだらと雪が降り続き、積もった雪は酒や醤油さえ凍りつくような低温でがちがちに固まってしまう。囚人たちの雪かき動員は広大な敷地面積を誇る集治監のみならず、二月には看守に監視されながら集落の主要道路まで広がっていた。

積もって固まった雪を砕きながら道の端に除けていけば、薄い下着に柿色の囚人服という軽装でもうっすらと汗をかく有様だ。元々囚人服の柿色は市井の人々があまり用いず、尚且つ自然の中でも目立つ色、ということで採用されている。真っ白な雪の中では尚更だった。

月形と近隣町村の住人たちは、囚人たちに恐怖心を抱いている。それは、囚人はみな住んでいる地域から遥か遠くで何らかの罪を犯し、集められてきたのだという意識が大きい。余所者に加えて罪人。理解する端緒もなければもちろん同情という気持ちも薄い。

さらに、そう稀ではない脱走時には、囚人は大抵近隣の家を襲って食い物、逃走用の服、現金などを盗む。さらには自由になったと気が大きくなり、強姦、殺人まで犯すとあれば、恐怖こそすれ肩入れなどされることはなかった。

ただし、月形自体が元来集治監が設置されたことにより集落となったこと、囚人たちの労役によって道路整備などがなされたこと、一部の職能を持った囚人たちの手によって他地域の住人が驚くような精巧な装飾をもった寺が建立されたり、内役によって製造された鉄鋳物などが安く払い下げされたりしていることも、巽は囚人として暮らすうちに把握していた。

そして、寒空の下、懸命に雪かきをする囚人たちに対して、さすがに石を投げたいなどと思う住民はいないようだ。それは巽にとって小さな救いだった。

巽も鎖で繋がれた相方の大二郎も、皆で黙々と雪かきを続けていた時、バフバフという壊れた団扇(うちわ)を煽ぐような音と鈴の音が交ざって聞こえてきた。

顔を上げた巽は、被った編笠の隙間ごしに大きな馬橇(ばそり)が近づいてくる光景を見た。

団扇の音は、巽も見たことのないような巨大な黒い馬の鼻息だった。大二郎もここまで大きな馬を見たのは初めてだったのか、作業の手を止めない程度に上体を起こして巨大な蹄(ひづめ)が雪を除けた跡を踏みしめていく様子を眺めていた。

「ほほお、立派な馬と橇だ」

大二郎がごく素直に感嘆した。橇は馬の太い首に回された金具と木の棒に繋がれ、馬が規則正しく歩くごとに滑らかに雪の上を滑っていく。荷台には手綱と鞭(むち)を手にした老人と、孫らしき五歳ほどの幼児が乗っていた。二人とも、冬の野を突っ切っていく橇に乗っても耐えられるよう、綿入れの塊のように着膨れている。

「しゅーじんさん、ありがとうねえ」

幼児がにこにこと微笑(ほほえ)みながら囚人たちに手を振る。地域住民はいかなる時も囚人と言葉を交わしてはいけないことになってはいるが、幼児までもが決まりを守り切れるものではない。

無邪気な感謝の言葉に、巽よりも先に同じ房にいる吉田が手を上げて応えた。

「おい」

すかさず近くにいた看守が短く注意をし、吉田は慌てて橇から目を逸らして作業に戻った。とはいえ、看守の注意もそれほど厳しいものではないことが知れた。本気で咎めたのならばもっと厳しい物言いをするし、下手をすれば口頭だけでは済まない。

子どもの挨拶に応えただけならばそれほど問題にならない、ということか、と巽は納得して大二郎を見る。その手は完全に止まり、看守に注意を受けることも忘れ、橇が去ってゆく方向をじっと見ていた。そして小さく洟（はな）をすする音がする。

「大二郎さんよ。手動かさないと」

巽に小さな声で注意されて初めて、大二郎ははっと我に返ったようにぎこちなく除雪作業に戻った。その表情は編笠に隠れていて見えない。こういう時ひとしお、腹の底で何を考えているのか巽には分からなくなる。

「すまねえなあ。最近はだいぶ寒さに慣れたとはいえ、やっぱ鼻水のひとつも出らあな」

そう言って大二郎はもう一度洟をすすり上げた。


集治監周りの道路の除雪を済ませてその日の外役は終了した。生憎、作業が終わる少し前から灰色の重い雲が垂れ込め、親指の頭ほどの雪がばさばさと降り始めている。除雪したすぐ後にこれだ、と巽はうんざりと空を盗み見た。作業を終えて集治監に戻るまでには除雪で流した汗が冷えてしまう。

東京で、雪を喜んでいた子どもの頃を恨めしく思い出す。両手を上げて天から舞い落ちる雪を追いかけ、時に大口を天に向けて食べようとした。十数年後、自分が罪人として蝦夷ヶ島に送られ、綿も入らない服を着て雪の中で身を震わせる羽目になるなど考えてもみなかった。

巽は列に並んで歩きながら、道の両脇に積み上げられた汚らしい雪の壁を見つめた。その上に、まるで綿花そのもののような綿雪が積もっている。今しがた天から舞い落ちたそれらは汚れを知らず真っ白で美しい。巽は腕を伸ばし、砂糖を摘まむように雪をそっと手に取った。

冷たいことは確かに冷たいのだが、空気を含んでいてむしろ温もりさえ感じる。北海道出身のある囚人が、郷里では凍らせたくない大根や人参（にんじん）を深雪の中に埋めて保存するというから、雪の温もりというのは巽の錯覚だけではないのかもしれない。

巽は手にした雪を編笠の下にある自分の口元に持っていった。何も味がないのは分かっている。ただ、子どもの頃と同じ冷たさを舌先に感じたいという思いだけによる行動だった。

「やめておけ。体が冷える」

背中に鋭い声が向けられた。振り返ると、中田看守がいつもの無表情でこちらを見ている。

ともかくも、制止された。別に雪を食うことに大きな拘（こだわ）りなどない巽は言われるがままに食うのを止（や）め、雪を放った。

「体が冷えると、どうなるんですか」

馬鹿な問いだという自覚はあった。冷たい物質を体内に入れれば熱が奪われる。考えてみれば当たり前の忠告に、どうも質問を返してみたくなった。自分の歯を無理矢理に抜き、大二郎の石の保管者と定めた奇妙な看守の反応を見てみたい、という小さな欲もあった。

ともすれば口答えをしたとして懲罰の対象にもなりうる巽の質問に、中田は顔色を変えないままだった。

「凍えて死ぬ。他の奴らが耐えられる寒さの中を、雪を食うような馬鹿者だけが死んでいく」

巽は一瞬、冗談を言われているのかと思った。中田の妙に饒舌（じょうぜつ）な語り口のどこかに、半畳やあるいは巽を馬鹿にするような文言が入っているのではないかと一瞬緊張もした。しかし、発言の内容を反（はん）

芻してみれば特段奇異なことを言っている訳ではない。それ以上会話を続ける理由も内容も持ち合わせてはおらず、巽はまた寒い雪道を歩き始めた。

「中田とこそこそ何話してたんだ？ 兄さん」

隣にいた大二郎が、声をひそめて編笠を真っすぐ前に向けたまま訊いてきた。

「別に、雪食うなって話」

「ふうん」

大二郎はそう言うと、素早く屈んで新雪に手を伸ばし、編笠を持ち上げたかと思うとさっと口の中に放り込んだ。中田がじろりとこちらを見ていたようだが、何も言われることはなかった。

「味がしねえもんだね」

「するわけがねえだろ」

とぼけたような大二郎の感想に、巽は小さく肘で小突いた。

「初めて食ったわけじゃあるまいに……」

馬鹿らしい、と続けようとした巽は、ふとその言葉が出なかった。

もしかして、この男は、初めて雪を食ったのではないだろうか。そんな思いがよぎったが、だからといって質問をする気にもならなかった。無理に答えさせようとすればこの男は嘘しか吐かない。それは確信に近かった。

巽はそれ以上は何も言わず、班はいつものように集治監への道を静かに進んでいた。

今日も辛い外役を終え、無事に帰ることができる。後は飯を食っていつものように寒さに身を縮めて眠るだけだ。過酷な一日を終えることが残りの刑期を短縮することに繋がると無理矢理に思い込めば、何事もなく外役を終えて帰れることに感謝の念を抱けるようになる。そう言っていた古参の囚人がいたことを巽は思い出す。

目標の水準がいささか低すぎやしないか、と思わなくもないが、一分の理も感じられる。自分もいずれそのような考え方に身を委ねられるようになったなら、放免が叶った時には悟りの一つや二つ得られているかもしれない。

馬鹿な考え遊びをしながら歩いている巽の鼻が、何かを感じ取った。香ばしいが心乱される、そんな臭い。

「おいっ、あれっ」

珍しく慌てた大二郎の声に促されて顔を上げると、早い夕暮れで橙色（だいだいいろ）に染まった空が薄く汚れている。黒い煙がもうもうと立ち上っているのだ。

「出火か？」

囚人たちよりも先に、看守たちに緊張が走る。方向は間違いなく集治監の方向だった。

「お前ら間を詰めろ。固まってその場にしゃがみ込め。おかしな動きをしたら許さんぞっ」

看守たちもどうすべきか右往左往する中、中田看守が普段からは考えられないような大声を上げて囚人たちを制した。その声に、動揺していた他の看守たちも一斉に落ち着きを取り戻す気配がある。

騎乗している副看守長が「先に見てくる。現状報告があるまでこの場で待機」と言い残し、いち早く馬を走らせた。とはいえ、雪が残る路面に細っこい馬と、さっき見た力強く橇を引いていた大型馬とを比べると、巽の目にはひどく頼りない斥候（せっこう）に見えた。

囚人たち四十人は、言われるがままに身を固め、肩を寄せ合って雪の路面上でしゃがみ込んだ。看守たちは混乱に乗じて囚人の脱走が起こらないよう各々拳銃や看守刀を手にしつつ、「一体どうなったんだ」「脱走したのか」と不安げに口にしている。中田看守も両手で拳銃を囚人たちに向けつつ、顔は煙の立ち上る集治監の方へと向けていた。

「兄さんよ、今、あれ、持っているか」

大二郎が今までになく目を血走らせて訊いてきた。声からも呑気さが消え、切羽詰まっている。

「大丈夫だ。ちゃんと襟に入れてある」

巽が襟元をぽんと叩くと、「そうかい」と安堵の声が漏れた。あの石英が雑居房のどこかに残されてはいないか、心配でならなかったのだ。

ふと、巽の中で悪戯心(いたずらごころ)が湧いた。時折大二郎がそうするように、「どうだと思う?」などと茶化してみたならば、一体どんな顔をしたことだろう。

そこまで考えて、いや、言わなくて良かった、と思い直す。先の大二郎の様子を見れば、からかいでもすれば一発殴られるぐらいのことにはなりそうだった。第一、あの石を飲み込んでは糞からほじくり出してまで隠し通していた彼をからかうこと自体に気が咎める。巽は改めて襟の生地の奥に石英と自分の歯、二つの石が存在していることを確認して、大二郎へと頷いてみせた。

先行していた騎馬が戻ってきたが、地面に小さく固まり、身を寄せ合う笠地蔵のような状態を強いられている囚人たちには、どういう状態なのかは分からなかった。その沈黙の分だけ、各々好き勝手な想像を掻き立てられ始める。

こういう時、看守の目を盗んで不謹慎と面白さとのぎりぎりの境を踏んで話をするのが大二郎だ。どこから火が出たのか、誰かが脱獄のために火を放ったかもしれない、今頃は千人からの囚人たちと看守どもの大立ち回りの真っ最中かもしれないぜ。そんな嘘八百が彼の口から澱みなくすらすら流れ出ては看守を含む周囲が一喜一憂する、そんな状況を想像した。

しかし実際には、大二郎は押し黙っていた。編笠のせいで表情が見えないが、やけに緊張で張り詰めているように見える。巽は看守の目さえなければ、襟から彼の大事な結晶を取り出して、今こそ見せてやりたかった。

編笠に積もる雪が音を立てて落ち始める頃になってようやく、看守たちは武器を向けるのを止め、囚人たちに立ち上がるよう命令した。看守たちの間で「宿直室」「詰め所か」という単語が聞こえてくる。

「煙草」という単語が聞こえてくる段になって、囚人らは自分たちが原因による出火ではないと理解した。囚人ならば煙草を吸うことも、もし所持していたとしてその貴重な煙草で火事を起こすこともあり得ない。過失にせよ故意にせよ、もし囚人が火事を起こせば看守たちの緊張と怒りは簡単に予想がつく。それは直接関与していない者にとっても十分な不利益となり得るものだ。

その一方で、巽を含めた皆が、ほんの少し落胆もしていた。誰かの脱走騒動が発生すれば、その機に乗じようという者でない限りは何の得にもなりはしない。それでも、どこかの誰かがこの堅牢な牢獄を抜け出し、看守を出し抜いて生き延びる、そんな話がもしあったとしたら、ひどく痛快だろうと望みさえしていた。

いつもの大二郎であれば嬉々としてそんな与太話に花を咲かせるであろうに。巽が塞ぎ込んだ編笠の向こうを窺っても、編み目の隙間から見える眼差しはガラス玉のように前を見据えているだけだった。

「お前らよう、ゴタゴタしてるからって、脱走とか考えんなよな。火事場泥棒ならぬ、火事場脱獄って言うのかな？　とにかく、こっちゃ大変なんだから、余計な仕事増やさねえでくれよな」

不意に林看守が誰にともなく声を張り上げて忠告する。命令というよりは近所の頑固爺が餓鬼どもに言い含めるような言い方だ。

別段やましいことを考えていたわけではないが、ありえない夢想に走っていた巽は誤解を受けることのないよう背筋を伸ばした。集治監が近くなるにつれ、半鐘が鳴らされる音が周囲に満ちている。慌ただしく火消しに立ち働く看守や押丁のみならず、近所の若衆も寄せ集められて何やら忙しく走り回っていた。

人手が足りないせいか、囚人たちは外役後の身体検査をかなり簡略した形で受け、すぐに雑居房へと戻された。彼らの帰還を見届けると、中田看守らは急いで火事現場の方へと取って返す。

監視の目が緩んだことで、それぞれの雑居房では話に花が咲いた。

「見たか、能面中田が焦っていやがった」

「今頃、あの威張り腐った典獄爺、顔真っ赤にして怒り散らしてるんだろうなあ。しかも囚人じゃなくて子飼いの看守がやらかしたってんだろ？　明日からどの面下げて規律を守れなんてこと言うんだか」

「俺らがいる雑居房まで燃え広がってくれたら、夜に脱走し放題だったろうにな。惜しいことしたぜ」

本当の修羅場ではないからこそ、囚人たちの口は軽い。日常と異なる、あるいは自分たちを統制する集治監という権威に文字通り火がついたことに、日頃の鬱憤を仮託している雰囲気があった。

「そうなった時のためにこういう造りになってるんだよ」

不意に、ぽつりと重い声がした。壁に背を預けて座っている大二郎だった。

「おかしいと思わなかったか？　雑居房も大きな建物に固めちまって、看守どもの生活区域も宿直室も一つの建物にしておけば建てるのも冬の保温も合理的なのによ」

「そりゃあ、まあ、そうよな」

いつにない大二郎の真面目な声に、古参の吉田が戸惑いながらも同意した。

「監視をしやすいように、とか色々あるんだろうけども。一番は火事の時に被害を減らすためだな。……ほれ、落語じゃあるまいし、長屋の火事で俺らも看守も典獄も、一蓮托生で真っ黒黒の黒焦げってなったら目も当てられねえやな！」

「確かにそうだ！」

話をしているうちに調子が戻ってきたのか、大二郎のふざけた物言いに同室の囚人たちがどっと沸いた。巽も見慣れた大二郎の様子に内心ほっとして笑いの輪に交ざる。

あの石を自分が預かったために大二郎から軽い調子が失われたように見えたなど、全くの見当違いであったのだ。その証拠に、大二郎は「囚人が生活する区域以外で、どこに小火(ぼや)が出たら一番見物(みもの)か」という些(いささ)か不謹慎な問いかけをして皆を沸かせている。

「俺ぁ断然典獄室だな。行ったことぁねえけど、あのふんぞり返った爺がいる部屋なんだろ？」

「それより看守の奴らの官舎だろ。しかも独りもんのじゃなくて、かかあのいるとこだ。水浴びでもしてるかかあが火事でびっくらこいて裸で逃げ出すところ、是非ともお目にかかりてえもんだ」

当の看守たちが火事の始末にてんてこ舞いしているのをいいことに、大二郎が煽った話は下品な笑い声を伴って隣の房、向かいの房へと伝播していく。その中心で腹を抱えて笑っている大二郎の顔は、伸びた前髪に隠れてよく見えなかった。

宿直室の出火は、大二郎の言うように離れた他の建物にはあまり燃え移らないまま、数時間後には収まった。実際には、他への延焼を防ぎつつ建物が燃え尽きるまでまんじりともせず待たざるを得なかった。冬で川の水が凍っていては、効率的な消火もおぼつかない。結果、宿直室を主とする庁舎一棟と、隣接する倉庫一棟がまるまる焼失して終いとなった。

火事発生の反省と原因となった当事者への厳しい減給はありつつ、看守側は大きな被害とならずに少なからずほっとした雰囲気があった。他の建物への延焼がなく、看守たちの統制のお陰で便乗して騒ぎを起こす囚人も出なかったことも安堵の理由になったようだった。

看守のうち、消火で気の緩んだ新人が巽に漏らしたことによると、二年前の明治十七年、樺戸からそう離れていない空知集治監で懲役終身囚が獄舎に火を放ち、工場など五棟が消失した事例があったという。

その失態から、今回の樺戸の火事では中田までもが大層に焦っていたのかと巽は納得した。そうでなくとも、囚人が暴動の末放火して逃れるなどの事例は、それこそ徳川の時代から今に至るまで枚挙に暇がない。

今後一層の火災防止を期して火事騒ぎが収まった頃、集治監内でまことしやかに噂が流れ始めた。それは最初は看守たちの間で、やがて少しずつ囚人たちもそれを知ることになった。

曰く、『素行の悪い囚人が樺戸よりも扱いの悪い監獄に連れていかれるらしい』というものだ。

生き延びるにも過酷な樺戸よりも悪いとはどういうことなのか。その監獄とはどこなのか。具体的な名前を出されないせいで噂は余計に尾鰭を増す。

「俺ぁね、もっと北に新しい集治監を造るんじゃねえかと思うんだよ。ここより酷いところなんて、もっと寒い場所に違いねえさ」

外役と夕食を終えた束の間の時間に、古参の吉田が自信ありげにそう言った。ここのところ、各房は例の噂でもちきりで、誰も彼もが好き勝手な予想をいかに尤もらしい理由とともに挙げられるか、知恵比べの様相まで呈してきた。

巽はそれが、かつて若さを迸らせて首を突っ込んだ政治結社の会合を思い出すようで、少し懐かしささえ感じる。勿論、議論の内容の程度を考えると比べるべくもない。あの頃話し合っていたのは国と民のあるべき姿と腐った現行政治をいかに打破するかという討議だった。決して、自分がどこに飛ばされて死にかけるか、という薄っぺらい未来の話ではない。

「三月に入ってようやく少しはましになってきたがよ、ここの寒さはもう何度経験しても嫌なもんだ。夏の暑さと湿気なら本州より楽なぐらいだが、寒さだけはたまらん。なあ、巽坊はどう思う」

聞き役に徹していたところを吉田から急に意見を求められ、巽はふうむと考え込んだ。合っているか、間違っているか、ではなく、明治政府が西洋に追いつくために何を欲しているか、それを考えた。

「どうだろうな。俺はさ、場所は分からんけど、獣肉を作らせるんじゃないかと思うんだよ」

「獣肉？」

吉田の意見に異を差し挟む形ではあったが、吉田は興味深そうに身を乗り出してきた。

「御維新後にだいぶ西洋料理が広がってきたとはいえ、まだ日本国民があまねく牛肉や豚肉を食うという状態にはなっていないだろう。俺も東京で牛鍋を食った後は力が湧いたから分かるが、国も国力増強のためにはこれから畜産を推奨していくと思う」

ふんふん、と吉田のみならず大二郎や他の囚人も身を乗り出して話を聞いている。樺戸に送られてくる囚人の多くは国事犯や人口の多い地域で重犯罪を犯した者が多いから、都会では肉を食べる文化が根付きつつあるという実感があるようだ。

「でも、日本の農業は肉を食べるために動物を飼うことに慣れてねえ。それを俺らにやらせてみよう、というのはいかにもお上が考えそうなことだと思うんだよな。今ある豚小屋なんか比じゃないぐらいの」

部分部分で、かつての同志たちが理想論とも絵空事ともつかずにがなっていた内容を取り込んではいる。しかし、巽としては実際に囚人という日本国民の最底辺にほど近い場所から国というものを見上げてみて初めて、理解できることもあると感じていた。

例えば、自分たちのような立場を偉いさんが最大限有効活用するには何をさせるか。かつては上の視点から、そして今は下の視点から。二方向から眺めることによって結ばれる像というものがある気がする。

「肉のために動物って、馬丁になれってことか？　俺、故郷の田んぼで牛は使ってたけど馬はなあ。でけえ生きモンの世話は、しんどいぞ」

「馬鹿、肉のためなら馬じゃなくて牛だろうよ」

「牛鍋に使う肉ってわざわざ食うために育てるものなのか？　斃死(へいし)した牛を食うんじゃなくて？」

巽の意見の内容が珍しかったのか、吉田らは好き勝手な意見を交わしている。

「獣を育てさせられるのも大変だろうけど、俺はもっと堪忍してもらいたいモンがあるなあ」

それまで黙っていた大二郎が、一度大きく伸びをしてから話に入ってきた。

「何だよ大の字、勿体つけて」

「樺戸の労役は炭鉱ねえけど、炭鉱に送られるのは嫌だぜ。何でも空知だかの集治監じゃ、囚人が毎日毎日穴倉に籠って人力で石炭掘りさせられるっていうじゃねえか。俺ぁそんなのごめんだね」

大二郎は心底嫌そうに首を横に振った。

炭鉱、という言葉を耳にして、皆はっとすると同時に苦虫を噛み潰したような顔になった。吉田はさらに苦々しい顔をしている。

「確かにそりゃ嫌だな。俺がまだ悪くなる前、俺の親父の何番目だかの兄弟が、儲かるってんで筑豊(ちくほう)に稼ぎに出たらしいんだがよ、ボロ雑巾みてえになるまで使い潰されて、ほうほうの体で逃げて転がり込んで来たことがあったよ」

「話には聞くが、えれえ大変なとこらしいなあ」

話題が急に現実的な恐ろしさを伴い始めて、房内の空気が重苦しくなる。巽としても、確かに囚人として炭鉱に放り込まれれば、それこそ刑期も無視して死ぬまでこき使われるだろう、と嫌な想像が浮かんだ。

「しかもよ、それだけじゃねえ」

大二郎は深刻そうに眉間に皺を寄せ、ぐっと上体を屈ませた。つられて他の全員も頭を近づけ、結果車座のようになる。

「既にある炭鉱の採掘に駆り出されるだけで、あんなにも恐ろしそうに噂が巡り巡ってくるもんか?

せいぜい、炭鉱に連れていかれる、って内容だけで済む話だし、それだけで十分怖え話だろうよ」

「確かに、言われてみればその通りだ」

巽も納得して頷いた。噂が怖さを伴って広がっていく時は、その正体が未知な時だけだ。路地に烏の死体が転がっていたとしても、ただ「嫌なものを見た」で済むことが、地面に黒い羽根と血が撒き散らされていたら、それは恐怖心を煽って記憶に強くへばりつく。そして謎や恐怖というのは往々にして魅力的でさえある。

「じゃあ、大の字は具体的に何だと思うんだ？」

「わっかんね」

焦れた吉田に大二郎はあっけらかんと答えた。「何だそりゃ」とその場にいた全員の緊張が解ける。

「ただ、さっき巽の兄さんがさ、国が俺らに何をやらせたいか、って話をしてただろ。それを考えたら、それっぽいモンてのは見えてくるんじゃねえかな」

ちらりと視線を寄越されて、嫌な予感に胸が跳ねる。巽が先ほど想像した、獣肉の生産というのは国の方針としてはそう間違いではあるまい。食料の増産、安定生産というのは確かに国の軸の一つだ。そしてさらに国家運営に必要なのは、金と軍事力だ。囚人を使い潰して金を得られるもの。または軍事力を高められるもの。前者はあまり想像がつかないが、後者は大二郎による炭鉱の話と併せて可能性が見えてくる。硝石と硫黄。火薬の原料だ。

「さあ、何だろうな。実際にそんな恐ろしい仕事を割り当てられるんなら、俺は仮病を決め込むとしようかね。吉田の親分が言ってた寒い時期は越えたから、病監で寝ててももう凍え死ぬこたぁ無えだろう」

半ば反射的に、巽はしらばっくれることに決めた。囚人という身で軍事に関する明確な予想を立てて誰かにそれが漏れたなら、それが当たっても外れても妙な眼鏡で見られる可能性が出てくる。北の監獄にぶち込まれ、何としても生き延びようという意志を抱いたからには、妙な知ったかぶりや虚栄心で立場を揺るがせたくはない。

「そうだな、俺もそん時は病人のふりして逃げようかな」

「逃げられんなら俺だってそうするよ。しっかし何だよ、結局どこに飛ばされるのか分かんねえじゃねえか」

「俺らの予想が簡単に当たったらご看守サマ方も仕事のし甲斐がないってもんだろうよ」

謎の話題が正体の見えないままで一回りして、この話題は自然とお開きになった。巽も大二郎も、秋に収穫したのにまだ飯に出てこない大根がどう料理されてくるかという次の話題に没頭する。塩煮か切り干しか。畜産か炭鉱かさらに過酷な何処かなのか。生きられるのか殺されるのか自ら命を絶ちたくなるまで追い込まれるのか。

大根と自分の未来が何もかも不透明で真っ黒な鍋に放り込まれたようで、くだらない話題だけが巽の正気を繋ぎ止めていた。

転機は案外すぐに訪れた。まだ寒いが日差しが大分暖かくなり、地面が緩む前にと、巽が属する班は石狩川の岸に連れていかれ、砂利の採取を命じられた。

川の表面に張っていた氷が緩み、あちこちに走ったヒビの間から川水が染み出している。冬と春の間の光景を目にして、巽は重い砂利を運びながらも喜びを感じていた。

東京で暮らしていた頃も、春の訪れというのは待ち遠しかったものだった。しかし、囚人として北海道に送られた今、これほどまで春の気配を喜んだことはない。暖かい。凍えなくていい。川縁(かわべり)の柳の芽が少し膨らんでいる様子を見ては、冬の間は死に絶えたようだった植物が再び息を吹き返すことに新鮮な感動を覚えた。

砂利運びの作業自体は決して楽な作業ではない。いつもの通りに鎖で大二郎と繋がれながら、木でできたモッコを背負い、スコップ係の囚人が掬った砂利を背中に受ける。ジャギッ、ジャギッ、という重い音がするたびに、モッコの背負い紐が肩に食い込む。溢れた砂利が首筋を転がるまで積まれると、足と尻に力を入れて立ち上がって土手を上がり、馬橇の荷台に砂利を放つ。その繰り返しだ。

砂利は集治監まで運ばれて、春以降の道路工事や施設建設の土台に活用される。次のきつい労働に繋がる事前準備はやはりきつい労働に違いなかった。

「へえ、はあー。こらあ、きつい、なっ」

大二郎が遅い歩みに合わせて気の抜けた声を出す。大二郎もまだ三十一歳とはいえ、若い頃から鍛えてきた二十歳過ぎの巽とは、こういった単純作業でこそ体力の差が出る。明らかに力の差があれば組み替えが行われるのだろうが、大事な石を巽に預けている大二郎としてはなるべく離れたくないだろうと、巽は鎖に繋がれた相棒を常に気遣いながら作業をした。

あからさまに手を抜けば、作業をじっと監視している看守、特に中田にはすぐにばれてしまう。二人の体を繋ぐ鎖が常に少し弛(たる)むように気をつけながら、はあ、ふう、と呻吟しつつようやく作業をしている体を装い続ける。正直、全力で力仕事に臨むよりもよほど辛くはあった。

それでもなんとか午前の作業を終え、無骨な箱に詰め込まれて凍る寸前の冷たい麦飯を腹に収める。

そのまま咀嚼すれば口の中で団子のようになって飲み込めないから、粒を少しずつ口に入れ、梅干しや酢の物の味を具体的に想像する。すると唾液が出て口の中で混ざり、嚥下しやすくなる。或いは、交代で持参した弁当を口にしている看守の弁当や握り飯を眺め、その味を想像するのだ。自分が口にしているのは硬い麦飯ではなくあの海苔が巻かれた握り飯。或いは魚の佃煮。瑞々しい沢庵。切ない想像がせめて自分の消化を助けてくれる。

　これらの工夫は吉田ら先輩囚人から教わったことだ。囚人同士という普通ではとても考えられなかった人間関係においても、受け継がれていく教えというのはあるものだな、と妙な感慨に耽りながら昼飯を終えた。

　囚人も看守も、皆が食後の休みで川岸の石の上に腰を下ろしていた。雪がいち早く融け去り、表面にうっすら泥を帯びた丸石は太陽の光を吸収していて温かい。看守も真面目一辺倒の中田は決して警戒を緩めてはいないが、他はどこかのんびりとした雰囲気に包まれ、眠気さえ催すほどだった。

　午後の作業が始まれば、モッコの縄が肩に食い込む時間が続く。今ひとときは楽な気分に浸っていようと巽が自分の肩を揉んでいた時、不意に班全体に緊張が走った。

　まず中田が、次いで他の看守たちが立ち上がって敬礼をする。囚人たちも看守に命令されて立ち上がり、訳が分からないまま深く頭を下げた。

「何だ何だ、どこぞのお偉いお方がいらっしゃったか」

　吐く息とほぼ同じ声量で大二郎が呟いた。

「分からん」

　巽も返事をしながら、見咎められない程度に頭を上げて視線を巡らせる。住民の目がなく編笠がないのが幸いだった。囚人と看守らが頭を下げるその先には、樺戸集治監の総責任者である典獄が騎乗したままこちらを見下ろしていた。

囚人は普段、典獄の顔を見る機会はほとんどない。巽も形式ばった式典で遠目から見た覚えはあるが、顔の造形が見えるほど近くにいるのは初めてだった。看守長の制服をさらに装飾したような軍人調の制服に身を包む、ただの中年の男だった。特別に無慈悲にも慈悲深くも、さらには思慮深そうにも見えない。纏った制服と馬装の豪華さを除けば、全く印象に残りそうもない中年男だった。

側には同じく騎乗した看守長が控えている。典獄が看守長に向かって目配せすると、それまで敬礼していた看守たちが頭を下げた囚人の間に入っていく。

突如、ぐい、と腕を引かれて巽はよろけた。いつの間にか中田が傍(そば)に来て、がっちりと二の腕を摑んでいた。

「来い」

有無を言わせない命令だった。逆らうことも、質問することも許されない。曲がりなりにも樺戸でもっとも権威をもつ典獄の前なら尚更だ。巽は大人しく引っ張られるままに中田に従った。鎖で繋がれている大二郎も必然的に道連れとなる。その目には動揺が見えていた。

ああ、石をとられかけた時と同じだ、と巽は気づいた。中田看守に大事にしている石を見つけられ、巽の奥歯を犠牲に首の皮一枚が繋がった、あの夜の怯えた目だ。状況的に声を掛けることも憚(はばか)られ、二人は典獄の前へと連れ出された。

中田に頭を押さえつけられ、礼をしたまま周囲を見ると、巽と大二郎以外にも四組の囚人たちが並ばされている。

全部で十人。全員が若くて頑丈な見た目で、これまで労役で十分な働きをしてきたであろうことが見てとれた。

「この十人？」

典獄が傍の看守長に言った。まるで、今日の昼餉(ひるげ)は何だと訊いているような軽い響きだった。

「はい。各看守が普段から生活を監視し、身体頑健、性質も真面目で申し分ないと認めた者たちです」

言葉自体は、褒められているはずだ。だが、巽の背中を冷たい汗が流れた。単に模範囚を褒めるだけなら、わざわざ典獄が外役先まで出向く必要などないはずだ。こっそりと隣の大二郎を見ると、眉間に皺を寄せて薄い唇を引き結んでいる。顔色も明らかに悪い。

「うん。元気そうな十名だ。これなら釧路(くしろ)集治監での硫黄採掘でもいい働きをしてくれるだろう。シベチャでも頑張ってもらわねば」

典獄の言葉、一つ一つが巽の耳の奥に針のように入り込んでは脳を刺す。好物の煮物が献立に出た、という程度の軽い物言いだったことが、不安を貫くような怒りと憤りに油を注いでいた。

第二章　更なる果てへ

一　春の吹雪(ふぶき)と黄の山

人間の暦が三月から四月になったところで、季節が劇的に移り変わってくれるはずもない。四月に入ってもなかなか春らしい日は訪れず、雪の塊がじりじりとしか縮んでいかない様子を、樺戸集治監の囚人たちは恨めしそうな目で眺めていた。

それでも何とか厳冬期が過ぎ去ったお陰か、ここと他地域とを結ぶ石狩川はようやく川面(かわも)の氷が緩み、船が行き来できるようになっていた。

それはつまり、樺戸集治監から選(え)り抜かれた比較的体力と若さに恵まれた十名の囚人が、北海道東部の標茶(しべちゃ)にある釧路集治監へと移送されることを意味していた。

巽、大二郎らを始め、突然に選抜された囚人たちは当然驚いた。事前に、『ここよりも酷(ひど)いところへ移される者がいるらしい』という出所の知れない噂(うわさ)が流れていたことが恐怖に拍車をかける。加えて、十名を呼び出した時に樺戸集治監典獄が『硫黄採掘』とはっきり言葉にしたことが決定打となっていた。

「巽坊。そもそも、シベチャってのはどこにあるんだよ」

雑居房の古株である吉田が耳をほじりながら言った。

「言われても、俺だってよく分かんねえさ。東の方だってことしか教えられてねえ」

巽は率直に答えた。第一、府中の監獄から北海道のここ樺戸に移された時でさえ、樺戸と呼ばれるところが北海道のどこにあるのかも覚束(おぼつか)ない中で送られてきたのだ。今でこそさすがに札幌からやや内陸に入った石狩川沿い、と地図で大体の場所を指すことはできるが、他の集治監など近隣の空知集治監ぐらいしか存在を知らない。

「大二郎、お前も分かんねえのかよう」

「俺も教えて欲しいぐらいよ。せめて、冬はもう少しあったかくて、雪が少ない場所ならいいと思っちゃいるけど、どうだかね」

「そんなんだったら俺が代わってやりてえよ」

雑居房内には、二人が未知の監獄に移送されるのだという悲壮感はない。もともと、異なる立場、異なる罪状のせいで寄り集まっている集団だ。生活の居心地をよくするために無駄な諍(いさか)いをなくし情報は共有していこうというくらいの配慮はあるが、そこに去る者を惜しむような情は乏しい。仕方のないことだが、まだ若い巽はそこに少しの寂(さみ)しさを感じていた。

そうこうしているうちに、典獄から通告のあった一週間後には、移送の日を迎えた。
巽はその日も当然のように朝から外役（がいえき）に出る心づもりでいたところ、突然看守複数人が雑居房を訪れ、巽と大二郎を鎖で繋（つな）いだ。これだけなら普段の外役と変わりはないが、少ない身の回り品を風呂敷に包んで持ってこいと言う。そこでようやく、巽も大二郎も他の同房者も、今日が移送日なのだと知った。

看守の手前、同房の仲間から見送りの声をかけられることもなく、こちらから挨拶をすることもできずに、二人は昨夏から過ごした雑居房をあとにした。

巽が看守たちに咎（とが）められない程度に振り向くと、格子越しに吉田らが黙ってこちらを見ていた。そこにさほどの悲壮感がなく、淡々とした表情だったことに却（かえ）って安堵（あんど）した。泣くほど惜しまれたならば、きっと自分も泣きたくなる。巽が右手の人指し指だけを小さく上に上げると、皆、同じような仕草を返してきた。激励も同情もそこになく、指一本分の交感だけが別れのしるしとなった。

十人の若い囚人たちは、波止場で春になり再開した汽船に乗せられた。同乗したのは看守が四名。その中には能面（のうめん）づらの中田も含まれていたので巽は驚いたが、彼らはあくまで囚人を標茶まで監視しながら送り届ける役である、と聞いて納得した。囚人同士の別れは寂しさとは言えないまでもうっすら感じるものがあったが、看守に対して惜しい感情はまるでない。むしろ巽にとって中田は、奥歯をひっこ抜かれた上に大二郎の石の管理を押し付けられた、得体の知れない相手であった。送り届けられた標茶で今後の縁が切れるなら、それはそれでありがたい。

囚人たちは薄暗い船倉に押し込められ、揺れと船酔いに堪えながらただ静かに運ばれていく。途中までは樺戸に運ばれた旅程を遡る形で進み、石狩川の幅は河口に近づくにつれて広く、流れも緩やかになった。そのまま、小樽、函館を経由しつつ、反時計回りで釧路へと向かう予定のようだった。海の航海は波で揺れて巽のみならず看守らまでもが閉口していたが、それ以外は穏やかな旅であった。

看守たちが何事か騒ぎ始めたのは、船が釧路の街に入ってからだ。

漏れ聞こえてくる内容を囚人同士で摺り合わせると、本来なら、釧路川という幅の広い川を遡り、標茶に入ってから船を降りて徒歩で釧路集治監の外役所のある硫黄山へと至る予定だったという。

しかし、折あしく道東側の気温が上がらず、釧路川には厚い氷が塊となってそこかしこに浮かび、船での遡上は断念せざるを得ないとのことだった。

そこで、囚人十名と看守四名は、釧路で下船し徒歩で内陸へと足を踏み入れることとされた。勿論、囚人たちはいかなる決定にも拒否や異議を唱えることは許されていなかった。

釧路の港に柿色の囚人服姿の男たちが降り立つと、居合わせた港の労働者たちは好奇と恐怖の視線を隠そうとはしなかった。

囚人たちにとって長距離の移動、そして月形村住人以外の外部の目にとまるのは、本州から樺戸集治監に移送されて以来のことだった。巽の場合は昨年の初夏に送られてきたから、ほぼ十か月ぶりとなる。

樺戸で日々課せられてきた外役では、付近の住民も慣れたもので、彼らは別段驚くようなそぶりはなかった。しかし、囚人たちの姿が日常にはない地域の者たちはやはり驚き、恐れるものなのだ。

冤罪なのだ、己の身は潔白なのだ、本来ならば学び舎で将来を期待されている身だったのだといくら心で叫んでみても、分かってもらえるはずもない。せいぜい粛々と、看守たちの冷たい態度に反抗せずにガチャガチャと鎖を鳴らして列を作ることしかできなかった。

釧路の街は寒かった。雪こそさほど残っておらず、道端のそこかしこにはふきのとうの芽に鮮やかな黄色が見えたが、いかんせんどんよりと曇って肌寒い。厳冬の獄舎に慣れた身でも、太陽の光がないぶんじっとりとした底冷えが骨を冷やしていく。

「おい、港の船乗りが天気が崩れるだろうと言っていたが」

「俺も聞いたが、ここで予定外に宿などとる訳にもいかんだろう。ただでさえ残っていた氷のせいで予定よりも遅れているんだ。それに、標茶からは一日でも早く囚人を寄越せとのことなんだからな」

まだ若い看守同士が、囚人に聞かれることなど気にも留めずに話をしている。

囚人を早く寄越せ、とはどういうことか、巽は気になった。大二郎の方を見ると、彼の編笠が僅かに縦に揺れた。

「よっぽど回りが早いのかねえ」

「回り？」

皮肉めいた言い方で、大二郎は監視の目が向いてないことを確認してから、編笠越しに耳打ちした。

「すぐ死ぬから早く欠員を埋めなきゃってことだよ」

無意識に、巽が考えないようにしていたことだった。特に理化学系の勉学を深めた訳ではないが、硫黄から人体にとって毒性のあるものが生じることはおぼろげに知っている。その採掘に幾らでも替えのきく囚人が従事させられることの意味は、大二郎に言われるまでもなく漠然と悟ってはいた。

二人の傍を監視で付き添っている中田が歩いていき、巽は口を噤んだ。他の囚人に余計なことを言ったとなれば、扇動したとして罰を受けかねない。

　硫黄採掘の実情を想像することもなく、気楽な様子で釧路の街を眺めている他の囚人たちが少し羨ましくさえ思えた。

　釧路の港から街を通ると商店が立ち並ぶ区域に入った。かつては金を出しさえすれば簡単に手に入った商品の数々は目に毒だ。そう思った巽はなるべく地面を見つめながら歩いていく。ふいに、その囚人たちの歩みに「静止ぃ！」と声がかかった。今回同行している四名の看守のうち、一番立場が上となる副看守長の声だった。

　看守たちは道端の隅に囚人を集め、なるべく身を寄せ合ってしゃがませた。中田ともう一人の看守が、看守刀の柄（つか）に手を置きながら囚人たちを挟むようにして立っている。

　やがて、副看守長ともう一人がどこに行っていたものか満足げな顔で戻ってきた。残っていた中田ら二人と交代して、また時間が過ぎる。

「札幌から離れた田舎だからどうかと思ってたが、なかなかどうして、食える蕎麦（そば）だったな」

「ええ、寒いから汁の味が甘いぐらいで丁度いいですな」

　会話が聞こえてきて、巽は編笠の下でうんざりとして顔を歪（ゆが）めた。自分たちだけ温かい飯を食ってきたのだ。しかも巽の好きな蕎麦。囚人となってからは一切食べていない。そのせいで、会話の中の甘い汁の蕎麦というものがやけに美味（うま）そうに像を結ぶ。腹がぐううと派手な音をたてたが、看守たちは気づきもしなかった。

　ほどなくして戻ってきたもう一人の看守と中田は、それぞれ大きな風呂敷包みを手にしていた。もちろん囚人たちが蕎麦屋に連れていかれることはなく、促されて川を左手に見ながら内陸側へと足を進めていく。

民家の屋根がまばらになってきた頃、日が暮れ始めたのか、曇天がさらに光を失ってきた。そこでようやく、中田から囚人たちに握り飯が配られた。足を止める命令は出されていないから、歩きながら食えということだ。

囚人たちは歩きながら竹の皮を剝がすと、編笠の下でめいめい握り飯にかぶりついた。

さっきの蕎麦屋で用意されたものだから、一般の客向けに麦の入っていない、まごうかたなき白米の握り飯だった。

中身は入っていない。海苔（のり）もないただの塩握り。そのぶん、塩に引き出された米の甘みと旨（うま）みが舌の上で弾（はじ）ける。思わず足を止めそうになるほど美味く、巽も大二郎も、他の囚人たちも、惜しめばいいのに瞬く間に食い終えてしまった。

この夕刻に飯を食わせて、釧路の街を発（た）つということは、夜っぴて歩かせるつもりか。腹が満たされ、巽の頭も僅かながら回り始める。あるいは途中どこかの集落で蔵にでも閉じ込められる形で夜を越すかだ。

どちらにしても、自分に拒否権はない。せめて美味い握り飯を食わせてもらえただけましか。そう思って、巽は自分の足下だけを見ながら黙々と歩いていた。

周囲が完全に暗くなり、自分の藁沓（わらぐつ）の足先さえ見えなくなった頃、不穏な空気を感じてようやく頭を上げた。

風が強くなっていた。びょうびょうと北側の山並みから吹き下ろすような風が吹いている。その中に、大きな雪の粒が交じっていた。

「いかんな」

近くに立っていた中田看守がぽつりと呟（つぶや）いた。口数少ない彼が漏らした言葉だからこそ、嫌な予感が巽の背筋を冷やしていく。様子がおかしいことに気づいた囚人たちも、次々と顔を上げて「雪だ」「まだ歩くのか」「いつまで」と不安を口にし始めた。寒くて口数の少なかった大二郎は、いよいよ忙（せわ）しなく空を見上げていた。

「ようし、天候が崩れる兆しがある。ここから塘路（とうろ）の集落まではあと少し、急ぐぞ！」

焦っているのか、いつもよりも威圧的な声で副看守長が大声を張り上げた。部下の看守も囚人たちもその言葉に従うしかないが、他の看守が「こんなことなら馬連れてくりゃ良かった」と愚痴を隠そうともしないことに巽は驚く。

――もしかして、俺らを率いているあの副看守長のジジイ、無能なのではないか。

ただの無能であれば命令を聞くふりをして腹の底で笑ってやればいい。だが、集団でよく知らない地を行く場合、責任者の無能はたちまち同行者の命を脅かす。ふと、通っていた学び舎で山登りの愛好会が集団で雪崩（なだれ）に呑（の）まれたという悲劇を思い出した。

巽の嫌な予感は当たった。歩く速度を上げて五分もすると、夕暮れの名残（なごり）の光は厚い雲に遮られ、ほぼ真っ暗な中を雪が横殴りに吹き付けてくる。四月の吹雪だった。樺戸でも、春になって思い出したように積雪があった日は幾度かあったが、ここまで本格的に冬へと逆戻りした天候は初めてのことだ。看守たちも囚人たちの腰に繋がる紐（ひも）を強く握り、見るからに焦っている様子だった。

「おい、間を詰めろ。前の者から遅れるな！」

「殿（しんがり）にいるのは誰だ、中田か⁉　数を確認しろ！」

「中田ではありません、今井です、ええと、全員おりますが、雪で先頭の人員が見えづらくなっています！」

　やがて看守同士の連絡も、大声でがなるものになっていた。懸命なそれさえ吹き付ける風の音にかき消え始め、果たして先頭の副看守長殿は進むべき方向が分かっているのだろうか、という疑念が生じる。最早進んでいる方角も白い闇に飲み込まれて見当をつけづらい。

「ああ畜生め。寒くてやってられっか。中田看守殿ぉ、このまんまじゃ硫黄採掘のお役にたつ前に凍え死んじまいますぅ。毛布被って歩いてよろしいでしょうかぁ！」

　ふいに大二郎が肩にかけた風呂敷包みを手に大声を上げた。名指しされた中田は一瞬言葉に窮したが、看守用の外套を着ている自分たちはともかく、柿色の薄い囚人服だけの囚人たちはしのぎ切れないと思ったのだろう。すぐに「許す！」と返事があった。

　それを合図に、囚人の全員が自分の荷物から毛布を引っ張り出し、首から肩、上体にかけてショールのようにすっぽりと被った。さすがに他の看守たちも咎めはしなかった。

　相変わらず視界が悪い中、かろうじて見える前の者の茶色い毛布を眺めて足を進めるしかない。風の音が強い中、囚人たちの四肢に繋がれた鎖がじゃり、じゃりと規則的な音を立てている。肌と金属との接触面がやけに冷たい。歯を食いしばった巽の横に、急に人の気配があった。

「どうだ。今が好機かもしれんぞ。逃げられるものなら逃げてみろ」

　中田看守だった。いつの間にか、他の看守が握っていたはずの巽と大二郎の腰紐を握っている。挑発にしては抑揚の少ないその声に、巽はわざと明るい声で返した。

「ご冗談を。こんな吹雪の中、野っ原のど真ん中で逃げるより、副看守長殿の後をついてまた握り飯食わしてもらえるのを期待したいですとも」

　中田は答えなかった。何か答えたのかもしれなかったが、一層強くなった風の音に何もかもがかき消された。他の囚人たちの鎖の音も、当惑した看守のがなり声も、もう聞こえてこない。


　巽は白い闇の中、ただ懸命に足を進めた。急速に積もった雪で足がとられる。隣には鎖に繋がれた大二郎、反対側には自分たちの腰紐を握る中田の気配を感じる。この二人分の存在が、今はやけに心強く感じられた。その中田が、「糞畜生（くそちくしょう）が」と耳慣れぬ言葉遣いをして、驚いて頭を上げた。

　二人分の気配は確かにある。しかし、それ以外の痕跡は消えていた。ふと、自分たち三人だけが集団から外れていたら、という仮定が巽の首筋をすうっと冷やす。強風吹き付ける雪原の中にいるのは、気づけば三人だけになっていた。中田の悪態はそのことについてか、と妙に鈍い頭が理解し、目の前が暗くなった。

「こん畜生め、馬鹿（ばか）野郎め、お天道（てんと）さんの糞馬鹿野郎！　おい兄さんら、どっかで雪避（よ）けられるとこで休まねえと、これおっ死（ち）ぬぞ！」

　ふいに大二郎の叫び声がして我にかえる。そうだ、先導するお偉いさんはもういない。この三人の中でこの場をどうにかできそうな技術を持った者などいない。まずは適切な場所でこの吹雪をやり過ごさなければ、本当に死ぬ。そんな生々しい直感があった。

「あそこの！　木！　倒れている！　その陰だ！」

　普段は大きな声を出すことの少ない中田が怒号を飛ばして何処（どこ）かを指す。その先には、大きな広葉樹の倒木があった。このような強風で根ごと横倒しになったのか、根があった地面がえぐれ、さらに地面に浮いた根と幹が屋根の役割を果たして小さな洞窟のようにも見える。あそこなら風と雪の直撃は避けられそうだった。

三人ともに、迷いはなかった。立場さえ今はひととき忘れて、慌ててその小さな窪(くぼ)みに体を滑り込ませた。

天然の避難場所に遮られ、風の音が少し小さく聞こえてくる。木の倒れた方向がちょうど良かったのか、小さな窪みには風も雪もほとんど吹き込んでこなかった。

大の男三人がぎゅうぎゅうと肩を寄せ合い、ようやく収まる狭さだ。雑居房ともまた違う男臭さと、根に絡まっていた土の匂いが混ざっている。

中田は自分の肩かけカバンから小型のランタンを取り出し、マッチで慎重に灯を灯(とも)した。

「油は少ない。長くはもたん」

中田はそう言ったが、既に夜半に入りかけ、真っ暗な中での灯(あか)りと小さな温もりは、ひとまず助かったのだという安堵をもたらしてくれた。巽は肺の底から空気を全て押し出して、ほっと溜息(ためいき)を吐(つ)く。倣うように大二郎も続き、中田は溜息の代わりか鼻でふっと息を吐いた。囚人二人の様子に合わせたというよりは、無能な上司の失態に対する嘲りのようにも思われた。

囚人二人と看守が一人。共通する話題もなく、三人はしばらくランタンの炎を見つめながら無言でいた。大二郎を真ん中にして、狭い中で肩と腕同士が触れ合って体温を共有する。

人の体温の、心ではなくあくまで物理的なありがたさは、酷寒の雑居房で一冬を過ごした巽にはよく分かる。いけすかない野郎だろうが、いびきと歯軋(はぎし)りと口臭の酷い隣人だろうが、固まって眠ることでひと夜を生き延びることができる。それが身に沁(し)みているため、男同士で身を固めて吹雪をやり過ごすことに躊躇(ちゅうちょ)はなかった。むしろ早く塊になり、体の少しでも大きな面積を他人と接していたいとまで思っていた。寒さに弱い大二郎は尚更(なおさら)だろう。

しかしまさか、看守と肩寄せ合うようなことになるとは。これは笑ってもいいのか、それとも絶望すればいいのか、判断がつきかねて巽はまた大きく息を吐く。すると、それを合図のように大二郎が「あーあ」と情けない声を出した。

「ああ畜生。本州ならもう桜なんて散っちまったところもあるってのに。なんでこんなに蝦夷ヶ島の春ってのは勿体(もったい)つけてやってくる上、思い出したように雪なんぞ降らせるんだ。女郎屋の一番ひねた女だって、こんなに根性悪じゃねえぞ」

どこか意図的なものを含んだ明るい口調に、巽は乗ってやるか、と猫背ぎみだった背を伸ばす。

「大二郎さんよ。そこまで言うなら聞かしてくれよ。あんたが今まで会った女の中で、いっちばん印象に残ってる根性悪な女ってのは誰だい」

「そうさなぁ……」

大二郎の目がきょろきょろと中空を彷徨(さまよ)う。一、二、三と思い出している様子だが、最後には大きく首を横に振った。

「考えてみたらそんなにいねぇな。今思えば柔っこい肌吸わしてくれて、蝋燭(ろうそく)消えるまでの間極楽味わわせてくれりゃあ、どんなに口と性格と顔が悪くてもみんな観音様弁天様毘沙門天(びしゃもんてん)様よ」

「毘沙門天は違(ちげ)えだろ」

口調と内容のおかしさにくつくつと笑う。中田の様子を忍び見れば、会話の内容に全く興味がないようで、じっと自分の長靴の先を眺めている。さすがにここで囚人同士の会話を禁じても滑稽なだけだと分かっているのだろう。

「なあ、兄さんはどうだい。忘れられねえ女はいんのかい」

「そうさなあ。俺に懐いたふりして、結局兄貴の嫁になるっつった昔馴染みの女が憎らしくてかなわん」

別に大したことではないというように、巽は軽く答えた。冗談に乗って軽口にしてしまえば、呪いに似た怒りも少しは和らぐだろうか。せめてこの冷たい雪原にその欠片だけでも置いていきたかった。

「そら災難。すれた猫みてえなのはどこにでもいるよ」

「ほお、どこにでもか」

「おうよ。一生の悪い運をその女で全部使っちまったと思いなよ。残りの人生、心も体も別嬪さんに恵まれっかもしんねえよう」

大二郎は茶化すようにそう言うと、自分の股間をしごくふりをした。その卑猥な仕草と情けない作り顔に、思わず噴き出す。

獄を生きて出ることが叶ったならば、その足で縊り殺しに行きたいと思っていたぐらいの女が、大二郎の助けで今はもう過去の女に思える。逆に、こんな生死を分けるようなとんでもない吹雪に遭遇したのだ、これを機に心から捨ててしまわねば割に合わないというものだ。

あっはっは、と巽は大袈裟に笑った。

「まずは生きてお役目全うしなきゃいけねえし、なにより朝まで生き延びなけりゃあなんねえな」

「そうよな。なあ、中田看守さんよ」

大二郎はふいに話を振った。中田は少しだけ頭を持ち上げる。

「なあ、あんたは女の話はないのかい」

「お前に話す理由はない」

冷たい反応に、大二郎ははあーんと大袈裟な女形（おやま）のように息を吐いた。

「つれないことを仰（おつしや）いますなよ。ここで死ぬも生きるも五分五分だ。死ぬにしたって多少は面白い話をしてから死にてえじゃねえか」

な？　と大二郎は中田の肩に手を置く。中田は面倒臭そうに瞼（まぶた）を伏せると、そのまま口を開いた。

「貴様ら囚人には関係のない話だが……月形の街に女郎屋はない」

中田は囚人たちに命令するのとほぼ変わらない、静かな口調で語り始めた。

「あそこはもともと数軒の開拓農家しか存在しなかった中、監獄ありきで発生した街であり、集治監の総責任者である典獄殿が地区の首長を務める状況の中、表立って女が春を鬻（ひさ）ぐ店は存在しない」

なんだつまらん、と大二郎が唇を尖（とが）らせると、中田は小さく首を横に振った。

「だが例外はある。集落で商売をする者も、農家も、集治監で働く我々職員も、当然ながら酒を酌み交わすこともあるし、外で飯を食うこともある。場合によっては中央から派遣された官吏を食事で歓待する日もあり、それに相応（ふさわ）しい酒と料理を供する店は存在する」

淡々と、説明に徹した中田の言葉は感情を排したぶんだけ詳細だ。気づけば巽も大二郎も、やや前のめりに中田の語りに耳を傾けていた。

「そこの酌婦の誰それに、膳を下げさせる際、徳利（とつくり）の中に懐紙の切れ端を入れておくと、上階の布団に案内されるという話は聞いたことがある」

「おおお！」

「そりゃあまた！」

大二郎につられる形で、巽も歓声を上げた。

巽にしても、生まれ育った東京で、相応の店を選ぶか金を持って淀んだ雰囲気の裏路地に迷い込んだふりをすれば商売女など幾らでも出てくることは知っている。しかし罪人として収監され、女といえば外役に出る時に住民の年増女を編笠の隙間から覗き見るぐらいの生活をしていれば、その集落で金さえ出せば抱ける女がいる、その事実だけで下種な男の性が沸き立つというものだ。

「お前らに妻はいたことがあるか」

ふと急に中田がこちらを向き、真面目な顔で問うた。

「いや、ない、です」

「惚れた女も惚れさせた女もいっぺえいたけど、俺も妻はねえなあ」

巽と大二郎の返答を聞いた上で、中田は小さく頷いた。

「聞いた話なので俺が見知ったことではないが……金で買える酌婦のうち一人が、囚人の妻なのだという話は聞いたことがある」

「えっ」

巽は思わず大二郎を見た。本人も、霜ののった重そうな瞼をかっと開いて驚いた様子だ。思い出されるのは当然、以前大二郎が口にした、集治監の外壁を眺めていたという女の話だ。

襟を大きく抜き、切なそうに塀の中に思いを馳せている様子だった、とされた女の幻想は囚人たちを大いに沸き立たせたのだ。それで興奮した囚人の一人に犯されかけた巽としては、忘れられるはずもない。

大二郎の話が全くの法螺話（ほらばなし）だったと思っていた巽は、中田の思わぬ証言に驚いていた。

「何だ、じゃあ俺の話、意外と本当だったかもしれねえってことか。男に体売って食いつなぎながら、ダンナ出てくんの待ってんのか」

「本当にな。まさかこんなことが……」

驚くやら、当惑するやらの囚人二人をよそに、仕事に関係のない話をしたばつの悪さか、中田は苦い表情で顔を逸（そ）らす。

「つまらん話をした」

ちっ、とごく小さな舌打ちをして、中田は看守用外套の隠しに手を入れた。すぐに何かを摑（つか）んで取り出す。白い塊のように見えるそれは、和紙に包まれているようだった。

中田は寒さで真っ赤になった指で、どこか恭しく、儀式めいたように和紙を解いた。中から茶色の塊が見える。

「饅頭（まんじゅう）だ！」

巽は思わず叫んでいた。皮に黒糖を使った饅頭だ。間違いない。収監されてから久しく、目にしてさえいない甘味だった。

菓子は人並みに好きではあったが、大学で酒を飲むことを覚えてからは、通ぶって敬遠しているところがあった。しかし、食う物ひとつままならぬ囚人の身となってからは、与えられるはずのない餡（あん）子（こ）の味が恋しくて恋しくて仕方がなかった。他の囚人たちに聞いてもそうだというので、人は禁じられたものにこそ憧れが募るものだとひしひし感じる。

その、恋焦がれた饅頭が目の前にある。巽は男の掌の半分ほどのそれに目が釘付けになった。大二郎に至っては、口を半開きにして息まで荒くしている有様だ。

中田がちっと再び舌打ちをしてから、それを二つに割る。やや大きな方をさらにもう一回。薄く慎ましい茶色の皮、それに挟まれたる黒々とした餡子は漉し餡なのか、みっしり詰まって鎮座している。

少し歪な、三つの塊ができた。一番大きいものを中田がさっと口に運ぶ。無言のまま、二つの塊を巽と大二郎に差し出した。

「い、いいんですか」

「早くしろ」

中田の返答を最後まで聞かずに、巽は呆然と饅頭を眺めている大二郎の頬を叩いた。ようやくはっと居ずまいを正した大二郎は、中田の手の中にある茶色の塊を改めて認めると、たちまちかっと瞼を開いた。

「なあんてこった！　極楽だ！」

大二郎は饅頭を食っていいのかを確かめもせずに奪い取り、家宝を扱うように両手で捧げ持った。表情は恍惚として、さすがに巽の眼にも大袈裟に見える。だが、大二郎は大真面目なようで、小さな欠片の端を慎重に口に含んだ。

「甘い。うめえ。甘い」

大二郎の眼は潤んでいた。大袈裟だな、と思いながら、巽も抗えず半分ほどを口に入れる。舌先と脳天の二か所に雷が落ちたような気がした。

「うめえぇ」

しばらく錆び付いていた甘さを感じる器官に、再び電気が流されたような気分だ。濃厚な甘みが口から喉へと広がり、黒糖の懐かしい香りが鼻へと抜ける。

気づけば口の中が少し温もっていた。寒さでかじかんでいた頬が、温かい唾液で満たされているのだ。嚙みしめるたびに、眼から勝手に水分が滲んだ。凍らないように慌てて袖で拭う。横を見れば大二郎も同じように泣きそうな顔で饅頭を咀嚼し続けている。

「大袈裟だ」

囚人二人の、捨てきれていなかった甘味への愛着を目の当たりにして、中田の目がふと細くなった。口の中の餡子を舌で愛でながら、おや、と巽は思う。

——今この男、笑ったのだろうか。

看守たちの中でも極端に職務に忠実で、能面づらと言われる中田が、表情を緩めている。それはほんの僅かな変化ではあったが、かつて囚人が蛇を捕らえて食うのを見逃した看守どもの、あの嘲るような施しの笑いとは明らかに違っていた。彼のごく微細な微笑みを、巽は素直に好ましく思った。

「ありがとうございました、看守さん。ご馳走様でございました」

奇跡のように思える甘みを名残惜しく嚥下し、巽と大二郎は頭を下げた。

「これでもう、俺に朝が来ずとも名残惜しいことはございません。良い冥土の土産となりました」

大二郎が至極真面目な声音で言う。さすがに誇張だろうと巽は思ったが、案外と本人は本気でそう捉えているのかもしれない。今、なんとか気力と体力を保ち、時ならぬ甘味で心浮き立たせてはいるが、朝まで何時間耐え抜かねばならないのか、ここからさらに風が強くなる可能性はあるのか、全く見通せていないのだ。

「冥土の土産と言ったな」

ふいに、中田が何の前触れもなく呟いた。

「なら俺も、土産となるような対価を貰おうか」

中田が言葉を吐く度に漂う白い冷気が、ひどく冷たそうに言葉に付きまとっていた。

巽は唇を嚙む。飲み込んだ饅頭は吐き出せない。何を対価に求められるというのか。まさか戯れで殺されるか。いや人数があればそれだけ温もりとなるのだ、少なくとも今はその時ではないはず、と頭の中で戸惑いがぐるぐる回る。

「例の石、持っているのだろう。見せろ」

中田の静かな言葉に、巽は小さく安堵の息を吐き、大二郎は明らかに顔を険しくした。当然ではある。今、あの石を預かっているのは巽だが、大二郎の持ち物であることに変わりはないのだ。

しかし囚人に拒否権はない。巽は囚人服の襟に手を伸ばすと、内側に入れた切れ目に指先を突っ込み、中を探った。手がかじかんでうまく動かない。中田は急かす様子はないが、大二郎の思いつめたような目で見守られていると、妙に緊張してさらに動きが鈍る。

どうにかこうにか指先で石と、そして中田に引っこ抜かれた奥歯の存在を確認した。そのうち、歯ではない方を引き出して掌にのせ、差し出した。

中田は石を摘まみ上げると、ランタンの火にかざして観察した。以前、大二郎から取り上げた時は価値のないただの石英だと言い切った中田だったが、もしや気が変わってこの石を欲しているのだろうか。巽は嫌な予感を覚える。中田の一挙一動を固唾を呑んで見守っている大二郎は尚更緊張しているようだ。

「看守さん、飴(あめ)みたいだからって舐(な)めないでくださいよ」

大二郎の茶化した物言いは、精一杯の虚勢であるらしかった。

「お前の尻の穴から出たものを、誰が舐めるものか」

顔色ひとつ変えずに中田は答え、なおもじっと石を見つめている。

「石自体は透明度が高いだけのただの石英だ。水が入っているというのも、多少珍しくはあるが特別高価なものではない。ただ」

「ただ?」

言葉を切った中田に大二郎は詰め寄る。石の専門知識がありそうな物言いの中田に比べ、大二郎自身は石の真の価値を知らないまま愛でていたようだった。

「水が入っている隙間の形が興味深い。普通ならばただの結晶間の隙間だろうが、これは負晶だろう」

「ふしょう?」

全く分からない巽が鸚鵡返(おうむがえ)しで訊(き)き返す。

「確か字は負けた結晶と綴(つづ)る。鉱物固有の、決まっている結晶の形そのままに中が抜け落ちていることを言う。俺は学者ではないから、学校の本で読んだそのままだが」

「負晶……負けた結晶……」

勉強でもないのに読んだ本の内容を覚えて諳(そら)んじられるなど、学者でなくても相当なものではないのか。そう驚く巽の隣で、大二郎は中田から与えられたばかりの単語をぶつぶつと繰り返している。

「貴様、これをどこで手に入れた？」

「拾いました」

迷いのない即答に中田の眉が若干寄せられる。答え自体に毒も企みも感じられない。ただ明け透けな嘘の気配があった。

巽自身、何度か大二郎に聞いてその都度どこかはぐらかされてきた疑問だ。盗んだにせよ、何らかの形で強引にせしめたにせよ、後ろ暗い可能性も、全てはこの石に貴石的な価値がない、という結論ひとつで意味を失う。では、大二郎はなぜ嘘を吐くのか。何が彼をそうさせるのか。推測できる要素はまるでない。

ひとしきり石を光源にかざすと、中田は石を巽に返した。直後に指先を周囲の雪になすりつけたあたり、幾度か大二郎の糞に塗れて肛門を経たことに不快感を感じているのだろう。だが大二郎は中田の動作に不快さを感じる様子もなく、あからさまに息を吐いて安堵に浸っているようだった。強引に奪われれば彼はどのように傷つくのか、おぼろげに想像がついた。

巽は雪に落とさぬよう石を慎重に襟の中へと戻す。このままさらに吹雪が酷くなり、夜明けを待たずに三人の命が尽きたなら、この石と自分の奥歯は死体と共に燃やされるだろうか。それとも囚人服ごとぞんざいに洗われて、どこかの新しい罪人の近くにありながらひっそりと忘れ去られるのだろうか。

そんな夢想をしていると、ふいにべちんと大きな音がした。頬が熱い。大二郎に叩かれたのだと分かった時には、彼は全く悪びれるそぶりもなく笑っていた。

「さっきの饅頭の時のお礼だ。寝たら死ぬぜ、兄さんよ」

「だったらまず声掛けから始めてくれよ」

文句を言いながら、改めて体を縮める。耳が痛い。顔の皮膚が痛い。藁沓の中の足の指が痛い。たとえこの夜を生き延びたとしても、体のどこかが凍傷で腐ったらどうすればいい。巽は樺戸集治監で足が重度の凍傷になった囚人のことを思い出した。

左足の甲から先がどす黒く変色し、看守から「切断だろうな」と言われた男は首筋にまで入った刺青をよじらせながら病監へと連れていかれた。

その一時間後、奥から響く悲鳴は集治監の隅々にまで響き渡った。屈強な囚人ですらそれ以来は凍傷を恐れ、食事でたまに出てくる鷹の爪の切れ端を皆食べずに干して、藁沓の先に詰めるのが一時流行したものだった。

「そうだろうな。看守も長靴があるとはいえ凍傷予防には気を遣う」

ふいに中田が応えた。そこで初めて、巽は自分が思い出していることを実際に言葉に出して語っていたことに気づいた。看守に聞かれて差し支えのない内容だったはずではあるが、どこか気恥ずかしいものがある。

「兄さんよ」

巽がいけないと思ってもまどろんでいたところ、大二郎がとんとんと肩を叩いてきた。

「寝るんじゃねえよ。いいもの見せてやるから」

大二郎は内緒話のようにそう言うと、窪みの底の地面に触れた。うっすらと雪が降り積もった上を、大二郎の指先が迷いなくなぞっていく。

「何だ、絵？」

巽の戸惑いをよそに、大二郎の手は止まらない。中田も黙ってその指先に釘付けになっていた。描かれた曲線は重なり、最初は何か分からなかった物体が、次第に人間の姿のようになっていく。

「お前、これ」

それが何かと分かった時、巽は思わず噴き出した。大二郎が描いたのは、春画のような女がふんぞり返って大股開きをしている絵だった。

「どうだ、なかなか上手いもんだろう」

大二郎は得意げに胸を張った。死ぬか生きるかの瀬戸際でなんてものを、と巽は言いたいところだったが、実際、大二郎の絵は上手だった。

「こんな特技があったとはな。下手ではない」

中田までもが目を瞠(みは)った。

「餓鬼の頃、近所に元絵師という爺(じい)さんがいてよ。たまに習ってたんだ」

「小便餓鬼に春画教えるとはなんつう生臭絵師だよ」

堪えきれずに巽は笑った。腹まで震えるせいか全身が少し暖かくなった。

「なんで、この特技を樺戸で披露しなかったんだ」

「そりゃ兄さん、こんなの描いたら他の囚人の奴(やつ)らが裸の女描けって煩(うるさ)くなるだろ。それで看守殿に目ぇつけられるのも御免だい」

ねえ、と大二郎は中田に同意を求めた。ふざけた特技ではあっても確かに大二郎の言う通りなのか、中田は「賢明だ」と小さく呟いただけで仏頂面を保った。

――まさか中田と一緒に大二郎が描いた猥画(わいが)を見ることになるたあね。

巽は運命の妙が可笑しくなって、中田にたしなめられるまでげらげらと笑い続けた。

そうしているうちに燃料が切れたのか、ふいにランタンの炎が消える。真っ暗な中で会話を続ける気にもならず、三人はそのまま暗闇の中で吹雪が過ぎ去るのを待ち続けた。時折、眠らないように互いの体を押すか叩くかし、大二郎だけがその都度大袈裟に「痛ってえ！」と声を上げた。

東の空の端が色を変える前に、風はぴたりと収まった。雲は朝日を少し翳らせる程度で、いつの間にか晴れ渡った空で星が微かに明滅している。しかし、雲がないぶん温度が空へと抜けていくのか、大層気温が低下していた。

三人は最早言葉を発することもなく、窪みでじっと身を寄せ合った。眼だけはぎょろりと東の方向を睨み、太陽が昇るのを待ち焦がれる。陽光が差し、自分たちの体を少しでも温めてくれるのを今か今かと待ちわびていた。

朝日の尻が地平線を離れ、橙色の日光を真っすぐ寄越してくる頃になると、中田を筆頭に三人は窪みを抜け出した。もとは湿原であろう平原の所々に、しょぼくれた低木が佇んでいる。その北側の幹にだけびっしり雪が張り付き、反対側の雪と幹の接地面は小さな雪山が長い尾を雪原に伸ばしていた。

「吉森副看守長殿、今井看守、柳看守！」

中田は四方に向けて声を張り上げ、姿の見えない同僚の名を呼んだ。巽と大二郎も、義務こそないが「おおい、おおい！」「誰かいないか、俺たちはここだぞ！」と姿の見えない看守と囚人仲間に向けて声を上げた。

助かっていて欲しい、という願望を持つほど仲のいい奴はいない。ただ、かろうじて命を繋いだ者の義務として、また、自分が生きているのだという一種の確認として、巽と大二郎はしばらく声を張り上げ続けた。

三人は周囲をしばらく歩き回り、他の十一名の痕跡を探した。足跡は地吹雪で全て消えている。一か所だけ、雪に映えるくすんだ柿色が見えて、中田が慌てて駆け寄った。しかし、雪を掘って出てきたものは、垂直に雪洞を掘って吹雪をやり過ごしていた看守と囚人の姿ではなく、ただの囚人服の上衣一枚だった。

「それにしても、看守の外套や毛布なら風に奪われて飛んでいるのも分かるんだが、なぜ紐を解いて脱がねばならない囚人服だけがこんなところに埋まっているんだ」

巽は率直な疑問を口にした。雪に紛れて強盗を働いた者がいたとしても、看守が持つ拳銃や看守刀、あるいは仕立てのいい制服をまず奪うことだろう。囚人の粗末な服など奪う価値がまるでない。

「寒さでおかしくなったのだろうよ」

中田が独り言ちた。小さな声だったため巽にはそれが自分の疑問への答えと分からず、思わず「え?」と訊き返してしまった。

「人間は寒すぎると錯乱する。俺の育った街でも、吹雪の日に集落まで辿り着けなかった行商人が、着ている物を全て脱いで凍死していることがあった」

東京で生まれ育った巽は、酷寒の集治監で一冬を越したとはいえ、冬の北海道で普通の生活をする、という経験がない。塀の中にいる限りは、錯乱して服を脱いだ果てに凍死するということはなかった。そう思うと、自分はまだ塀と囚人という立場に守られているのではないかという思いすら浮かぶ。

「お天道さんの気まぐれで死んじまったんじゃあ、誰のことも恨みようがねえわなあ。なんまんだぶ、なんまんだぶ」

大二郎が心から同情したように囚人服に向かって手を合わせると、中田はそれを雪から引きずり出して背嚢(はいのう)へと突っ込んだ。

それから腰にあった拳銃を手にし、空へと向ける。一発、間を少し空けて、二発、三発。冷たい空気に火薬の臭いが混じる中、三人は改めて周囲を見渡した。銃声に反応する人影らしきものは一切なく、遠くで狐(きつね)が逃げていくだけだった。

中田は無言のままで拳銃をしまい、雪原を歩き始めた。

「行くぞ。陽(ひ)が落ちるまえに着かねばまた生死の境で縮こまらねばならなくなる」

その通りだった。巽と大二郎は二人の間を繋ぐ黒い鎖をジャリジャリ鳴らし、腰紐を引く中田の後ろを大人しく追った。


北に向かっていくと周囲は林と山がちになり、巽はまさかまた遭難したらどうしよう、と恐怖にかられた。しかし中田は確信を持って歩いているらしく、行軍に緩みも淀みもない。日が沈みかけてやっと、丘の向こうに小さく煙が見えた。

「着くぞ」

中田の合図に巽と大二郎が前を向くと、白く立ち上っている煙はやけに白っぽく空中を漂っている。

「ああ、こりゃあ……」

大二郎が何かを知覚したようで、犬のように鼻をくんくん鳴らした。巽も倣うようにして慎重に空気を嗅ぐと、どこか懐かしいような、それでいて日常と縁のない臭いが鼻の穴にべったりこびりついた。何だろう、と思い出せぬままに丘一つを越え、ようやくその正体に気づき言葉を失った。枯れ木が茂る山間（やまあい）に、黄色い山がにょっきりと生えていた。その山だけが白と明るい黄色に覆われ、そこかしこから白い蒸気が噴き出ている。

「思い出した。硫黄泉だ」

巽は思わず口に出していた。確か、幼い頃に祖父母の湯治に連れて行かれ、硫黄の温泉に浸かったことがある。その臭いだった。

山には三十名ほどの人影が見えた。少数の制服を着ているらしき人物と、その他大勢が纏（まと）っている柿色の囚人服。どうやら目的地の釧路集治監の囚人たちが働かされている硫黄採掘現場に到着したようだった。

中田は立っている制服の看守に声をかけると、他の看守に巽と大二郎の見張りを頼んで少し離れた場所に建つ建物へと向かった。壁も屋根もしっかりした造りで、入り口は木の框（かまち）まで設けられている。遠目で見ても、黄色く荒れた山にそぐわない、妙に立派な佇まいだった。外役所、という木の看板が見えた。

中田に代わって二人の腰紐を手にしている傍らの看守を覗き見る。中田の纏っている制服と形はほぼ同じだが、随分と煤（すす）けている印象だ。制帽の下の顔は肌の張りからして二十代と思われるが、その眼窩（がんか）は落ち窪んでひどく疲れた印象を漂わせている。その奥の虚（うつ）ろな目は硫黄山へと向けられ、囚人たちがスコップや一輪車を扱っている様子をじっと眺めていた。監視している、というよりも、ただ見ている、という感じだった。

ここならば脱走が容易なのではないか。巽の心に暗い思い付きが湧き上がる。看守の意欲は低く、周囲は山で、仕事場は柵で囲われている訳でもない。
何かと鋭い中田は想定外の事故があったとはいえ囚人を目的地まで送り届けたのだから、すぐに樺戸へと帰っていくだろう。もしここの看守がこの男のようにぼうっとした者揃(ぞろ)いならば、劣悪な環境ですり減りながら釈放の日を待つより、自ら自由を勝ち得ることを考える方が良いのではないか……本気とも、戯れともつかず、ぼんやりと巽は考えていた。隣の看守が眺める先で、囚人たちは手を休めることもなく延々と硫黄採掘の労働を続けていた。

彼らの動きを眺めるのに飽きると、巽は編笠の下でこっそりと周囲を見渡した。

硫黄山の周辺は、驚くほどに雪がなかった。遠くに見える阿寒山系の峰々はまだ白い雪を頂きにたっぷりと湛(たた)え、その麓も吹雪のあった平原のようにまだ雪に覆われているところも多いというのに、硫黄山を中心とした周囲一里ほどは、異様なほど雪が少なかった。ごつごつとした岩の上に、しょぼくれた背丈の枯れ木が生えているだけで、雪がないとはいえ全く春めいてもいない。その割にこの暖かさは異様だ。顔を撫(な)でる空気も暖かい。編笠の隙間からよく見れば、地面から蒸気が立ち上る箇所もある。

「おい見なよ、兄さん」

隣で大二郎が小さな声を上げた。巽は看守の様子を盗み見たが、こちらを一瞥(いちべつ)もしない。多少の私語なら許される雰囲気に、大二郎が示す先を見た。

硫黄がこびりついた岩の間で、蒸気を上げながら湯が沸いているのが見えた。

「温泉か」

集治監の、数日に一度の汚い湯による入浴に辟易(へきえき)させられている身としては、今すぐ素っ裸になってあの水たまりに飛び込みたい気持ちだった。

そこから巽と大二郎は長い時間を待たされた。致し方ないことだ。本来なら囚人十名、看守四名で来るはずが、大方が予定外の吹雪でまんまと行方不明になっているのだ。あの中田でさえ焦って説明せざるを得ない事態に、他人事（ひとごと）とはいえ巽としても多少気の毒になってしまう。

「他の奴らも、温泉があると分かれば喜んだだろうか」

「さあなあ」

意味のない仮定に、大二郎は冷たかった。それよりも、彼の目が手を休めることなく働き続ける囚人たちに注がれていることを知って、巽は心を引き締めた。ここは温泉が出る極楽なんかではない。容易（たやす）く自分たちの命を奪う、樺戸よりも過酷な監獄であるかもしれないのだ。

気を引き締めても具体的な心構えまでは程遠く、巽はどこか地獄の幻想を見る思いで黄色い山を眺めていた。


はぐれた囚人八名と看守三名は、結局行方不明のままであった。その週のうちに八名、残り三名は雪が完全に融（と）けてから、少し離れた場所で見つかったという。

そして、硫黄採掘に従事する囚人の不足と同時に看守の不足も表面化し、中田看守は樺戸集治監勤務から釧路集治監外役所勤務へと異動することが決定した。巽と大二郎はいつまでも去らない中田本人からその事実を知らされて、ひどく驚くことになった。

二　倫理の山

巽と大二郎、そして看守の中田が送られた釧路集治監の外役所は、それまでいた樺戸集治監とはいくらか様相が異なっていた。

集められている囚人の罪状はさほど変わりない。殺人、放火など重い罪の無期徒刑者や懲役終身者と、窃盗、国事犯などの有期刑者が皆一緒くたに交ぜられている。獄舎はもとは囚人の手によって建造されたと思われる木造で、食事も基本は馬鈴薯（ばれいしょ）、麦、野菜、大豆などを自給している。ここも同じだ。

一番大きく違ったことは、外役の内容だった。釧路集治監でもっとも囚人の数を割かれているのは、標茶の集治監から北に十里（約四十キロメートル）ほど離れたところにあるアトサヌプリという山での外役所における硫黄採掘だった。巽らが吹雪を抜けて着いた際に見た、黄色い山がこれにあたる。

アイヌ語の地名に詳しくない巽は、外役所での初めての食事の際、近くにいたアイヌの囚人にそっと意味を聞くことにした。

「なあ、あの、今日入った者（もん）で。教えちゃくんねえか。皆、あの山のことをあとさぬふり、とか何とか言ってるけど、何のことだ」

「アトサヌプリ、だ。裸の山って意味だ」

彼は吐き捨てるように言った。

「なるほどなあ、うまいこと言うもんだ。確かに木の一本も生えずにごつごつしてるもんなあ」

巽の隣に陣取っていた大二郎が感心したように笑う。それを、アイヌの囚人だけでなく周囲の者たちがじろりと睨んだ。

「おっと失敬失敬、ご失敬申し上げましたあ」

大二郎はおどけて自分の口を押さえていたが、目はきょろきょろと周囲を確認して、剣呑（けんのん）な空気を感じ取っている。

――空気が悪いな。

大二郎に倣い、余計なことは言わない方がいいと決め込んだ巽は、密か（ひそか）に眉根を寄せる。収容された外役所の食堂は静かだ。看守の目を盗んで私語に興じる気配もない。どうにも、樺戸集治監で感じた囚人同士の気安い感じがここでは微塵（みじん）も得られない。

それだけではなく、食堂にたちこめる空気が実際にあまりよくない気がする。硫黄の臭いがするのは件（くだん）のアトサヌプリが近いから仕方ないだろうが、作業をしてきた囚人たちの服の繊維ひとつひとつ、髪や髭（ひげ）の一本一本の表面まで硫黄の臭いが染みつき、それが獄舎に持ち帰られているように思えて、目の前の麦飯を飲み込むのに難儀した。

――それとも何か月もここにいれば俺もこの腐りきった温泉水のような臭いに慣れるのだろうか。

臭さを感じなくなるのであればそれは楽なことだろう。しかし単純に、それまで自分の体は保（も）つのだろうか、という疑問が明確な恐怖となって感じられた。

巽は息を殺すようにして目の前の飯を飲み込みながら、周囲の囚人たちの様子を観察した。皆、体が細い。樺戸集治監でも過酷な労役に粗末な飯で、太った新入りもみるみる痩せていったものだが、ここでは痩せているというよりも衰えている、という印象が強かった。肌に艶はなく、目にも光はなく、眼窩は落ち窪んでいる。

食堂のあちこちで咳き込む声が聞こえ、静まり返った食堂の中、それが一層不気味に感じられた。

到着して全身くまなく検分を受け、身体頑健、問題無し、と見なされた巽と大二郎は、翌日からさっそくアトサヌプリでの外役に出されていた。

看守に見張られた徒歩で移動する間も、周囲の空気は暖かかった。編笠の隙間から見える外の風景では、道の脇から湯気が漂っている。巽が物珍しくしていると、大二郎が「温泉が川に流れ込んでんだ」と教えてくれた。囚人という立場でなければ、硫黄泉の特徴的な臭いを嗅ぎつつ、湯船で心身を緩めたかった。ないものねだりの癖はここでも抜けず、また、二日前に体験した真っ白い世界との落差に、巽は目の前の現実を受け入れられずにいた。

前も見えぬほどの吹雪に見舞われ、死を覚悟したあの寒さは何だったというのか。四月の気まぐれな雪と、この地方特有の奇妙な暖かさ。

地獄から天国、いやまたここも地獄なのだろう。巽は首を動かさないまま視界を巡らせ、馬車の脇で騎乗している看守の様子を見遣った。

最初にアトサヌプリを訪れた時の印象そのままに、看守も囚人と同様覇気を感じられない。目こそ制帽の鍔に隠れて分からないものの、皆一様に顔色が悪く、馬上の姿勢も悪いように見える。制服も生地がよれ、裾や袖の小さな泥汚れもそのままだ。

そんな中で、同じく随行している中田看守だけは馬の上でぴしりと背筋を伸ばし、前を向いている。制服も皺（しわ）や汚れひとつなく保たれていた。

――あんだけの吹雪の後、ちゃんと乾かして火熨斗（ひのし）でもかけたってか。几帳面（きちょうめん）なこった。

巽の中で悪態と呆（あき）れが半々で入り交じる。くたびれた看守に囲まれた中、外部から来たばかりの中田の姿は明らかに浮いていた。

それとも、ここに何か月かいたら中田も他の看守と同じように煤けていくのだろうか。巽は無意識に下の奥歯に舌先をやった。歯列にぽっかりできた空洞は、中田に抜かれた虫歯の痕だ。抜かれたばかりの時にあった歯茎の穴ももう塞がって久しいのに、押さえつけられて無理に抜かれた痛みの記憶はなかなか抜けてくれない。

もとは中田が人手不足から硫黄山に留（とど）まることになり、ほんの少しだけ、ざまあみろ、という思いもあった。しかし、あの吹雪の中、ほんのひと欠片の餡入り饅頭を与えてくれた恩というものもある。護送の任務を帯びた看守としては、囚人を死なせないための行動であったのかもしれないが、あの一口の甘味により、巽は雷で全身を撃ち抜かれるほど感動したのだ。精神より肉体の信頼が先に立ったと言ってもいい。

中田には環境に屈せず、どうか厳しく、囚人と容易になれ合わず、あの制服をきちんとしたまま保っていてもらいたい。看守が看守らしくあって欲しい、などと、矛盾した感情を抱いていた。

外役で実際に足を踏み入れたアトサヌプリは異様だった。

まずは臭い。遠くから嗅いだものとは比べようもない硫黄の特徴的な臭いが、噴き上がる蒸気を伴って無理矢理鼻孔に侵入してくる。その臭いが肺腑の隅々にまで張り付くのか、吐く息でさえ硫黄臭がして巽は呆れた。

そう、臭いだけではなく蒸気も問題なのだ。白い岩盤の上に硫黄の鉱石を混ぜ合わせたようなアトサヌプリは、あちこちから蒸気を噴出させ、石の窪みから灼熱の温泉が泡と一緒にコポコポ音を出して湧き出ている。地熱のため、草鞋の底が熱く感じられるほどだ。その熱気はまさに灼熱といえるものだった。

作業自体は単純なものだ。

鶴嘴で岩盤を穿ち、砕かれた岩のうち黄色い部分が多いものを拾って、モッコで背負って下山する。下では加工場に続く引き込み線にトロッコが置いてあり、そこにモッコの中身を入れれば作業は一巡となる。

鶴嘴を振るう役と、モッコで硫黄を運ぶ役とは、監視している看守の采配により入れ替えられる。巽も大二郎も初日のうちに両方を体験して、どちらが楽ということはない、という結論に至った。両方、体にこたえる。

鶴嘴の方は、常に硫黄の蒸気に晒される。熱く臭い空気の中、全身を使って硫黄を掘れば、数分もしないうちに息が上がり、囚人服が全身にべったりと張り付く。

看守はそれほど熱心に見張っているわけでもなさそうなので、常に全力で作業せねばならないこともないが、そう頻繁に手を休めていることもできない。

モッコでの背負子は背負子で、山を下りてトロッコの所まで来れば熱気と臭いからは解放されるが、それはほんの一時に過ぎない。また、重い硫黄を背負う中、滑る岩盤を下っていかなければならない。

滑る岩肌に草鞋を滑らせれば、たちまち転倒してモッコや硫黄ごと転げ落ちる。それだけならまだましで、岩盤の所々に湧いた硫黄泉に体の一部でも浸かろうものなら、転倒の痛みとは比べ物にならない熱さが襲う。たとえ火傷をしても、看守から転んだことを叱責されるだけで手当てなどは望むべくもなかった。

ただひとつ、樺戸での外役と違って楽だといえるのは、二人一組で脱走防止の鎖に繋がれることがない。傾斜のある場所で作業を行い、片一方が転べば相方も道連れだ。おそらく人道的な面からというよりは、作業できる囚人が減ってはよろしくないという実務的な面からだろうな、と巽は思った。

そして、鎖に繋がれていない割には看守たちの勤務態度はお世辞にも真面目とはいえない。ぼうっと空を眺めていたり、焦点の合っていない目で作業を眺めているだけ、という看守もいる。

鎖がなくて、看守が油断していて、という恰好の脱走条件が、巽の目には薄気味悪く映った。ざっと見る限り、脱走の隙を狙っているような囚人の姿もない。それは、脱走できたところで生き延びられるような土地ではない、ということが考えられた。地獄そのものの過酷な硫黄山、春にもかかわらず横殴りの強風を伴い何人もが姿を消したあの吹雪。囚人も看守も問わず等しく人の命を奪いにかかる、得体の知れない荒野の気配がそこにあった。

半日もしないうちに、巽は音を上げそうになった。樺戸での過酷な外役よりも、環境が醜悪というただその一点をもってさらに過酷な作業だといえた。樺戸での噂は悪い形で当たっていたのだ。

ただ、音を上げたところで免除されるはずがないことも巽はよく知っている。周囲の囚人、特に一緒に連れてこられた大二郎が黙々と働いているのを目にして、巽も黙々と鶴嘴を振るい、言われるままにモッコで石を運び続けた。途中、三回転び、そのうち一度は熱泉で右手に火傷を負った。

遅い昼飯時間となり、山の麓で一塊（ひとかたまり）になった囚人たちに弁当が配られる。きつい労働の中でも食事が唯一の楽しみであるのは樺戸もここも同じなようで、囚人たちは少し表情を緩めて各々箸を動かしていた。

――夕飯の時はそうでもなかったが、やはり山から下りられる昼飯はみんな嬉（うれ）しいもんなんだな。

巽もほっと息を吐きながら、配られた長方形の弁当箱の蓋を開ける。麦飯と沢庵（たくあん）と山菜の塩漬けらしきものが少し。粗末さは樺戸とそう変わりがない。しかしこれを食い終わればまた硫黄を掘り続けなければならない、という事実が箸の運びを遅くしていた。

「なあ兄さん、一度手続きで連れてかれた時、見たか」

やる気のない看守をいいことに、ふいに隣の大二郎が小声で話しかけてきた。視界の端に映る中田看守がこちらをちらりと見て、しかし咎める様子がないのを確認してから返事をする。

「見たって何をだい」

「あの、洋風で二階建ての立派なやつよ」

ああ、と巽も合点がいった。馬車に乗せられ、わけも分からず訪れた釧路集治監の本陣だ。集治監の敷地と道路が接する真正面に、洋風の二階建ての建物があったのだ。

玄関の上にはバルコニーがあり、全面を白いペンキで塗られた建物は、東京で外国人も泊まれるホテルだ、と言われたら納得していた立派な佇まいだった。機能を優先して造られた獄舎や看守棟と比べると、美しいがひどくけばけばしい印象さえ受けた。

「あれは、典獄様のいらっしゃる所だ」

近くで黙々と弁当を食っていた囚人の一人が呟いた。

「へえ、あそこでお仕事なさってたり、看守さんたちに指示を出していらっしゃるわけかい、典獄様は」

大二郎が囚人の言葉選びに沿うようにして言った。巽は違和感を覚える。大二郎が慎重に丁寧な言葉を選んだように、囚人は典獄に様までつけて表現していた。看守が別段こちらに聞き耳を立てている様子もないのに、だ。

樺戸では、囚人たちは看守ら職員の前ではもちろん典獄に敬称を添えて呼んでいたが、裏ではこっそり恨みつらみの言葉をぶつけ合っていた。集治監の総責任者であるということは、囚人たちの恨みを全て一身に引き受けるべきだ。そんな一方的な思いがあった。

「あの建物は、前の典獄が造ったもんだよ。こんな地の果てにへんに洒落(しやれ)た建物造りやがって」

他の囚人が話に割って入った。話しぶりからすると、前任はともかく、現在の典獄だけが囚人たちに受け入れられているようだと巽は判断する。

「うまいこと言うなあ。地獄も監獄も獄は獄。そういや、餓鬼の頃、寺の坊さんに見せられた地獄の絵にこの山みたいなのあったよ。餓鬼が釜茹(かまゆ)でされるやつでさ。あれ分かるか、兄さん」

話を振られて、ふうむ、と一瞬悩んだ振りをしてから大二郎の思惑に乗ってやることにする。

「ああ地獄図ってやつだな。だが俺ら、釜で茹でられてるわけではないから、どっちかってえと針の山に近いんじゃないのか？」

「ちげえねえ。熱くて、痛くて、釜茹でと針の山を半分ずつ持ってきて混ぜて固めたような地獄だな」

ふっ、と囚人たちのそこかしこで噴き出したような音がする。自分たちがこれまで懸命に働いてきた現場を地獄扱いとは、一歩間違えればぶん殴られかねないことだ。しかしそこは大二郎、軽妙な話し方で過酷な状況をうまいこと笑いに変えている。

「そこに毒霧のふりかけのおまけときたもんだ。ああこりゃ、地獄の一級品だよ」

とどめの一言に、ついに飯粒を噴き出して笑う者もいた。話が耳に届いた近くの看守も、苦笑いはしているが止める気配はなかった。

思惑に乗って話を煽る立場になった巽としても、真似できんなあ、と変に感心した。奴の与太話で誰かの作業が楽になるわけでも、疲れや痛みが消えるわけでもない。しかしあのよく回る口によって慰められるものは確実にあるのだ。

やがてささやかな昼食と短い食休みが終わり、各々片づけをしてまたアトサヌプリの方へとのろのろ足を向けていく。

体が頑健な巽をして、またあの山に登るのは辛い。初日にして気持ちが弱っていると、ふいに背後から「おい」と冷たい声が聞こえてきた。振り返らなくても分かる。中田だ。

「なんでしょう」

「ここの看守の職務意識は樺戸よりも脆弱だ。とはいえ、おかしなことを考えるな」

今さら何だ、わざわざ釘を刺しに来るほどのことか、と巽は思ったが、いつもよりも唇を引き結んだ中田の表情に察しがつく。なるほど、中田が樺戸から護送してきた囚人が脱走したとなれば、中田の咎と言われかねないのだろう。

「分かっています。俺はただ命じられたお勤めを果たすだけです」

ここは表面上でも殊勝にかわしておくか。そう思って大人しく歩き出したところに、大二郎が顔を突っ込んできた。

「いやあ樺戸と違って温泉あるかと思ったら、囚人の湯場では普通の湯しかないんですってね、残念残念」

大二郎は妙に愛想よく中田に擦り寄った。中田は眉間に皺を寄せたままで大二郎を見ている。

「看守の皆様が住んでおられる官舎には、温泉は引かれておいでで？」

「……ああ。貴様ら囚人とは違う」

口数少なくも返事をした中田に、巽は少々驚いた。いくら規律が緩そうとはいえ、中田が囚人の軽口に応えるのは珍しい。大二郎はまるで中田の反応をあえて確認していないかのように、調子に乗ったままで続けた。

「中田看守さんも温泉堪能していらっしゃるんでしょう。いやなに、俺ら囚人は致し方ないですよ。柿色服着てる側ですからねえ」

そう言って、大二郎は自分の囚人服の襟を引っ張った。午前中の数時間の労働でたっぷり汗を吸って濡(ぬ)れ、柿色というより錆色(さびいろ)に近いものになっている。

「ただ少し、ここの温泉がどんなに心地よいか伺ってみたくって。その温かさ、気持ちよさを想像するだけでも、我々囚人には心の支えになるってなもんですよう」

ね？　と媚(こ)びるように首を傾けた大二郎に、巽は噴き出しそうになって耐えた。

大二郎とて、本気で温泉の入り心地を知りたいわけではないだろう。入れない温泉の気持ちよさなど、想像するだけで毒にすぎない。架空の女の話をでっち上げた時といい、彼の話は薬であると同時に毒だ。

さて中田はどう答えるか。いっそ極楽のような心地だと自慢し、囚人たちを悔しがらせるような人物だったら素直に憎める。そう期待して待っていると、中田は重そうに口を開いた。

「ここのは、強酸性だ。俺の肌には向かん」

予想外の答えに、大二郎も巽も息を呑んだ。確かに強酸性泉なら、肌の弱い者だと入浴後に肌が真っ赤に痛むのは頷ける。しかしまさか、この中田の肌が弱いとは思わなかった。

——能面づらの肌は実は繊細だった、ってか。

笑い出さないように巽は下を向いて歩いた。しかし気配を感じ取ったのか、中田は巽のすぐ近くで「笑え」と凄(すご)んだ。

いかん。どう切り抜けるか。そう思っていると、中田は続けた。

「吹雪のせいで俺まで貴様らと道連れだ。笑いたければ笑え」

冷静で、感情を感じられず、だからこそこれが彼の本音であろうとも思えた。

本来ならば、選り抜いた十人の囚人を硫黄山まで送り届け、他の看守たちと共に樺戸へ戻る予定だった身なのだ。

それが、予定外の悪天候で副看守長ら複数の同僚と囚人のほとんどを失い、たった一人の護送看守として囚人とまとめて硫黄山送りにされた。それは、樺戸集治監において決して重い扱いをされていないという証左でもあろう。巽が彼の立場だったなら、すぐさま看守を辞めそうなあしらわれ方だ。

なんと返すべきか巽が答えあぐねていると、ふと大二郎が中田の肩を叩いた。

「いや」

看守に話しかけ、ましてや触れる。怒鳴りつけられても、殴られてもおかしくない振る舞いだ。しかし大二郎は淡々と、それこそ中田のように事実だけを述べた。

「結局硫黄山に追いやられるんだとしても、生きててよかったと思いますよ。俺らも、あなたも」

慰めたり、労わるような声音であれば、中田は即座に止めさせたことだろう。しかし感情の薄い声であるからこそ、彼は耳を傾け続けていた。

「命を獲ろうとする吹雪にとっちゃ、囚人か看守かなんて関係ねえでしょう。ならどっちも生きてりゃめっけもんだ」

なあ、と同意を求められて、巽も頷く。

「そうだな。誰でも彼でも命は一個。何にせよ、死なねえにこしたことはねえ」

「罪人と一緒にするな」

中田の冷たい声に巽は身を強張らせた。確かに、人を殺したわけでもない、ただ流れに任せて国事犯の端くれと見なされただけの身とはいえ、罪人とされていることは事実ではある。その自分たちが、看守に命の重さに差はないなどと言ったならば、懲罰の対象にされかねない。

踏み込み過ぎたか、と身を硬くした巽をよそに、中田は制帽を被り直した。そして看守刀の柄に手を置き、いつものように背筋を伸ばす。そのまま、のろのろ歩く巽と大二郎を追い越して先を歩いていってしまった。前方で転び、そのまま立ち上がらない老いた囚人の腕を持ち上げている。

「怖い怖い」

大二郎が、自分の喉を両手で縊るようにしながら笑う。確かに今のは踏み込み過ぎた。忘れてはいけない、と巽は自戒する。自らをどう思っていようが、ここではただの柿色の服を着た者にすぎない。

なにせ、死ぬまで働かせるためにここに連れてこられたようなものなのだ。吹雪を共に生き抜いたからといって、迂闊に中田の中身に添うような真似は慎むべきだ。たとえ、調子に乗っているような、それでいて多くを見透かしているような大二郎がどんな振る舞いをしようが、己まで一緒に落ちていくようなことがあってはならない。

考えとは裏腹に、巽は大二郎の石と自分の歯が収められた襟元を硫黄の毒から守るようにぎゅっと握りしめた。

硫黄採掘に従事してから、三日、十日、一か月。日を追うごとに、作業の辛さが巽の身を苛んできていた。

作業自体には慣れたとはいえ、とにかく現場の環境に体が悲鳴を上げる。

まず、目が痛い。噴き上がる蒸気の中にガスでも含まれているのか、日を追うたびに視界がかすれ、痛みはじめる。

すぐには死なない程度に苦しみが続く。どこかの性根の悪い誰かが熟考して編み出したような地獄だ。

もともと、囚人に課せられる労役それ自体が大きな刑である。ならば硫黄採掘は死刑の一種であるのかもしれない。巽はそう考えさえした。目もそうだが、巽は特に喉が痛かった。

このまま長期間採掘に従事したら目も喉も潰れるのでは、と思って他の囚人に聞いたところ、「当たり前だろ」とすげなく返された。

「お上は俺ら囚人の目や喉がどうなろうが知ったこっちゃねえよ。誰も彼も、どこもかしこも、体も心もぼろぼろだ」

言われた通り、確かに体のどこかを病んで病監に運び込まれる者はかなりの数にのぼるようだった。そしてそこから雑居房に戻る様子がない者もいる。

過酷な環境と乏しい栄養のせいで死にゆく囚人がいるのは樺戸の事情も同じ。だが、アトサヌプリではその数が度を越していた。

鶴嘴を振るったりモッコで硫黄を運んでいると、どこからかパタリ、ガシャリと音がする。また誰かが傾斜に足を取られて転んだか、と目をやれば、囚人服を纏った細い体はいつまで経っても起き上がる気配がない。近づいた看守たちが足先で倒れた体を蹴り、反応がないと、その足を摑んで山を下りていく。そして、その囚人を二度と目にすることはないのだ。

そんなことが、一日に一、二度あった。

雑居房の同房者もどんどん減った。皆、まるでいずれ死ぬのだと思い込んでいるかのように、互いに余計な口を利かずに、夕飯を終えた後は各々ごろりと丸太のように横になっている。大二郎のよく回る舌も、活躍の場がなかった。

もっとも、夏になる頃には、大二郎本人の体調も芳しくなかった。かつて楽しそうに話をしていた時にはぎらぎら輝いていた目は伏しがちになり、会話をしていても声に張りがない。

看守の見回りが来ないと確証を得た夜、巽は眠っている大二郎の腕を叩いた。壁の高いところに設置された明り取りの小さな窓から月光が差し込んでいる。うってつけの満月だった。午後から雨が降った後の晴天だったため、澄んだ空気の中で月が輝いている。

こんな日は、大二郎の石を見せてやるに限るのではないか。そんな気を利かせようと大二郎の体を揺り動かすと、彼は暗闇の中で既にぱっちり目を見開いていた。

起きていたのか。そう言おうとして、いきなり手首を掴まれた。

「兄さんよ、これ」

死んだように眠っている他の囚人を起こさないように、ごく小声で大二郎は言った。手に硬いような柔(やわ)いような、妙なものを握らされて、思わず取り落としそうになる。

「おっと、せっかく用意したんだ。無くしてくれるなよ」

「なんだ、これ」

卵と同じぐらいの、右手で握り込める大きさのそれは、ざらざらした部分と湿り気のある部分、両方の感触がした。

「芋だよ。茹で馬鈴薯」

「芋？」

「教誨師(きょうかいし)のおっさんがこっそり持たせてくれたのよ」

そういえば今日、雨で作業が中断して帰った後、希望者はキリスト教教誨師の説教を聞く機会を設けられたのだった。巽は全く興味がないためその時間を短い午睡に充てたが、大二郎は「ちょっと行ってみる」と出かけていったのだ。

返ってきた大二郎が内容について特に話すこともなかったが、それは隠れて芋を貰ったことの裏返しだったのかもしれない。巽はありがたく齧(かじ)りついた。塩気がない。ただ硬めに茹でられただけの馬鈴薯なのに、妙に美味く感じられる。子どもの頃は敬遠していた、芋の僅かな青臭さにさえ唾液が反応する。手の中の芋はすぐになくなった。分量としては大したものではないが、夜にこっそり口にする夜食としては上等だ。

「ごっそさん。少ねえ夕飯で腹が萎んじまうところだったから、ありがたかったよ。それにしても、芋くれるなんてずいぶん優しいんだな、その教誨師ってのは」

「うん、説教たれる部屋を見張っている看守の数は少ねえし、一度説教が始まれば中は教誨師と囚人だけだから、内緒だ、って言ってこっそりくれたんだよ」

つまりは今日の説教の参加者全員が芋にありついたわけだ。巽は自分も参加すればよかった、と思いつつ、一人につき一個与えられたであろう芋を半分くれた大二郎にもう一度感謝を述べた。

「本当にありがとう。今度は俺も参加して、俺の分の芋半分やらなきゃな」

「毎回くれるとは限らねえらしいよ。ああ、俺さ、神様も仏様も信じたくねえと思ってきたけどよ。腹に溜まるモン食わしてくれるなら、悪くもねえもんだなって思ったよ……」

眠いのか、体が辛いのか、大二郎の声は尻すぼみになっていく。

「でな、いいこと聞いたんだ。あんたらにも墓参りの習慣ってあるのかって。そしたら、あるんだとさ。で、信教にかかわらず、死人に心残りがある奴ぁ、墓参りに行けばその罪がちょびっとは許してもらえるんだってよ」

「罪?」

巽は思わず怪訝な声を出した。彼ら教誨師が語る罪とは、実際に囚人が犯したそれとは異なるものを指すのではないか。

「集治監でいくらお勧めしても許されないものでも、もしかしたら……」

眠気交じりの大二郎の声は緩慢で、会話も成り立っていなかった。大二郎の自分に向けているような呟きは、やがて控えめな寝息へと変わっていった。

巽は教誨師の説教を受けてみることにした。樺戸集治監でも地元の坊主が教誨師を引き受け、教誨堂もあった。一度だけ説法を受けたが、坊主の高慢な物言いと囚人に対する尊大な態度に呆れ果て、二度と足を運ばなかったのだ。

標茶でも説法を受ける気にはならなかったが、大二郎のように芋にありつけられればありがたいのと、ここはキリスト教の教誨師だと聞いて、ほんの少し興味が湧いた。

学生だった頃、同級生にキリスト教を信じている者が何名かいた。彼らが特に清廉だったわけでも人格が優れていたとも思えないが、常に風呂敷包みの奥に聖書を携え、拠り所にしている雰囲気は感じられた。

教誨師が来た日、何も言わずとも大二郎も参加を決めていた。看守の見張りの中、案内された教誨室で、巽は目を瞠った。

——なんて、静かな。

囚人たちは誰一人として私語を口にすることなく長椅子に座り、演壇で話す教誨師の説教に耳を傾ける、という趣向だった。

今回は典獄その人もはるばる来て参加しているという話で、こりゃ芋はねえな、と巽は早々に諦めた。演壇の一番近くに座っている典獄は頭と肩が後ろから見えた程度で、看守の制服よりも凝った飾りのついた肩章がやたら重そうに見えた。

出て来た教誨師は黒っぽいローブを纏っていた。巽が想像していたよりも若かった。てっきり爺さんが出てくるのを想像していたが、年齢はせいぜい大二郎より一回り上程度のように見える。牧師なのか神父なのか、その方面に疎い巽にはとんと分からないが、話を聞いていると比喩を多用した道徳的な話で、仏教の説法と根本は同じような気がしてきた。

教誨室に通い慣れているらしき何人かの囚人は、両手を組み、頭を垂れている。ふと横を見れば、大二郎も同じように手を組んで握りしめていた。芋もないのにどうした、らしくもねえ、と声に出せる状況ならばからかったかもしれない。

やがて話は教誨師の話したい主題に近づいてきたのか、最初はささやかだった腕の振りが徐々に大きくなっていく。声も力強さを増していた。

「神は天上より全てを見ておいでです。その上で、何もかもをお許しになるのです。神の慈悲をこそ尊ばねばなりません。その時こそ、真にあなたの罪は許されます」

チッ

「ん、ゲホッ、ゴホッ、ゴホッ」

巽は盛大に咳き込んだ。周囲の囚人も、演壇上の教誨師もちらりとこちらを見たが、すぐに何事もなかったかのように前を見る。

危なかった。

巽は全身から冷や汗が噴き出たのを感じた。自分でも知らないうちに、舌打ちが出た。慌てて咳き込んだ振りをして音をかき消し誤魔化せたのは、幸運という他はない。典獄の耳に入っていたら、下手をすれば看守たちに殺されていた可能性すらある。

——あなたの罪は許されます、ってなんだそれ。

巽にはその一言が癇に障ったのだ。

キリスト教の教義や、教誨師の善性など関係ない。ただその一言だけをもって、存在さえ自認していなかった怒りに火が付いた。

硫黄採掘の労働主体は釧路集治監の囚人たちである。しかし掘り出された硫黄は集治監が売りさばいているわけではない。苦労して運ばれた硫黄を実際に金に換えるのは民間の企業だ。政商系のそれはもちろん政府との繋がりが深く、国家発展と民間の金儲けが切り離せない。

それは明治政府にとって必要なことではあるし、そもそも一囚人の身においてはどう考えようと世に響くものは何もないが、それでも自分がその囚人の末端として働いた糧が中央で安穏と暮らす連中の懐を潤しているのだと思えば納得できない思いも湧く。

むしろ、逮捕直前に参加していた政治結社の主張に知ったか振りしながら同調していた頃よりずっと、骨身に沁みて憤りがこみ上げる。

それを、何だ。小ぎれいな教誨堂で、気まぐれで囚人に芋を施しながら、『あなたの罪は許されます』とはどういうことだ。硫黄で目や喉を痛めたこともないくせに。何日も汗を流せないまま饐えた臭いが籠る部屋で寝たこともないくせに。どういう了見から引用し、自分たちに向かって安直な気休めを吐いたというのだ。

悪寒と怒りからくる熱が同時に巽の全身を満たす。囚人の多くが穏やかな声の説教に黙って耳を傾ける中、巽は一心に教誨師の陰気なローブを睨んでいた。

巽の怒りとは裏腹に、日々は変わりなく残酷に過ぎていく。夏の盛りは過ぎ、北国の夏だというのに地熱のせいで体力を削られた囚人たちは、痩せた者から順に倒れていった。死人は一日に二人から四人、五人と増え、死体の処理に困った看守たちは生き残った囚人により簡便な形での埋葬を命じるようになっていた。

つまり、荼毘に付すことも、定められている埋葬地に埋めることもなく、硫黄をあらかた掘り尽くした採掘地の穴に埋めるのだ。

比較的力の残っている巽は主に穴掘りと死体の運搬を、大二郎は死体から囚人服を剝ぎとる係を任せられることが多かった。

見た目より遥かに軽い死体を運び、線香ひとつなく埋めていく。大二郎ら着物剝ぎ係によって下穿き一枚になった囚人の体は、肋骨どころか腰骨までもがごつごつと浮き、片目か両目が潰れていた。やがて埋める場所が足りなくなり、看守に指示された地面を掘るようになった。時折、やけに土が柔いな、と思うと、そこは以前に死体を埋めた場所だったようで、骨やら半腐りの肉やらがごろごろ出てくる。吐き気をもよおす看守どもを横目に、囚人たちこそ死人のような目で新しい死体を重ねて埋めた。

時折、埋葬作業を監視している看守の中に中田の姿を見つけた。他の看守には死体を目にして顔を逸らす者もいたが、中田はただあの冷静な目で作業を見届け続けていた。その彼が纏っている制服はここに来た当初と同じく張りを保っている。それがなぜか、巽にはありがたかった。

命じられた作業であるし、まさか野晒しにするよりはましであろうからと巽は黙々と作業に従事したが、いくら数をこなそうと、その夜には必ず嫌な汗をかいてうなされた。

細くなってきたとはいえ、まだ一応は肉のついている自分も、いずれあんな風に骨と皮だけになって埋められるのか。

――いや、自分よりも先に、心配なのはこいつだ。

大二郎は特に弱っていた。たまの風呂で体を見る度に肉は削げ、あれら死体のありさまに似ていく。あの軽妙な語り口も最近ではめっきり見られなくなり、明らかに力を失っていた。

そんなある日、いつものように硫黄採掘をしていた巽は、モッコを背負った大二郎が自分より先を登っているのを目にした。空のモッコだというのにその足取りは頼りなく、いつ転んでもおかしくない様子だった。

大二郎はただ視線を足下に落とし、覚束ない歩みながらも気を付けて登っているようだった。その大二郎に向かって、どすどすと大股で近づいていく人影がある。

大柄な看守だった。制服がやたらと薄汚れ、その汚さと体格のせいで粗野な印象がある。巽は日頃からさりげなくその看守の近くには寄らないように心掛けていた。その看守が、いきなり大二郎の横っ面を殴りつけたのだ。

「何している！」

鋭い声と共に、黒い影が飛んだ。近くにいた中田と他数人の看守たちがすぐに暴力をはたらいた看守を押さえ込む。巽は真っすぐ大二郎のもとに向かい、仰向けに倒れていた彼を助け起こした。

「大丈夫か、おい！」

大二郎は最近伏せがちだった目を開き、自分を殴った看守をじっと見ていた。看守の方は、複数の同僚に押さえつけられながら抵抗する様子はなく、むしろ何故自分が拘束されているのか理解できていない様子だった。

医官の見立てでは、単なる頬の打撲とのことだった。雑居房に戻された大二郎は右頬を派手に腫らせてはいたが、意識もはっきりしている様子だ。足取りが頼りないのは殴られる前からだ。

「いやあ、参った、参った。いっくら理不尽ばっかの世の中とはいっても、さすがに何もしていないのに殴られるたぁ思わなかった」

殴られた弱みを晒したくないのか、大二郎は以前の調子でからからと笑って見せた。

「もういいから、寝てろ。明日は外役を免除されるそうだから、今から明日いっぱいまで寝てろ」

大二郎の強がりが痛々しく思えて、巽は雑居房の隅に彼を寝かせて薄べりをかけた。労わられたことが染みたのか、大二郎は細く長い息を吐く。

「おや、お休みを頂戴できるなんて有難いね。あのでぶ看守は非を認めたってことかい」

「飯の時にすれ違った中田がぼそっと教えてくれたよ。本人の話だとどうも、意識がぼんやりして、苛々して、近くにいたお前を力任せに殴ったらしい」

「かあぁ。そりゃ、俺も運悪いよなあ。どうせ殴るなら自分と同じぐらいの体格の囚人にして欲しいっての。いや、もうあんなでぶな囚人、この集治監にはいやしねえか」

へへっと自嘲を交えたように笑う大二郎に、巽は頷いて同調した。確かに、大二郎は運が悪かった。

最近では、アトサヌプリに足を踏み入れる者の中には、看守囚人問わず意識が朦朧としてくる者がいる。前後不覚になり、時には理由なく怒りがこみ上げ、喧嘩騒ぎもしばしばだ。

「ふぅーう。兄さんは、あのでぶ看守みてえに硫黄で酔っぱらっちまわねえでくれよな」

「……そうだな、気を付けとこう」

余計なことを付け足さず、ただ頷くと、大二郎はほうと大きく息を吐いて全身の力を抜いたようだった。そのまま両腕を顔の上に乗せる。雑居房のか細い灯りを遮っているようでも、途方に暮れた子どもが泣いているようでもあった。

「兄さん、炭鉱に潜ったことはあるかい」

「炭鉱？」

いきなり耳に馴染みのない単語を出されて、巽の声が上ずる。大二郎がたまに突拍子もない話題を出すのはいつものことだが、律儀に付き合う自分も相当だ。

「俺もまあ、人から聞いた話なんだがね……岩盤を掘って、掘って、掘りまくって。いい穴ほど黒いからよう。掘れば掘るほど、作業員は全身真っ黒になっていくんだよ」

特に重みのある内容とは思えない。疲れと、殴られた衝撃が抜けきらないせいで、とりとめのない話題を口にしたいだけなのか。巽は口を挟まず、うんうんと聞くに徹することにした。

「掘り進めれば掘り進めるほど、汗と石炭の粉と土が混ざってどろどろよ。全身といわず、鼻の穴も耳の穴も真っ黒けっけのけ。爪の間も、臍(へそ)の穴も、尻の穴まで真っ黒だ。いくら唾や痰(たん)を吐き出したって、これまた真っ黒けさ……」

大二郎の声から力が失われていく。巽にはひとつの確信があった。おそらく、これは、大二郎が人から聞いた話などではない。己自身の体験なのではないだろうか。これまで明確に大二郎の出自を聞いたことはないが、寒がりの巽よりもさらに寒さに弱いところ、いつぞや雪を初めて食ったかのようだったこと、そして今回の炭鉱の話。訛(なま)りこそ意図的に消しているようだが、大二郎は西、しかも北九州など暖かい炭鉱地の出ではないかと巽は確信した。きっと、人の集まるそういう場所で、絵のことや人を揶揄（からか）う方法、或いは方言を隠す術なども学んだのだろう。

――とはいえ、別に確かめもしねえんだけど。

問うたなら、きっと大二郎は嘘をついてはぐらかす。それなら、別にこちらが拘（こだわ）るわけでもない出自など憶測のみの曖昧なままで構わない。

巽の密かな逡巡（しゅんじゅん）にも構わず、大二郎は懐かしむようにぼそぼそと語り続けた。

「そうだ、そこまで行くとさ、流す涙も黒くなるのよ……。なあ兄さん。石炭の山で泣いたら黒い涙が出るのなら、ここの硫黄の山で涙流したら、黄色い涙が出るのかねえ」

「馬鹿言うな」

ぽん、と否定のためだけに大二郎の腹に手を置いた。弱くなっていた声は、ひゃっひゃという笑い声と共に再び力を増していく。

「兄さん、なんかこっち来てから逞（たくま）しくなったなあ。樺戸に着いた時にゃ、若さだけのへろへろでさ。一冬越してようやく大人になったと思ったら」

随分な言いようではないか。そう思いながらも話を遮らずにいると、大二郎はひっひっと下卑た笑い声を、ひどくわざとらしい様子で発した。

「硫黄山来て、体はちょいと痩せちまったけど、中身は男っぷりが上がったような気がするよ。良かったねえ」

「おちょくってんのか」

さすがに剣呑な声を出すと、大二郎は笑いながら首を横に振った。

「素直に褒めてんだよ。お前さん、大したもんだ。囚人なんつう、世の中の一番下からもの見ながら、さらに毒の溜まった谷に突き落とされても、ちゃんと怒っていられる」

大二郎の声から揶揄うような気配は消えていた。明るく、張りがあり、落ち着いている。樺戸にいて、下らないことを語っては囚人どころか時に看守までも笑わせていた頃の口調だ。

「大したもんだよ」

お前はそうではないのか。怒りを感じないのか。諦めるというのか。

「俺もここで死ぬるかあ」

「馬鹿言わんでくれ」

「死ぬ前に、キリスト教の坊さんが言ってた墓参り、行きたかったもんだね……」

落ち着き過ぎた大二郎の声を耳にして、じわりとした恐怖が身の裡(うち)から湧いてくる。思えば、力尽きた囚人を穴に葬るたびに、彼らが受けてきた痛みを、知らず己の体に宿してきたのだろうか。

その正体は、死への恐怖だ。自分と、そして自分のものだけではない死への。

巽は自分の囚人服の襟元をまさぐった。細く切れ目を入れた布の合わせ目に指を突っ込み、その奥にある二つの塊をまさぐる。大きいひとつを指先に感じて、爪を引っかけるようにして引っ張り出した。

それを、顔の上にやっていた大二郎の右手に握らせる。突然自分の手に大事な石が戻ってきて、その感触に大二郎は震えた。

「例の石、返す。中田の野郎に言われるまま俺が預かってたけど、考えてみたらこっち来てから検査も緩いもんだし、なら本来の持ち主の手にあった方がいいだろ」

反論を一切許さない心づもりで、息も継がずにたたみかける。大二郎は自分の手に戻ってきたものの感触がまだ信じられないのか、十本の指で支えるようにして自分の目元のすぐ傍まで石をもってきて眺めている。視力が、既に相当弱まっているのだ。石に向かって必死に焦点を合わせるその目の脇から、涙が垂れてこめかみを伝った。その色は黄色くなかった。

明治二十年十一月の初め。アトサヌプリ周辺の山脈は雪を被り、赤に黄色に葉の色を変えていた木々はどんどん裸になっていく。樺戸から硫黄山に送られて一年半余。巽と大二郎は弱りながらも、かろうじて生き延びていた。

大二郎の具合はゆるゆると悪くなっていた。それでも古参の囚人たちの方が状態が酷いため、労役を抜けることも叶わず、ふらふらになった体をどうにか動かして硫黄採掘の外役をこなし続けている。特に体調が悪そうな時は、巽が二倍働くから休ませてやってくれ、と申し出た。それを黙して許可するのは、大抵は中田だった。

辛くなると、大二郎は自分の襟元をぎゅっと握る仕草をする。その襟の中に何があるのか知っているのは巽だけだ。作業を監視している中田はその所作を目にして何かを感づいているのかもしれないが、特に何か言ってくる様子はなかった。それが、死が近い囚人への慈悲でないことを巽は密かに願っていた。

このまま大二郎は力尽き、俺もいずれ怒りを抱えたままで同じように倒れるのか。アトサヌプリに埋められた囚人の数は、もう二百とも三百とも噂されている。薄ぼんやりした予感というよりも、避けようのない未来への予想を抱きながら、それでも鶴嘴を振るう巽の耳に、突然、素っ頓狂な声が届いた。

「中止？　硫黄採掘を中止する？」

近くにいた看守が、いつの間にか山に登っていた集治監の押丁から連絡を受けたようだ。

巽は思わず鶴嘴を持つ手を止め、空を見上げた。空は秋晴れで、雨の気配は全くない。

みるみるうちに周囲の看守が押丁の近くに集まり、各々焦った様子で意見と情報を交わし始める。

どうやら、今日の作業が中止という話ではなく、事業そのものの存続に関する話題らしかった。

硫黄山は掘っても掘ってもまだ尽きそうにない。資源が乏しくなってきたから終わり、という可能性はない。かといって、火薬の原料としての需要が少なくなることなどあるまい。これまで耳にした看守のおしゃべりや新入りの話を総括すると、お上は巽が獄入りする以前とは比べ物にならないほど軍備を拡大している様子だった。

それこそ巽らが知らないうちに硫黄に代わる新しい火薬原料が開発されない限り、掘り続けさせられるのは明らかだったのに。

巽が疑いを抱いたまま、ひとまずその日の作業はまだ日が高いというのに中止ということになった。囚人たちはすぐに外役所へと戻された。訳も分からず、これからどうなるかの予想もつかないまま、ただざわつく囚人たちが真相らしきものに辿りついたのは、その日の夕飯時だった。看守にある程度顔のきく囚人の一人が、直接内情を聞き出すことに成功したのだ。

その中止の実情は意外なものだった。

「なんでも、あんまりここの現場がひどくて、ひ……ひじんどうてき？　だってんで、典獄様がお上に掛け合ってくれたんだそうだ。それで、硫黄を俺らに掘らせること自体をやめさせてくれたって」

看守からの情報をたどたどしく再現する囚人を中心に、皆が固唾を呑んだ。

「本当か」

「ほら、今の典獄様は硫黄採掘が始まってから着任されたろ。で、敬虔なキリスト者じゃねえか」

「そうか、それで。お慈悲だ。神様仏様典獄様ってなもんだ」

キリスト者である現在の典獄が、硫黄採掘現場の余りの酷さから政府に事業停止を求め、それが認められた。纏めるところか、と巽は呆然とした。

――あなたの罪は許されます。

巽にとっては軽薄そのものに感じられたあの言葉が、胸の中に怒りと共に思い出される。しかし、傲慢に思えたその教義こそが、実際自分を地獄から救い出してくれることになったのだ。

運命の皮肉を思うと眉間に深く皺が寄るが、これ以上なく過酷な硫黄採掘から解放されるのは間違いないようだ。

現場の酷さから事業が中止されたのなら、少なくとも今後の外役は硫黄採掘よりはましなものになるだろう。少なくとも、全身を硫黄山の毒に侵されることからは解放されそうだ。

巽の全身から力が抜け、雑居房の床にごろりと横になった。少し離れたところで、大二郎が壁に背を預けて例の石を眺めていた。

横になったままにじり寄ると、互いに思わず笑みが零れる。あれだけ教誨師の教えを嫌悪していた自分に笑う資格があるのか、と頭の隅では考えつつ、湧き始める感情は抑えようがない。

「大二郎さん。おい、もう目が悪化することはないぞ。黄色い山に怯えなくてもよくなるんだってよ」

「ああ……ありがてえな。本当、ありがてえ」

大二郎は大事そうに石を襟に仕舞い、今度は握るのではなく、大事そうに右の掌を当てた。

「まだ生きるか」

「おう、石もあるし、まだ生きる」

硫黄の蒸気や塵埃（じんあい）に痛めつけられた大二郎の両目はまだどこか空（うつ）ろだ。おそらく治ることはないのだろう、と巽はやるせない予想を抱きつつ、その張りのある声に安堵していた。

三　途切れた連鎖

明治二十一年の、年の暮れも近づいた冬の日に、巽と大二郎、そして看守の中田は標茶の釧路集治監から樺戸へと戻ってきた。硫黄採掘の事業がその劣悪な環境ゆえに中止となり、一年近く後始末や細々とした内役を科された。その後、中田が樺戸に戻るにあたって囚人二人も共に移送された形だ。

釧路の港から石狩川河口へと船で向かい、そこから凍った川沿いの道を樺戸に向かう馬車の荷台で、巽はぐったりと脱力して座っていた。編笠の覗き穴の向こうに見える自分の手首は、この二年以上で随分と細くなってしまった。

往路の季節外れの吹雪で囚人と看守の十一名を失い、立場を問わずあらゆる人体を蝕（むしば）む黄色い毒に晒されても死なずに済んだのは、奇跡だったのかもしれない。見覚えのある樺戸の景色を編笠の隙間から眺めて、巽はそう思った。巽の隣で、大二郎はさらにぐったりと肩を落として座っている。
硫黄山で目を痛めつけられてから、饒舌(じょうぜつ)だった大二郎の様子は変わり果ててしまった。せっかく地獄のような硫黄採掘から解放されて馴染みの樺戸に戻ってこられるというのに、移送中にほとんど口を開くこともなく、黙って襟元に仕込んだ石を布越しに撫でているばかりだった。

沈黙のまま大人しくしていたお陰で、移送の役についた中田の咎めを受けることはなかったものの、大二郎のもとの軽口を知る巽としては落ち着いていられない。

硫黄山の毒と過酷な労働に晒され、大二郎は黒目が白み始めているほか、体が骨と皮ばかりになってしまった。硫黄山で死んでは埋められていった囚人たちの体とほぼ変わりがない。標茶に移った最後の一年で大分持ち直したものの、いつ大二郎の死体も埋めねばならなくなるのだろうか、と気が気ではなかった。

吹きさらしの荷台がこたえたのか、大二郎が大きく咳き込み始めた。巽は慌ててその背をさする。移送の途中、しょっちゅうこうして大二郎を気遣ってきたのだ。柿色の囚人服の、その薄い生地の向こうに感じる背骨がごりごりと掌を押し返した。

「大丈夫か、大二郎さん」

「ああ、ありがとな兄さん。北海道の東っから西まで戻ってこられたっていうのに、まだ喉に硫黄の黄色い粉がこびりついてる気がするよ」

「そんなの、綺麗な空気を吸って吐いてるうちにいずれ消えっちまうさ。もう少し頑張れば懐かしい樺戸集治監だ、ちょっとの辛抱だ」

巽の言葉に、大二郎は弱弱しく目を細めた。そこではっと気づいた。外役所にいた頃や、移送の真っ最中の今、樺戸に戻れることをまるで我が家に帰れるかのように心待ちにしていた気がするが、実際は樺戸だってただの獄舎にすぎない。硫黄山の毒がないだけで、飯は粗末だし、冬は寒いし、労働は過酷だ。自分たちが囚人であることに変わりはないのだ。

自分がひどく見当違い、かつ独善的な物言いをしていたように思えて、巽はぎゅっと口を噤んだ。その気まずさを見通したように、「そういやなあ」と大二郎が弱弱しい声を上げる。

「樺戸に帰ったら、樺戸に帰ったらな。俺は楽しみにしていることがあるのよ」

「何だ、楽しみって」

「獄舎の近くにさ。丸山ってあったろうさ。あそこに植えられた杉の木、俺、久方ぶりに見てえと思っててさ」

「杉の木？」

言われてみて、巽は二年以上も杉を見ていないことに気づいた。そういえば、標茶は松や楢の木ばかりで、杉の木は見た覚えがない。

「丸山のあれ、集治監ができたての時に当時の囚人が植えたものだって話らしいじゃねえか。もともと蝦夷ヶ島は寒過ぎて、南の函館ぐらいしか自然の杉の木は生えてねえって話だから」

「ああ、あれ、そうなのか」

言われてみれば、樺戸でも丸山以外に杉の木を見た覚えがなかった。東京に住んでいた時は、杉など寺社の周囲などにいくらでも生えていたものだった。それが獄舎近くに生えていたからといって、馴染み過ぎていてべつだん特別なものとも思っていなかった。

「兄さんに内緒にしてたがな。丸山にある一番大きな杉の木。あれがまた、いい幹と枝ぶりをしてるんだ。俺は密かにほれぼれしててなあ。あれをもう一度だけ見たいと、そう思ってたんだよ」
杉の木に、建材ならともかく枝ぶりごときに良い悪いがあるのか。今まで知らされることのなかった大二郎の密かな楽しみに同調しつつも、巽にはぴんと来ずにいた。

「もう一度だけとか、死にかけの病人みてえなこと言うもんじゃねえさ。げんの悪い」

「そうだな。そんなつもりはなかったんだけど、縁起悪いな。すまんかった」

荷台の傍らでは、三人の看守が巽と大二郎を取り囲むように座っていた。二人は標茶から樺戸へ異動になったという若い看守。そして囚人と共にもとの職場に戻ることになった中田である。

中田は荷車の周辺に気を配りつつ、巽と大二郎の会話に耳をそばだてている気配があった。特に害のある話をしているわけでもないので咎められることはないが、もし会話の内容から脱走の気配でも窺えたなら、彼の看守刀の柄に置かれた手が素早く動き、編笠を飛ばして首にひたりと刃を当ててくることだろう。

中田とは結果的に付き合いが長くなったが、吹雪で遭難した時に饅頭の欠片を貰ったこと以外、特に互いに気を許し合った覚えはない。とはいえ、変わりばえのないなりに、その緊張が却ってある種の信頼のように巽には感じられていた。

――ここがもし娑婆であったなら。

そして、無鉄砲で間抜けな学生の頃であったなら。それは好敵手とも言えただろうか。いや違う。決して馴れ合いもしないし言葉さえ交わすこともないほどにいけ好かない奴だが、なぜか奴の頭と人間性は尊重している。そんな相手だろうか。

くだらない想像をしているうちに、馬が速度を落とした。手綱を引いている押丁の「つきました」

という声が響く。

巽は思わず編笠を上げそうになり、気持ちを抑えた。格子状の覗き穴のその先に、見慣れた樺戸集治監の門が見える。

かつての囚人の手で造られたという、木製のどっしりとした門。外役から帰ってきた囚人が一斉に小便を命じられるせいで草も生えなくなった門前の道。その奥の厳しい生活の記憶も含めて、気持ちよりも先に体が震える。

懐かしさと、ぶり返したあらゆる種類の痛みの記憶と。それが好ましいかどうかも分からないまま、馬車は開かれた門に向かって進んでいく。

帰ってきた、という嬉しさと、また樺戸での囚人生活が始まるのだ、という諦め。ひとつ明らかなのは、拒否は許されていないことだ。この身はあくまで囚人。近くでは三人の看守が身構えている気配がする。収容を前にして囚人が逃亡することのないよう、気を配っているのだろう。

おかしな動きをして誤解されることのないよう、巽は息を潜めた。ここでありもしない叛意を疑われて切り伏せられたら、地獄のような硫黄山を生き延びた価値も甲斐も、小便と一緒に門前の土に沁み込んでしまう。

「違えなあ」

ふと、隣の大二郎がぽつりと言った。おかしな言動は慎め、という意図で巽は肘で大二郎を小突くが、大二郎はまたも「やっぱり違う」と疑問を口にする。

「何が違うというのだ」

とうとう中田がじろりと大二郎を見下ろした。頼む、おかしなことを言ってくれるな、という巽の願いも虚しく、大二郎は編笠を傾けてううん、と唸る。

「中田看守さんよ。樺戸カンゴクショ、とあるのは、あれは何事だい」

大二郎は細い指で門の脇を指した。その先には、かつては『樺戸集治監』と墨書されていた看板が、『樺戸監獄署』に変わっている。

「貴様らは知らなかっただろうが、硫黄山に移送された後に、樺戸・空知・釧路集治監は全て監獄署と改称されている」

中田は淡々と答えた。巽らが硫黄山にいた頃は外役所で過ごし、なおかつ名称の変更などに気を払う余裕もなかったのだ。

「上の命令で名が変わっただけで、運営の方針は何も変わらん」

変わらず温度を感じさせない中田の声に、近くにいた若い看守二人が少しぎょっとした様子で顔をこちらに向けた。実際に中田の言う通りではあるのだろうが、取り上げ方によっては典獄や国への反抗的な発言ともとられかねないだろうに。

「囚人である貴様らにとって、清廉な生活と精神によって罪を償い、公に奉仕する場であるということは変わらん。心しておくことだ」

「へい。分かりました」

殊勝に頭を垂れる大二郎に倣って、巽も慌てて頭を下げた。

中田の目は冷たいままで門の内側へと向けられていた。能面づらの奥で彼にとって懐かしさというものはあるのか、編笠の小さな穴からは窺いようもない。そして、それこそが中田らしさに違いなかった。

巽は頭を下げたままで門を通過しようと思った。せっかく戻ったのだ、疑われることをして面倒が起こるのは御免だ。

てっきり大二郎も大人しくしているだろうと思ったが、ふと気づくと隣の編笠は門の上を眺める角度で持ち上がっていた。

「なあ、兄さん」

ぽたりと、天から零れた雨粒のように大二郎は呟いた。

「ここは眩しいな。眩しいと、目が潰れっちまう……」

硫黄で痛めつけられた大二郎の目に、樺戸の太陽はきついものだったろうか。確かに硫黄山は樺戸と比べて曇りの日がやや多かった気はするが、ほぼ同じ緯度でさほど大きな違いがあるとは思えない。なにより、眩しいというのなら見なければいいのに。荷車が監獄の敷地内に入り、中田から降りるよう命令されるまで、大二郎はぼうっと天を眺めていた。巽も声をかけることなく、大二郎が白っぽくなった目から落涙するのをただ見守った。


二年ぶりの樺戸の獄舎は、敷地内の構成はそう大きく変わってはいないものの、獄舎棟が幾つか増えていた。

巽と大二郎は以前いた雑居房に戻されることはなく、新しい房へと無造作に組み込まれた。当然、同房となった囚人に顔見知りはいない。

かつてささやかながらも仲間意識を共有して軽口を叩き合った連中は、どこか違う雑居房に移されたか、それとも懲役に耐えられず息絶えたかだろう。刑期を順当に終えられる囚人など少ないうえに、刑期の長い仲間ばかりだったのだ。

覚えているようで異なる樺戸監獄に慣れてきた頃、巽にもようやく囚人が増えている理由が分かってきた。

この樺戸監獄では昨年から月形と増毛（ましけ）の間の道路開削工事に着手しており、味噌（みそ）や醤油（しょうゆ）など囚人の生活維持に必要な内役人員を除き、囚徒のほとんどが外役としてその開削工事へと回されていた。

北海道に送られる罪人のうち、なるべく多くの人員をここ樺戸に割いているのか、それとも政府の都合でしょっ引く人員自体の数を増やしているのか。両方かもしれないな、と巽は思った。

送られてくる新入りの囚人が大きく二つに分けられるのは以前と同じだ。殺人や強盗といった、いかにも凶悪な罪を犯した者と、巽のような思想活動に傾倒して悪性分子と見なされた者だ。多くの囚人を見ていれば、ぱっと見でどちらなのかは大体分かる。

そして、巽と大二郎は、彼らにとっては既に古参囚人の部類に入っていた。のみならず、地獄とも噂される硫黄山から生きて戻ってきたとあって、図らずも一目置かれる羽目になった。

しかも新入りを底意地悪くいびるそぶりもないものだから、徐々に若い者に慕われるような雰囲気になっていった。巽としては、ふんぞり返ることこそしないが、頼られて悪い気はしない。

「なあ、巽の兄さんよ。ここは東京と違って冬、寒いんだろう？　眠ったら凍っちまうって聞いたんだが」

などと、屈強な新入りが身を縮めて怯えていれば、自分が来たばかりの頃を思い出しながら答えてやる。

「そらあさすがに嘘だな。寝てて鼻毛が凍るぐらい寒いのは確かだが、体くっつけ合って寝てりゃかろうじて死ぬまではいかねえよ。ま、野郎同士、臭(くせ)えし汚(きたね)えのはお互い様ってな。凍え死にたくなきゃ、我慢しなってもんよ」

「大二郎さん、俺にも教えちゃくんねえか。看守どもの住まいにさ、随分美人な後家さんがいるそうじゃねえか」

「ああそら、橋本(はしもと)っつう看守の家のことだな。脱獄した囚人に刀奪われてこう、袈裟(けさ)斬(ぎ)りされたってよ。へろへろと細くて頭でっかちで、豆もやしってあだ名されていた奴だが、かかあはえれえ別嬪(べっぴん)だって話だ」

　巽に続いて大二郎も、人にものを問われるたびに少しずつ表情が明るくなっていく。

「へえ、そんだけ美人が、旦那死んでもまだ官舎にいるってのかい」

「旦那が死んだ場所から離れたくないから、他所(よそ)の家族の下働きをやってるって話と、若い独りモンの看守と懇ろだって話と、両方あらあなあ」

「うへえ、そりゃ羨ましいな、おい。俺らは汚え雑居房で押し合いへし合いだってのによう」

「本当よなあ。そういや、小耳に挟んだんだがな。刑期終えても札幌で堅気さんとして真面目に働いて、その後家さん迎えにいこうとしてる元囚人がいるって話だぜ。本当だ。この間、押丁のジジイから確かに聞いたんだ」

「大二郎さん、その話もっと詳しく聞かせてくれや」

　大二郎の、真面目な顔と抑揚を巧妙に混ぜ込んだ語り口に翻弄され、囚人たちは思うさま沸く。ああ、たぶんこれも法螺だな、と思いつつ、巽はその罪のない嘘の劇薬にも似た効き目を、高揚する囚人の表情から感じ取っていた。

嘘か誠か。突飛な話も猥談も虚実を織り交ぜて語る大二郎の話に、主に若い囚人たちは夢中になっていった。大二郎も乞われることによってさらに語りが滑らかになり、硫黄山にいた時のしょぼくれた気配が嘘かと思えるほど、いっとき生気を取り戻している。

巽としては少し安心した。なんだかんだ、長い付き合いで相棒のようになっている存在だ。損得抜きで生きていて欲しい。法螺まみれで未だに底を知り得ないこの男が、厳しい囚人生活の中でどれだけ大きい存在なのか、巽自身もよく分かっていた。

巽も大二郎も、他の囚人から脱獄に関わるような話題を向けられても巧妙に避け続けた。或いは、やめておいた方がいいと明確に諭すようにしていた。

これまで脱獄を試みた囚徒の悲惨な末路と、連帯して責められる同房の者たちの姿を散々見てきたし、不穏な話題を喜べば看守の目に留まり良い事はない。

今のところ、自分たち古参が穏当な形で囚人を纏めている分には、看守側は文句をつけてこないようだった。

それどころか、多少の目こぼしまでされている気配を巽は感じていた。当然だ。もし囚人同士で諍いや喧嘩が絶えず、いつ脱走が発生してもおかしくない状況では、看守の目も休まらないうえ、不手際の責任を問われて失職しかねない。かつてよりも収容人数が激増している現状ならなおさらだ。

時折、巽と大二郎の二人を特に冷たい目で監視している中田の気配が感じられた。しかし巽は今やその怜悧な視線を堂々と受けることにしている。後ろ暗いところがなければ、相手も黙したままこちらをただ監視するだけだ。硫黄山への同行という腐れ縁を経て、巽は中田に妙な連帯を感じ続けていた。

そんな中、隣の雑居房に新しく入った、十九歳の小僧が大二郎に懐いた。名を伝助（でんすけ）という。関東で火事場泥棒を繰り返して捕まったそうだ。小柄ですばしこそうな外見はこそ泥としてはいかにも活（い）かせそうではあったが、殺人犯が看守らに押さえつけられているようなここ樺戸監獄では、己の身ひとつ守るにも苦労していた。

伝助が他の囚人に絡まれていた時、大二郎が機転を利かせて助け舟を出したのがきっかけで、懐かれることになったのだった。

以来、外役や食堂、風呂場などで顔を合わせる度、大二郎さん大二郎さんと擦り寄ってくる。懐かれるだけなら兎（と）も角（かく）、看守が目を光らせている時にさえ構わず近寄ってくるので、大二郎もほとほと辟易しているようだった。

「大変だな、大二郎さんよ。息子でもできたみたいじゃねえか」

風呂で伝助に絡まれた後に雑居房に戻ると、巽はそう言って大二郎をからかった。当人も最初は頼られてまんざらではなかったものが、流石（さすが）に最近は疲れている様子が見えたからこその心配だった。

「馬鹿言っちゃいけねえよ。巽の兄さんと三歳か四歳ぐらいしか変わらねえだろ。俺にあんなでけえ餓鬼はいねえよ」

違えねえ、と巽はからからと笑った。

「それに、俺は子どもは嫌（きれ）えだよ」

「ほう、そいつは初耳だ。まあ、俺も別段好きじゃあないが」

軽い調子で巽が返すと、大二郎は返事もしないまま薄い布団に体を滑り込ませた。まだ硫黄山の影響が残る体を疲れさせちまったかな、と巽は大二郎が寝息をかくに任せていた。

それからさらに数日後、食堂の卓で粗末な朝食にありついていると、伝助が首尾よく大二郎と隣の席に滑り込んだ。反対側の隣にいた巽は、ああ、またこの小僧か、とからかいたくなる気持ちで二人のやり取りに耳をそば立てた。伝助は看守に見咎められないぎりぎりの小声で、大二郎に話し始める。

「大二郎さんは、樺戸に来たのは何年だい」

「ええと、明治の十八年だな、確か」

「じゃあ、知ってんじゃねえかな。二年前、荒川沿いの下町で情婦と間男の腹かっさばいて殺してさあ、捕まった男、ここに来なかったか」

伝助は目を輝かせて訊ねた。大二郎は横目で伝助をちらりとみたまま、黙って汁を啜(すす)っている。

「お前さん、何で奴のこと知りたいんだ」

大二郎は声を潜めて尋ねた。思わせぶりな言い方だ。

「俺、あの頃近所の店に住み込み奉公に入ってたんだよ。あの事件の時は大騒ぎでさあ。もしその犯人がいたんなら、一目見てみたくてさあ」

ふう、と大二郎はゆっくりと息を吐いた。

「そいつなら、いたよ」

「本当かい！　今はどこの房に？」

「残念だが三か月ぐらい前か、看守と喧嘩こいて樺戸からもっと厳しいって噂の集治監に連れてかれたよ。お前も気を付けることだね」

じろり、と大二郎は静かに若造を睨みつけた。伝助は「ひっ」と素直に震えあがる。巽は噴き出したくなるのをかろうじて堪えていた。

大二郎の答えは嘘だ。本当はそんな男に心当たりはないし、そもそも二人殺した囚人というのはここ樺戸にはごろごろいる。嘘を通じて、若くて未熟な青年に「少しは落ち着いて過ごせ」と警告を与えたかったのだろう。

しかし忠告された伝助は恐れるのも束の間、また大二郎に話しかけた。

「じゃあ、新聞で騒ぎになった子ども殺しの男は、ここに来てるか知らないかね。九州のあれだよ」

「子ども殺し？」

穏やかではない単語に、思わず巽も口を挟んだ。

「筑豊の炭鉱でさ、長屋に住んでた子ども二人が殺された事件があったんだよ。ひでえもんだ。片っぽはまだ赤ん坊だってのに、二人とも腹と首をこう、包丁でざっくりと」

「うえ」

巽は思わず呻いた。別に子ども好きではなくとも、赤ん坊や幼児といった抵抗の術さえ持たない者を包丁で殺すなど、いかなる理由があっても許されない。しかも、腹と首とは。

「もしそいつ見つけたら、俺、一発ぶん殴ってやりてえと思っててさ」

伝助は興奮したのか、箸を振り回して怒りを顕わにした。ぶつかりそうになった大二郎が思わず「やめねえか、飯の席で」とたしなめる。

「殺されたっつうその子どもとやらは、おめえの縁者かい」

大二郎が眉間に皺を寄せたまま聞いた。

「いんや。そういう訳じゃねえけど。それでもうちの下の弟妹と同じぐらいだったから、他人事だと思えなくて」

「生憎だが他人事だろうよ、それは。それに残念だが、北海道の監獄ってもここ樺戸、空知、標茶、十勝、あと網走にもできたって言ってたっけか、巽の兄さんよ」

「あ、ああ、そうだな。看守連中がそんなことを話題にしてた」

「だそうだ。残念だが、ここ樺戸たあ限らねえな。いたとして、そいつが首から『はい我こそが子ども殺しでござい』とでも書いた板でもぶら下げてねえ限り、見つけ出すのは難しいんじゃねえかなあ」

大二郎の変な節回しに、伝助はぷっと噴き出した。巽はちらりと周囲を伺う。中田がいつにも増して硬い表情でこちらを見ていることに気付き、慌てて「ほら飯の時間終わっちまうぞ」と伝助にさりげなく会話を切り上げるよう促した。

その日から大二郎は、伝助から少しずつ距離を取るようになった。話しかけられても「俺ぁ知らねえな」と無難に切り抜けてその場から離れる。幾度かそういったことが続き、流石の伝助も思うところがあったのか、積極的に近づいてくるようなことはなくなった。巽も、これでいいのだろうと納得した。同房でもないのに助けてやり過ぎれば、伝助が樺戸で生き抜く力を削ぐことになりかねない。それに、単純に伝助の巻き添えで看守に注意されることも心配だった。

そうして接点がなくなって一週間ほどした頃、伝助の姿を目にすることがなくなった。さすがに大二郎も気になったのか、隣の房で寝起きする囚人にそれとなく伝助はどうしたのか聞き出した。

「ああ、あいつ可哀想だったな。外役に出た時、こまい体の癖に看守に反抗して袋叩きよ。病監送りでまだ戻ってねえ」

そしてそれきり、伝助は二週間経っても一月経っても戻ってはこなかった。

さもありなん、と巽は気が重くなった。決して好ましい男ではなかったし、賢そうにも見えなかったが、看守に殴られて死ぬなど、余りと言えば余りにも酷だ。

大二郎はひどく塞いでいた。致し方ない。自分が距離を置いたためにあの青年が死んだのだと思い悩んでもおかしくない。巽は無理に励ますことは控え、普段通りに接するように努めた。それしかできることがなかった。

年が明け、明治二十二年の冬も寒さの佳境を迎えていた。一年でもっとも冷え込む一月の終盤、道路開削も雪に阻まれてさすがに進捗が遅い。厚く積もった雪を除けたとて、土が凍り付いていては効率的に掘れないのだ。谷地が多いこの土地では、基礎をしっかり作らないとすぐに道路としての機能を失う。

代わりに囚人たちの多くが砂利採取へと向かわされた。石狩川の表面は凍り付いているが、その川辺は氷や雪を除けば天然の砂利が厚く層を成している。土を掘れない今のうちに、道路に敷く砂利を確保しておくということらしかった。

冬の外役とはいっても監視の厳しさは四季を通じて変わることはない。むしろ凍った川面を辿って逃亡を図ることを警戒してか、看守たちの視線はより厳しかった。

囚人たちはかじかむ手で鶴嘴を握り、砂利の塊を砕いてはモッコで馬車へと運んでいく。きついが、巽と大二郎にとっては二年ぶりの懐かしい作業でもあった。

「やれやれ。久しぶりに作業の時に鎖で繋がれたな」

二人一組、囚人を繋ぐ鎖をじゃらじゃら鳴らしながら、巽は小さく溜息を吐いた。

「硫黄山の時は鎖はなかったものなあ。まあ、山で鎖があったら片方こけりゃ一蓮托生、死人も倍になっちまうからなあ」

けたけたとおかしそうに大二郎は笑った。両目は硫黄山の毒が消えないのか薄く濁り、視力も相当落ちているようだが、樺戸に戻って少しは体力が持ち直しているようだった。砂利の採取も、冬の外役に初めて動員される囚人はいかにも辛そうな顔をしているが、硫黄山を経験した二人にとっては少し楽にさえ思える。急斜面でころげる心配も、有毒な蒸気で目や肺をやられる痛みもない。なにより空気が美味かった。冬の川べりの、冷たいだけの空気が肺に入るたび、かつて硫黄で汚れた心身が少しずつ浄化されていく気さえした。

早い日没の前に作業の終了が言い渡され、囚人たちは砂利を運ぶ馬車の後ろをぞろぞろと追うようにして帰途につく。作業でかいた汗を外気が冷やし、作業の最中よりも体が冷えてきつい。

巽は懐かしい痛苦に体を震わせながら、自分と同じ鎖に繋がれた大二郎の腕を小突いた。

「なあ、大二郎さんよ。あんた、もし刑期終わってこっから出たら、どうするつもりなんだ」

初めての質問ではない。きつく、同時に変わりばえのしない囚人生活にせめてもの潤いをもたらすための、よくある無難な話題である。伝助が消えて少なからず落ち込んでいる彼を励ます心積もりもあった。

大二郎は少し考え込んでいたが、やがてやけに長い息を吐きだした。

「さあどうかねえ。考えたこともねえと言や嘘になるが、囚人生活が長ければ長くなるほど、そんな日が来るもんなのかと分かんなくなってきた」

「そんな気弱なこと言ってくれるなよ」

こんな答えは初めてだ。大二郎にはいつでも、叶う叶わないは別として、絵空事の希望を口にして欲しかった。そこから彼の願望の尾を捕まえて、真意の見えづらい大二郎の正体を測りたかった。

「兄さんこそ、もし刑期終わったらどうすんだい」

「そうだな……」

自分が投げかけた質問を向けられて、巽は一瞬答えに窮した。

政治活動の末端にいただけで検挙されて罪を科されたことは、冤罪だと思う気持ちは今でもある。遠い故郷で自分のことを忘れてのうのうと暮らしている身内への恨みも晴れたわけではない。

未だ燻る怒りはあれど、今の巽には復讐したいという積極的な欲はない。ましてや危険を犯してまで脱走したいという気持ちは微塵もない。

それよりは、硫黄山の地獄を経てまでも不当に科せられた冤罪の罰を乗り越え、どうだ、俺は理不尽に殺されはしなかったのだぞと胸を張れれば、それはそれで世への報復になるのではないかという気もしていた。

「生き続けたいな」

願望はもっとも端的な言葉になった。

「うん、監獄を出るまで生き続けて、監獄を出ても生き続けてやりてえ」

大二郎が欲しい答えはこれではないだろう、と思いつつ、巽は口にした。怒りも恨みも憤りも、それを抱けるのは生きてこそ。多くの囚人が倒れるのを見届け、時にその亡骸を土に埋めてきた。

——生き延びるのは苦しい。だからこそ、生き抜けたならそれは己の誇りとなるだろう。

巽が並外れた意地の向こうで辿り着いた境地は、言葉にして初めて希望を伴った願望となった。

大二郎は少し目を瞠ってこちらを見ていた。

「どうした。俺何かおかしなこと言ったか」

「いんや。前の兄さんなら、出たら真っ先に殺したい奴がいたように見えてたもんだからよ」

「それは……」

ふいに兄と、約束をあっさり反故にして兄に嫁いだ小娘の顔が浮かんだ。腹立たしいことに囚人となった弟を亡い者として平凡な日々を送り、今頃は子の二人や三人こさえている頃だろうか。確かに殺したいほど憎くはあった。「また殺して樺戸に逆戻り、じゃつまんねえしなあ」

「そうか」

大二郎は納得したように目を細めた。囚人同士では慣例のように犯した罪について根掘り葉掘り聞き出すことはないとはいえ、大二郎はやむを得ず人を殺めたという程度のことは聞いている。本人はつまらない人殺しをしちまった、と言っていたが、語られることのなかったその背後に何か大きな楔でも打たれているのだろうか。推測を口にする代わりに、巽は大袈裟に息を吐いた。

「出られたら食いたいものなら山とあらあな。特にあれだ、鰻だ。醬油と砂糖のたれをたっぷりかけて焼いたやつ。石狩川の細っこいヤツメウナギを目にするたびに、甘じょっぱい鰻が恋しくてよう」

思い付きを口にしているだけだったが、巽の舌の付け根がもう何年も口にしていない鰻の味を思い出してぎゅうと唾液を吹き出し始める。

「おい巽の兄さん、腹が減るから余計なものを思い出させんでくれよ」

「そうだそうだ、ないものねだりは麦飯を我慢して食うより辛えよう」

話が耳に入ったのか、隣を歩いている囚人二人組が抗議の声を上げた。看守の耳に届いても問題ないように、巽はワハハと大袈裟に笑ってみせる。

「いいじゃねえか。食いたいもんまで忘れたら、それこそ地獄の二丁目だ。なあ大二郎さんよ、あんたならお勤め終えて、まず何を食いたい？」

「そうだな、そうさなあ……」

話に乗る気になったのか、大二郎は腕を組んでうーんと唸る。

「あれだ、柚子だ。もぎたての皮に切れ目を入れて、新子の寿司に醤油の代わりに汁かけて食うんだ。酸っぱくて旨えよなあ」

「よりにもよって樺戸にねえもんばっかり！　勘弁してくれよう、舌がヨダレ出し過ぎて干上がっちまう！　俺だって婆さんが作ってくれた菜飯の握り飯が食いてえよう！」

囚人の一人が大袈裟に悲鳴を上げて、ささやかに場が和んだ。日頃麦飯ばかりの粗食に堪え、蛇や蜥蜴がいれば捕まえて生でも貪ろうとする連中だ。縁遠くなってしまった馳走の数々は想像するだに罪深い。

囚人生活に慣れ果てたと自覚していた巽も、久々に外の食というものへの憧れが頭をもたげた。さっき言った鰻もいいが、山葵を効かせた蕎麦、海老天ぷら、そうだ餡子も恋しい。今の俺なら鍋一杯に炊かれた餡子でもきっと平らげられる……。

巽はそこまで思い描いて、舌に痺れるような餡の甘みを思い出した。それは収監される前の遠い記憶ではなく、標茶で遭難した際に中田から与えられた饅頭の欠片の味だった。

何の変哲もなかったであろうあの饅頭は本当に旨く、有難かった。今もし恩赦か何かで監獄を出て鍋いっぱいの餡子を用意されたとして、その味が中田の饅頭を上回ることはないのかもしれない。

そんなことを思いながら、馬上で囚人を監視している中田を盗み見る。この程度の罪のない囚人の雑談は黙殺しているのか、表情を変える様子はなかった。


未来を思い描けないまでも、生き続けることに意味はある。そう思えるようになっただけ、硫黄山で死にかけるほど働かされた甲斐はあっただろうか。

巽はぼんやりとそう考えながら、素っ裸で検身室の列に並んでいた。外役から帰ってきた囚人は毎回必ず、こうして一度獄衣を脱ぎ、口の中から尻の穴まで検められる。

全ては外部から脱獄に必要な物を持ち込まないように、という用心のためだ。外役で使用する何と言うことのない釘一本や錆びた鏨さえ、脱獄という命を賭けた目標を抱いた囚人にとっては宝の道具となりうる。あらゆる不正の芽を摘むために、脱獄の意思などない囚徒も皆いっしょくたに検分されるのだ。

とはいえ囚人の数が増えた割に検身室の広さは変わらず、看守の数もそう増えてはいないため、検分もかなり形式的になってはいる。

口を開けてざっと口腔内部を見られ、股下の高さに渡された横木をまたいで尻の穴をさっと見せる。さすがに囚人全員の尻に毎日指を突っ込んで異物持ち込みの検査をするのは看守も御免らしい。良い判断だ、と巽も思う。好き好んで尻に指を突っ込まれて喜ぶ囚人はいないし、看守も楽しくて男の尻の穴をほじるわけもなかろう。

加えて巽と大二郎が属する班は比較的模範囚が多く、普段から揉め事も少ないため、検分も毎回簡素に素早く終えられることが多かった。監獄に入ったばかりの頃は尻を晒すことに抵抗のあった新入り囚人もしばらくすれば慣れるもので、この後のささやかな夕食を楽しみに、いそいそと汗に湿った囚人服を再び着込む。

巽の隣では大二郎が黙って着替えをしていた。囚人の証である柿色の股引に続いて上衣を着ようとした時、ふいに大二郎の体がよろけた。囚人服が手からすり抜けて床へと落ちる。

コンッ
小さな、しかし間違いなく硬質な音が響いた。

「おい」

途端に鋭い声が飛ぶ。巽よりも先に大二郎の体がぎくりと硬直していた。まさに、隠していたはずのものを見咎められたかのように。

「今の音は何だ。囚人服に何か隠しているだろう」

声の主は中田だった。コツコツと踵を鳴らしてこちらに近づいてくる。巽は直立不動の姿勢で静止した。余計なことをすれば面倒ごとが増えるだけだ。大二郎も背筋を伸ばして身動きひとつ取っていなかった。ただし、動かないというよりも動けないのか、顔色がいささか悪い。白く濁った眼球が、びくびく不規則に揺れている。

他の看守も異変に気づき、看守刀の柄や腰の拳銃に手をやってこちらを取り囲んでいた。その中央で、中田が大二郎の上衣を拾い上げ、手で揉んでは検分をする。

巽は、まさか、と思った。大二郎が後生大事にしていたあの透明な石英は本人の手元にある。それが、ばれたのか。

疑問を口にすることも、身動きを取ることもできず、巽は中田が上衣を調べている様子から目が離せずにいた。硬直している大二郎の顔色はさらに悪くなっているようにも見える。

中田の指が布のある一点に触れて静止した。その箇所を、十本の指を使って丹念に探っている。上衣の、襟の部分だった。

「何だこれは」

やがて襟の縫い目の部分から、親指の爪ほどの石が取り出された。遠目からは何の変哲もなく白っぽい、先程まで作業で掘り出していた砂利の一粒のように見える。しかし、巽には分かった。分かってしまった。あれこそは大二郎が後生大事に隠していた石だ。

「砂利、ですかねえ。良く見えねえや。ただの石です」

大二郎の声が、平静を装おうとして僅かに上ずった。

「石なのは見れば分かる。なぜ、こんなところに石が入り込んでいる?」

「作業の時にうっかり入り込んできた、とかじゃないですかね。とんと覚えはないですが」

「襟の奥の、指で押し込まねば入らないような場所に、石が勝手に入ったと?」

中田の、冷静な切り返しに大二郎は言葉を失った。らしくない。どこまでもそらっとぼけるのがこの男なのに。彼らしくない動揺のありさまに、関与していない巽まで脂汗が浮くのを感じた。

「そうです」

大二郎は両手を握りしめ、中田を正面から見据えた。睨んでいると言ってもいい。

「勝手に入ったんです」

　言葉の内容とは裏腹に、意図的に持ち込んだと言っているようなものだった。中田が小さく「連れて行け」と言うと、若い看守二人が肌着と股引姿の大二郎を両脇から拘束する。そのまま、検身室の奥へと連行していってしまった。大二郎は少しも抵抗することなく、無言のままで従った。

「担当者は各々、検分を再開。囚人どもは黙って自分たちの房に戻れ」

　怒りを表すでもなく、中田は冷静なままで声を張り上げた。一瞬、水をうったように静まりかえった後、ざわざわごそごそと、衣擦（きぬず）れと囚人たちの小声での会話が交わされる。

「怖（こえ）えな。石が服のほつれにでも引っ掛かって持ち込まれるなんて、まあ有り得ねえことじゃねえのに」

「あれ鞭刑（べんけい）になるのか、独房に入れられるのか」

「たまたま見つかった石だけでこれだ。釘だの何だの、脱走の道具でも持ち込んだ日にゃあ、あの刀でぶった切られるんじゃねえのかね」

　僅かな好奇心と恐怖心の入り混じった声が周囲に満ちる。巽もはっと我にかえり、囚人服を着込み始めた。そして、囚人たちの恐れ混じりの声と、それらの会話を止めない看守の存在を認識して確信を得る。

　――わざとだ、きっと。

　石の存在を知っている中田が皆の目の前で見咎めたのは、おそらく意図的な行為だったのだ。そして、大二郎のあの狼狽（うろた）えようを思い出す限り、見つかったのは純粋な過失によるものだ。体が衰弱し、注意力がそれていたせいもあるのかもしれない。遠因としては、伝助の死もまた関係あるのか。

真実を問い質したくとも、当の本人は連行されていってしまった。おそらく明確な脱走目的と断定されない限りはさほど重い罰を下されることはなかろうが、今の大二郎の体にはどんな罰も酷だろう。

――中田は、偶然顕わになった大二郎の弱点を利用した。おそらく、かなり意図的に。

もともと大二郎が石英を後生大事に隠し持っていることを容認していた中田だ。上衣を調べて石が出て来た時、偶然紛れ込んでいたのだろう、次から気を付けろ、程度の注意で話を終わらせられたはずだ。

それをわざわざ、他の囚人の注目を集める形で大二郎の非を責めた。たかだか、石ころ一個でだ。

その結果が、こうだ。監獄での生活に慣れ、どこか緊張が解けてきた様子の囚人たちが、紛れ込んだ石ころ一個にも厳しい姿勢をとる看守側の態度を目にすることになった。一気に緊張が伝播し、緩んだ気持ちが引き締められている。

中田は、あの石の音ひとつを耳にして、今の監獄を引き締めるためだけに、ここまで図ったのだ。

巽は口をへの字に結びながら、囚人たちの波に沿って雑居房へと歩いていた。頭を占めるのは大二郎の身の心配と中田への怒りだ。だが、待てよ、と渦巻いていた思考が一時止まる。

――見せしめに利用されたなら、もしかしたら大した罰も受けずに戻ってこられるかもしれない。

中田の情を信じたわけではない。ただ、大きな罪でもないのに連行したのだと中田が自覚していたのなら、監獄の怖さを知らしめるという目的が既に果たされている今、大二郎を無意味に痛めつけるようなことはしないのではないか。そう思った。

もしかしたら、形だけの取り調べを受け、夜中にひょっこりと雑居房に戻されるのかもしれない。

そう思い、雑居房の寒い夜を身を縮めて眠りについた。

翌朝の朝食時、大二郎は想像した通り、ひょっこりと食堂に戻ってきた。

「大二郎の旦那！　大丈夫だったのか」

「心配したんだよ。運が悪かったなあ、服に入り込んでた石ひとつで」

同房の囚人たちがわっと近寄り、看守に睨まれてまた距離をとる。大二郎は疲れ果てた顔に薄い愛想笑いを浮かべて、巽の隣で薄い汁物を啜った。

「大丈夫なのか、色々と」

看守に気づかれない小声の問いに、大二郎は小さく頷く。

「兄さんにも心配かけちまったな。いやあ下手打った。今日から一週間、屏禁室（へいきんしつ）で藁縄（わらなわ）作りだとさ」

「屏禁室行き……屏禁刑か」

巽は言葉を失った。屏禁室は、監獄敷地内にある内部が一坪半程度の小さな小屋だ。罰を受けることになった囚人は、労役の時間にここに閉じ込められ、ごく狭い室内での作業を強いられることになる。

樺戸監獄にはこの屏禁室が十棟ほど、他に、同じ広さの暗室という懲罰用の小屋もある。

「なあに、暗室と比べたらはるかにましさね」

そう言って大二郎はぬるい汁を美味そうに飲み下した。窓がない狭い小屋で四肢までも拘束され続ける暗室と比べれば、作業時間以外は雑居房に戻される屏禁室は軽い罰のようにも思える。しかし、たかだか石ひとつを持ち込んだだけの罪と釣り合うとも思えない。

「何だ、兄さん、そんな顔すんなよ。俺あむしろ、今の時期に外役で過ごすよりも楽なんじゃねえかと楽しみにさえしてるよ」

強がりの声に、巽は「しかし……」と抗った。大二郎が罰をどう捉えているかというよりも、あの中田が不当な罰を科した、という憤りが巽を頑なにしている。

「まあせいぜい一週間のことだ。兄さん、俺がいなくて大丈夫かい？　寂しい寂しいって泣いちゃあいかんよ」

「おうそうだな、泣かんように気を付けることにしよう」

大二郎の軽口に、せめてもの強がりを込めて巽は返事をした。ははっ、と小さく笑った大二郎は実に愉快そうで、まるで日に焼け萎れ果てた老人の顔のようにも見えた。

大二郎はその日から、屏禁室での内役を課せられることになった。巽ら外役の囚人が帰ってくる頃に、看守に連れられて雑居房へと戻ってくる。

屏禁室では縄細工や紙の細工をさせられているらしく、本人は砂利運びよりも楽だと口では言っているが、見た目は明らかに消耗していた。

なにせ朝から夜まで、立ち上がることも体を伸ばし切ることもできない小屋に閉じ込められ、独り黙々と手作業をせねばならないのだ。便槽に用を足す他は、ずっと同じ作業を強いられ続ける。しかも、一月の寒い小屋の中でだ。かろうじて壁に太陽光は当たるだろうし、丸太の壁にごく小さな穴は開いているが、室内はじっと過ごすには寒過ぎるだろう。実際、大二郎の手足の指先は青く、すっかり冷え切っていた。

それでも、「あと五日だ」「あと三日」と、大二郎は仕事終わりに青い顔をしては指折り屏禁刑が終わる日を待っていた。初日以外は曇天か雪交じりの日が続いたため、さすがの大二郎も日を追うごとに声が弱弱しくなっていた。

そして一週間目。その日は朝から晴れ渡り、外役に出た囚人たちは陽光を反射する雪の眩しさに揃って目を細めていた。

気温は寒いには寒いが、太陽の光が気持ちを軽くし、心なしか作業もはかどる。今日が終われば傍（はた）で見るだに辛い大二郎の屏禁刑も終わる。せっかくあの地獄のような硫黄山を生き抜いたというのに、便所より狭いあの小屋で弱り死んではつまらないではないか。

生きてこそ、だ。巽は心の中で繰り返し、勢いよく鶴嘴を振るった。不当で、不本意で、道理の通らない境遇に陥っても、まずは生き抜かなければ己の意地さえ通せない。

巽は燻った思いの中でも自分がこうして芯を立ててこれまで生き残れたのは、大二郎のお陰という気がしていた。あの、いい加減で、軽妙で、ひ弱な癖に底の深さを感じさせる相棒がいたからこそ、自分自身に不貞腐（ふてくさ）れることなくいられた。

以前はそれに似た思いを、少し屈折した形で中田に抱いていた気もするが、今ではそれが全くの錯覚だったと断言できる。結局は、自分たちは囚人、奴は看守なのだ。

大二郎を利用して看守の力と影響力を強化して、平然と不当な罰を与えた。あの一件は、巽の中で確実に怒りとして燻っていた。

今日も中田は騎馬の上から囚人を監視しているが、巽は努めてその存在を意識に入れないことにしていた。別に無視をしても相手が痛くも痒（かゆ）くも思わないことは重々承知している。ただ、大二郎が戻って来るこの日に、不快な存在を認識したくはなかった。

冬の太陽は今日もまた早々に傾き、あと一、二時間ほどで作業の終わりを命じられる頃となった。

大二郎が屏禁室行きとなっている間、巽と鎖に繋がれている男は、まだ樺戸に来て間もないせいもあって動きがぎこちない。巽にとってはここ一週間、息の合わない半身とずっと付き合ってきたようなものだった。そして、今までいかに大二郎と組むのが自分の身に馴染んでいたのか、改めて実感した。

もう少しでこの鎖の片割れは大二郎に戻るのだ。そう思い、巽は作業の合間、いつもよりも身を起こして日が暮れるのを待ち望んでいた。

冬のすっきりとした青空は、西から次第に茜色に変化し続ける。外役の最中ゆえにじっと眺めているわけにもいかないが、美しい移り変わりだった。今まで空腹と作業の終了を待ちわびて夕暮れを心待ちにしていた日々は数知れない。誰かの存在をもとに日暮れを願うのは、思えば囚人のみならず自分の全人生を通して初めてのことかもしれなかった。

だからこそ巽は、異変にすぐ気がついた。

西の空の反対側、樺戸監獄の建物群がある方向から、真っすぐ上に煙が立ち上っている。塵や不要となった木材を焼いているのだろうか。普通なら巽はそう思う。しかし、ふと周囲を見渡すと、巽の他にも中田が煙の存在に気づいているようで、馬上で上体を捻ってまで監獄の方向を眺めていた。いつもは微動だにしないその眉が僅かに歪められている。西日が当たってそう見えているだけだ。どうかそうであってくれ。そう巽は願ったが、嫌な予感は消えなかった。

それから数分して、監獄の老押丁が慌てた様子で河原に駆け込んできた。何事かと手を止める囚人たちの様子など気にも留めず、副看守長ら数名の看守に耳打ちをしていく。囚人たちに聞こえぬように言葉を交わした看守たちは、たちまち表情を硬くして拳銃や看守刀を抜き放った。

「貴様ら、作業は中止！　今すぐ道具を手放し、ここに集合せよ！　一塊になって動くな。おかしな動きをすれば即座に切り捨てる！」

副看守長に指示を受けた中田が、声を張り上げて囚人たちに命じた。現状は把握できないまでも、囚人は看守に言われるままに行動するしかない。一同は河原から少し陸地に寄った開けた場所で、おしくら饅頭よろしく寄り固まった。

囚人同士で何事かと話をしようと試みても、周囲を取り囲む看守の表情が一様に硬いと見るや、皆大人しく押し黙る。そのまま日が完全に落ちるまで、待機が続けられた。

巽は密かに、脱走だな、と当たりをつけた。いつぞや、労役の帰りに獄舎から火が出ていた時のことを思い出す。あの時は小火だった。いつ誰かが火を点け脱走を図ったとしても不自然ではない。ならば看守たちのこの動揺と過剰なまでの防衛態勢は腑に落ちる。だが、巽の心の底ではざわざわと波が立っていた。煙を眺めていた中田のあの表情。あれは、ただ火事と脱走を憂えていただけだろうか。囚人の自分では知り得ない情報をもとに何かを憂慮していたのではないか。答えを得られない疑いばかりが、ぎゅうぎゅうに押し固められた窮屈な空間で空回りしていた。

やがて、周囲が暗くなりきる前に、監獄への帰還が命じられた。普段のだらだらとした歩みは許されず、囚人たちが塊となったままで道を歩かされる。看守たちは拳銃や看守刀を手にしたままで、囚人たちの動きをぴたりと見張っている。私語など到底許される雰囲気ではなかった。

――何が起きたのか。帰れば分かる。帰るまでは分からない。

巽は許されるなら鎖で繋がれた相手を引き摺ってでも監獄に駆け戻りたかった。帰って、ただの小火か、囚人の脱走未遂かを見届けて、夜に合流する大二郎と「いやあはた迷惑なことだよな」と軽口を叩き合いたかった。

しかし、まんじりともしないまま門に到着し、看守たちが動揺したのか放尿を命じられることもないまま、検身室へと送られた。

各班の囚人たちはみな緊張した状態で戻されたのか、それぞれ妙に落ち着かない様子だった。看守たちもぴりぴりとした雰囲気で、尻たぶを広げられるようにされてまで入念に検分を受ける。

ようやく服を着る段になって、他班の囚人が「火事だってよ」などと会話している声が聞こえた。

やはり火事か。内役の施設のどこかか、巽がそんなことを考えて囚人服を着終えると、ふいに背後に冷たいものを感じた。

「おい。お前、ちょっとこっちに来い」

振り返ると、中田が冷たい目でこちらを見ていた。一人ではなく、両脇に若手の看守を付き従えている。

――畜生めが。硫黄山帰りで偉いさん気取りか。

漏れ出そうな悪態を飲み込んで、巽は「はい」とだけ返事をした。すると、若手看守がそれぞれ腕を摑み、有無を言わせないまま奥へと移動する。

巽は身に覚えが全くない。大二郎の件があってから、班は現場を離れる前に全員必ず囚人服を確認し、石ひとつ持ち帰らないように気を付けている。抜けた歯は雑居房の床板の下に放り込んだままだ。

あれこそ見つかっても痛くも痒くもない。

もちろん、外役中の火事も脱走も、何ひとつ関わりがない。だというのに、中田は何が目的で自分を連行しているのか。大二郎に続き、看守側に都合のいい演出に自分を使おうというのか。自分は早く雑居房に向かわないといけないのに。でないと大二郎を迎えられないのに。

無言のまま、巽の思考は暴走する。懸命に物事を考えていないと、または中田を恨んでいないと、何か、とんでもないことに思い至ってしまいそうな予感があった。

中田は黙ったまま先導し、取り調べ用の部屋の脇を抜け、検身棟を抜け、中庭に出る。右に曲がれば雑居房のある獄舎だが、そこに向かうこともなく、雪で踏み固められた中庭を真っすぐ突っ切っていった。カンテラが据えられているらしく、屏禁室が並ぶ一角だけが明るく照らされている。

――やめろ。嫌だ。行きたくない。

そう思うのに、抗うことができない。澄んだ冷たい空気の中、何か焦げくさい臭いが漂っていて、鼻がそれを知覚してしまう。

その正体を知る前に、中田は足を止め、両脇を抱えられた巽も立ち止まらざるを得なかった。

雪の上には、小屋の残骸があった。木の建物が燃え尽き、灰となり、消火されてからさらに検分のためほじくり返された、何の価値もない残骸だ。連れてこられた状況からして、ここが大二郎のいた屏禁室のなれの果てらしかった。

「嘘だろう」

許可を得ないまま漏れた巽の呟きを、看守は咎めなかった。

木が焦げて炭になる臭いに混じり、人肉が焼ける臭いが混ざっている気がした。汗と垢(あか)に塗れた柿色の囚人服と、汚れと膿と罪に汚れた囚人の体が炎に焼かれて消えていく時、その臭いは娑婆の火葬場近くに漂うそれと何ら変わりはなかった。きっとお大尽でも貧乏学生でも大きな違いはないのだろう。

大二郎が死ぬかもしれない、という恐れは、硫黄山での体験を通じ常に頭の中にあった。それでも樺戸に戻り、他の囚人たちと人間らしい会話を交わすことで薄らいできたというのに。

何も、こんな形で、心構えもしないうちに、突然焼け死ぬだなどと。

巽の心が、目の前の現実を受け入れることを拒んでいた。

「本日午後、発火が確認され、即座に消火した」

中田がぽつりと告げた。ただの事実で、何の感情も籠っていない。巽はもし許されるならばその能面づらを殴り飛ばしたかった。囚人とはいえ、人ひとり焼け死んだというのに、その落ち着き払った面相は何だ、と思うさま罵りたかった。

隠さぬ憤怒を悟ったのか、中田はゆっくりと首を横に振る。そのまま、静かに口を開いた。

「燃え跡から骨は出なかった」

え、と間抜けな声が巽の口から漏れた。

「火の出た原因は不明、また逃亡した囚人は現在捜索中だが未だ見つかっていない。一度だけ聞く。絶対に偽るな。……心当たりは、あるか」

問いは心持ちゆっくりとした声だった。その奥に期された慎重さを感じ取り、巽はゆっくりと口を開く。

「何も、知りません。知らない。俺だって、何も」

大二郎が図っての出火だったのか。どこに逃げたのか。今どこにいるのか。そもそも、大二郎が腹の底で何を考えていたのか。

「なんにも知りません」

うわ言のようにもう一度繰り返した。中田はひとつ頷くと、若手看守に向かって「戻せ」と告げた。自身は小屋の残骸を前に、ただ立ち尽くしていた。

両脇の看守は踵(きびす)を返し、巽を獄舎の方へと向かわせた。うまく足が動かず、そのたびに左右から舌打ちが飛ぶが、そんなことには構っていられない。体がうまく現状に対応できていないのに、頭だけが変に早く回転していた。

――火元は何だ。

労役で道具を使用する際に小細工をして火を放ち、脱走を企てる者はまれにいるが、大二郎が密かに持っているものといえば、あの小さな石ひとつだ。没収されていなければ、だが。

かつての中田の言葉を借りれば、ただの石英、別段珍しいものではないし、発火させられるようなものとも思えない。第一、脱獄に使われる恐れのないものだったからこそ、中田は所持を黙認し続けていたのだ。

中田に申告した通り、巽は何も知らない。何も分からない。ただ、大二郎は、今、あの石を手元に持っているのか。それとも焼け残りの中に石を置いていったのか。できることなら身を翻し、残骸をかき分けてでも、その一点だけを知りたかった。

第三章　埋もれた光

一　糸を断たれた凧（たこ）

火事で大二郎が姿を消してから、巽の心の一部も燃え落ちたようであった。

地獄の底のそのまた底のような硫黄採掘の労苦に耐え、せっかく樺戸へと戻ってきたというのに。

焼け落ちた屏禁室（へいきんしつ）の残骸に骨でも残っていたならば、ただ大二郎の不幸を憐（あわ）れみ心より悲しめたと巽は思う。しかし実際には、大二郎の死体は見つかっていない。この件については看守の中田の言葉は信用できる。悪戯（いたずら）に嘘（うそ）はつかない男だ。

中田は大二郎が姿を消した翌日いっぱい、部下と共に巽を徹底的に調べ上げた。持ち物の検査、囚人服の縫い目一つ一つ、編笠（あみがさ）の編み目一つ一つ、そしてもちろん厳重な身体検査が行われた。

それから中田は巽の両腕に枷をつけ、狭い取調室に立たせた。その両脇を若い看守が固めている。

——能面づらも長くいりゃ偉くなるのかね。

疲れ果てて顔の筋肉も動かせないまま、巽は中田を恨めしく眺めた。実際、硫黄山での勤務を通じて階級が上がったのかもしれないが、その無表情さと冷徹な目は巽が入監して以来全く変わっておらず、偉ぶるそぶりがないのがまた不気味だった。この世に生まれて来る者に一人一つの天職が与えられているのだとすれば、この男には間違いなく看守が天職だったのだろう、と思った。

「改めて聞く。あの小屋の火事について、事前に何か聞かされていたか」

「知りません。俺は何も知りません」

心は苛立ちで燃えるようだった。しかし巽は強いてその心を収め、淡々と答えた。

その答えに苛ついたのか、中田の右側にいる男が手にした木の棒をぱんぱんと革手袋をはめた掌に打ち付けていた。棒はよく使い込まれているのか艶を出し、所々血のどす黒い染みがこびりついている。制服のズボンにも泥なのか血なのか判別のつかない汚れが散っていた。

「お前は奴とつるんでいることが多かったそうじゃないか。硫黄山で生き残った同士なのだろう。何か聞いているはずだ」

「何も。本当に何も知りません」

殴られるな、これは。少なくとも棒を手にした若い看守は、真実を知りたいのではなく制服の威を借りて自分より立場の弱い人間をいびりたいだけだ。そういえば学校の教師にもそういう手合いがいたっけ、と思った瞬間、足音と共に黒い影が近づいてきた。

項垂れていた巽の視界に看守の足下が見える。革靴は汚れ一つなく磨き上げられ、ズボンには皺も染みもなかった。

中田か、と近づいてきた人影を認識した瞬間、鳩尾に強い衝撃が走った。

受け身をとることも叶わず、巽は床に転げた。腹に痛烈な一撃を食らったことで咳き込み、言葉も発せられない。涙目で見上げた先では、中田が感情の籠らない目でこちらを見下ろしていた。白い手袋をはめた右手をぷらぷらと左右に振っている。

——結局は、人を殴り慣れた看守サマか。

巽が苦しさから身悶えると、両脇にいた看守が怖気づいたように体を硬くした。

中田は表情を変えないままで巽の傍にしゃがみ込んだ。上着の胸ポケットに手をやり、親指の爪の半分ほどの小さな塊を取り出す。

「雑居房でお前が寝ているあたりの床板の下から出てきた」

巽は訳も分からないまま中田の指先を見ていた。摘まみ上げられているのは、間違いない、かつて中田がひっこ抜き、大二郎の石と共に巽に預けていた奥歯だった。

「火事や脱走と関係あるとは思えないが、おかしな物を隠し持っているのは感心しない。これは預かっておく」

そう言って立ち上がり、巽の歯を胸ポケットに戻した。巽は痛みからようやく脱し、言葉ぐらいはもう出せそうだが、黙って荒い息を続けた。

誰よりもあの歯の由来を知っているはずの中田が、どういうつもりだ。そう問わない、問えない状態にさせられたことに意味があると察した。

小さな違反を咎めることによって、大二郎脱走の責を被せることを避けたのだ。

「もういい。こいつを戻しておけ」

中田は何事もなかったかのように背を向け、取調室を出て行った。背筋を伸ばした看守二人が礼をして、荒々しく巽を起こす。

「ほれ立て。さっさと雑居房に戻っておめえは寝ちまえ。間違っても逃げた奴の真似すんじゃねえぞ」

「そうそう、俺らに余計な面倒増やすな。それにしても、ああ怖え。あの人何考えてるか分かんねえ分、余計に怖え」

「擦り寄りも縁故もないのに出世すんなら、あんだけ怖くなんなきゃいけないのかねえ」

ぐったりと足取りの重い巽の両脇を拘束しながら、看守たちは勝手な話をしていた。巽は暴行を受けて力の出ないふりをしていたが、実際にはさほど痛みは残っていない。衝撃で倒れたのと、しばらく声が出せず辛かっただけだ。ただ、中田があそこで殴らなければ、この頭の悪そうな若い看守にやたらに殴られていた可能性もある。

――結局、知らんと分かってるんだろう。

中田は、ある意味では自分を信じているのだろうと巽は確信していた。脱走囚と何だかんだで付き合いの古い奴が残っているとなれば、ひとまず形式上は調べ上げなければならない。そして、中田の手腕によってその手続きは非常に簡素かつ迅速に終了した。それは、巽が無実だと分かっているからできたことだった。

「ほれ、さっさと入れ。ああ、余計な取り調べで遅くなった」

「まだ食堂の飯残ってるかなあ」

若い看守らは荒々しく巽を雑居房に戻し、気楽な会話を交わしながら去って行った。雑居房の床にめいめい横になっていた囚人らは既にほとんどが眠り、室内にはいびきが複数響いているだけだった。

巽はいつも自分が横になっている奥の隙間に身を横たえた。いつもなら全身を捻(ね)じ込まなくてはならないような狭さだが、大二郎がいない分だけ今日は広く、そして隙間が寒い。

眠れそうにない。瞼(まぶた)を閉じるのを忘れていたのだと気づいて、固く目を瞑(つぶ)る。それでも労役の疲れと、大二郎の件による衝撃で、体は疲れているのに頭は妙に冴(さ)えていた。

——火の気がない屏禁室が、事故で発火することは考えられない。

大二郎に何らかの悪意を抱いた者がいたとして、労役の時間中に塀の中で火を放つことが可能な囚人はいない。看守にしても、他の獄舎に燃え移り大規模脱走を許してしまうような負の賭けをする馬鹿はいない。

ならば考えられることは。

大二郎は、自ら小屋を燃やして逃げた可能性が高い。巽に何ら相談をすることなく道具を隠し持ち、手段を練り、屏禁室を焼いて逃げた。そう考えるのが道理だ。

——あの無害そうな石英を後生大事に持っていたのだって、何かの目眩(めくら)ましだったのかもしれない。

残された巽の心に疑念が芽生え、夜が深くなるにつれ、その枝葉は闇夜にわさわさ広がっていく。

孤独だ、と巽は思った。これまでの人生で、一番孤独だ。寝返りさえままならないほどに囚人だらけの中で、ひとまずまだ生きている。

なのに、馴染(なじ)みの囚人一人が何も告げずに脱走した。ただそれだけで、もう自分一人が深く暗い穴に埋められているような心持ちがする。

自分は独り、置いていかれた。単純すぎる事実を飲み込めないまま、巽は眠れぬ夜を明かした。

そのまま時間は粛々と流れた。樺戸監獄署という名称は明治二十三年にはどういうわけか樺戸集治監の旧称に戻ったが、役割も存在意義も何も変わりはない。

囚人の死は日常の一部だ。そして、脱走し逃げおおせる者もごくごく少数ではあるが存在する。また、多くはないが仮放免で塀の外へと出ていく者も当然いる。基本的に人が減ることは別段珍しいことではない。

故に、火事に伴う大二郎の脱走は同房の者の口に少しの間のぼった他は、すぐに忘れ去られていった。

脱走は集治監にとって不始末である上、放火して逃げたという手段を囚人に認知させないためなのか、巽に聴取が行われた他は特に騒がれることもなく、どうせ病死したのだろう、という臆測が囚人たちの頭の中で定着した。囚人たちにとってさえ、同じ立場の者の命は軽いものだった。

朝になり起きて労役に出て飯を食って出し、あとは精々看守に目をつけられないように息を殺して日々をやり過ごす。囚人として閉ざされた場所で暮らすことは、変わらぬ日々を生きさせられることと同義だった。

一年、二年、三年。巽は古参として新入り囚人を迎え、ある者が死に、自分よりさらに古くからいる囚人が仮放免される姿を見送るようになった。

新入りを特にいびらない。他人に対して拗(す)ねることがない。単純なこの二点を曲げずにいるだけで、やたらと他の囚人に頼られるようにもなった。

「巽の旦那、食事がどうにも舌に合わんで困る。まずいだけなら我慢もきくが、漬物でも汁物でも何でも、塩っからくてしょうがねえ」

西の方から来た囚人にそう訴えられれば、「まあ何事も慣れだ慣れ。そうさな、今はまだ冬で汗かく仕事は少ないが、夏になってみろよ。滝のように汗が出て、そのうち他人の汗まで舐めたくなるぐらいになる。そしたらもっとしょっぱいもんが欲しくなるさ」

奇しくも『樺戸よりも酷い地獄』と噂される硫黄山を生き抜いたことが、人に頼られる理由となった。根が悪人ではないから慕われれば面倒を見るし、牢名主よろしく威張り腐ることもない。そのうち看守からも雑居房の責任者のように扱われるようになっていた。

勿論、脱走など考えない。誘われても加担しない。その意味で、巽は樺戸集治監内でもっとも強靱な男になっていた。心のどこかに鋭利な刃物を抱いたままで、従順であり続ける。

脱走や暴行。あらゆる負の誘惑をはねのけることが、巽にとっての反抗になっていた。労働にも環境にも脅かされず、なおかつ模範囚に相応しい精神の平らかさを保つこと。

それこそが、かつて突然姿を消した者への怒りの発露だった。

明治三十年、一月。

——今年の冬も、寒ぃな。

樺戸集治監に収監されて十二年。巽は三十三歳になっていた。

渡り廊下から、青く澄んだ空を見上げた。渡り廊下の床は吹き込んだ雪を除けてあるとはいえ、草履をつっかけただけの裸足は感覚も失せるほどに冷える。慣れた冷たさと痛みだ。

「ほら、さっさと行くぞ」

「はいはい、すんませんね。どうにも足が痛くてねえ」

巽は腰縄を若い担当看守に摑まれながら、管理棟へと歩かされていた。

覚えている限り、へまをやった覚えはない。ここ三年ほどは、看守と口喧嘩一つしていない。

――さては誰ぞの脱走計画を看守が嗅ぎつけたかな。

顔の下を覆う髭をがしがし搔きながら、巽はもう片手で鳩尾をさすった。

計画の一端や噂を知らんか、と凄まれるのだろうが、結局は知らんことは本当に知らんと言うことしかできない。古参の模範囚となればさすがにそれでどつかれることはないが、あの狭い取調室で仲間の脱走計画について問い質されると、記憶より体が昔を思い出し、どうにも鳩尾が痛くなる。かつて、中田が痛打した場所だ。

中田はその後順調に昇進を果たし、若い看守たちの話では副看守長にまでなったらしい。もう雑居房の見回りに来ることはなく、たまに外役の際に騎馬で各班を見回るだけだ。

渡り廊下から管理棟の一角に入り、ん、と巽は顔を上げた。いつもなら右の取調室に連れて行かれるはずが、左の方向に行けと腰の縄を引かれる。そちらの方向には二階に向かう階段しかない。

「上だ。上れ」

促されて、巽は田舎の集治監にしては凝った彫刻が施された手すりを摑み、痛む足を持ち上げながら一段ずつ上った。管理棟の二階へは初めて向かう。一体何事か、と訝しがっていると、廊下の奥にある両開き扉の部屋へと連れてこられた。

『典獄室』

掲げられている木札に巽は身を硬くした。若い看守がゴンゴンと扉を叩き、「連れて参りました」と告げると、中から「入れ」と低い声が返ってくる。

扉が開けられ、頭を上げた巽の目に入ってきたものは、臙脂色の絨毯とどっしりした執務机、そして三人の男だった。髭面で机に鎮座した典獄と、その両脇に林課長、そして副看守長の中田がいた。

室内には葉巻か上質な紙巻煙草の匂いが漂っていて、巽は思わず喉を鳴らした。監獄に入る前は進んで喫煙する習慣はなかったというのに、不思議なものだ。思わず執務机の隅に置かれた煙草入れに目がいった。

「ああ、すまんね。緊張させてしまった。呼び出したのはな、君にとって別に悪い話ではないよ」

はっは、と典獄は目を細め、武器を所持していないことを示すようにひらひら両手を振った。二年前に着任したこの典獄はもう七十歳近いという話だが、そうは思えないほど若々しく見えた。式典の際に『囚人諸君はこの地で報国の義務を果たすと共に汗を流して己の罪業を雪ぎ』などと、厳めしく語った雰囲気からはかけ離れている。それがために、巽は余計に警戒した。

下っ端の頃は雑居房の見回りをしていた林は、にやにやと口元を歪めてこちらを眺めている。一方、中田は感情の籠らない目でこちらを見ていた。

――相変わらず、糞似合わねえ髭だなおい。

以前と比べ、この男のもっとも変わった点は鼻の下にこんもりと蓄えた髭だった。初対面の頃からこの髭面しか知らなければ違和感もないのだろうが、巽の目には大層不似合いな装飾に見える。

典獄は机上の書類を手に取ると、そこから顔を上げないままで「ふむ、うん」と口の中でもごもごと呟いた。巽には日曜に寄り集まって盆栽の鉢を眺めている年寄りのように見える。品評されているのは俺か、と思っても、怒りより諦観ばかりが先に立つ。ふいに、典獄が顔を上げた。盆栽よりは、そこら辺の生垣を眺めているような目つきになっていた。

「それで、君は外に出たいかね?」

は、と間の抜けた声を出さずに済んだのは、髭の上からこちらに向けられている中田の鋭い目のお陰だった。

英照皇太后の御大喪に伴う恩赦令。典獄が発した耳慣れない言葉の羅列は、巽の理解を妨げた。かろうじて、オンシャという響きを耳がとらえ、巽は千切れるかと思うほどに首を縦に振った。

そこが運命の別れ道だった。

一週間後、巽は『北海道集治監樺戸本監』と墨書された看板の横をすり抜け、重厚な門の外に出た。門の脇の、夏でも草も生えない道が目に入ると、外役帰りに放尿を命じられたことを思い出して僅かに尿意を感じた。無理もない。何千回ここで小便をしたやら。

傍には担当の若い看守と、さらに中田副看守長の姿があった。二人の看守に脇を固められているという事実だけで、後ろめたいところを見せないようにと勝手に背筋が伸びる。しかし、今はもう自由を阻む手枷足枷も、猿回しの猿のような腰縄もない。

巽は妙な暑さを感じた。季節は二月に入ったばかり、日中も雪が融けない凍てつく頃だというのに、肌着がほんのり湿っていく。巽は長年着なれた囚人服ではなく、長袖シャツと股引、その上に簡素な灰黒縞の着物を着せられていた。足下は草履ではなく藁沓だ。囚人服の寒さに慣れ切った体には少々厚着だ。看守用外套（がいとう）に身を包んだ中田らから見れば十分薄着なのだろうが、巽は冬とはこんなに暖かいものだったかと驚いていた。

看守に髭と髪を乱暴に剃（そ）られたせいでやたら寒々しい丸刈り頭だが、巽の心身は温かかった。

仮放免。恩赦による事実上の釈放。夢にまでみた日が実際に訪れると、人間は妙に緊張するらしい。本来は徒刑十三年により来年釈放されるはずだった。しかし実際に釈放されるのか疑わしかったものであるし、一年早く外に出られるなら巽としては勿論ありがたい。

中田から「行くぞ」と声をかけられて初めて、巽は門の外の世界に一歩踏み出した。そのまま歩こうとして立ち止まり、振り返る。

毎日容赦ない外役で数え切れないほど潜（くぐ）った門ではある。その奥には小石川の実家の次に長く住んだ獄舎が、今日も冷たく佇（たたず）んでいる。

思い出したくない理不尽と心身を苛（さいな）む体験。そればかりが巽の胸に去来した。暗闇の底を照らす蛍のような光もあった気がするが、今は痛苦ばかりが思い出される。

それでも巽は深く腰を折り、樺戸集治監に頭を下げた。

時間にして数秒。巽は身の回りの物が入った小さな風呂敷包みを抱えなおすと、若い看守の後をついて歩き出した。隣には中田が並んでいる。特に何も話しかけられることはない。巽も口を開かないままで歩いた。

向かったのは集治監から南西に四百メートルほど離れたところにある石狩川波止場だった。荷物の積み降ろしなどに駆り出され、見慣れた風景である。樺戸に連行された囚人がまず降り立つ場所でもある。

「本来ならこの先の渡船場まで送るところだが、今は対岸までは氷橋で渡れる。我々はここまでだ」

「はい」

中田が静かに語り、巽は頷（うなず）いた。正直なところ、仮放免となれば門から放り出されてハイ左様なら、と思い込んでいたので、ここまで付き添われて内心驚いていたところだ。

巽は数メートル先に縄と氷で補強された氷橋を認めると、改めて若い看守と、それから中田に向き直った。言うべき言葉を頭の引き出しから様々に引っ張り出して、結局選んだのは単純すぎる言葉だ。

「今まで、本当に、お世話になりました」

伴う感情は単色ではない。恨みも怒りも憎しみも確かにあった。それらをひっくるめても、感謝に類する気持ちが勝って、声の最後に涙が滲（にじ）んだ。

「た、達者で、真っ当に暮らせよっ」

若い看守が目を赤くして言った。言われなくてもそうするさ、と囚人相手ならば笑ってみせるところを、巽は殊勝に首肯するだけに止めた。

中田は変わらなかった。むしろ若い看守や巽の感情が盛り上がるほどに冷静になったかのように、顔の筋肉一つ動かさないまま、外套のポケットに手を突っ込んだ。

「お前のものだ。俺はいらない」

手渡されたのは、件（くだん）の奥歯だった。巽はどう感情を処理していいか分からず、泣いたような笑ったような半端な表情のまま、ひとまず歯を風呂敷包みの奥に突っ込んだ。

別れを惜しむような間柄ではない。巽は背筋を伸ばすと、「大変にお世話になりました」と畏（かしこ）まって最後の言葉を告げた。

踵(きびす)を返して、氷橋へと進む。晴れ渡った川に渡された、つるつる滑って頼りない橋をそろりと渡る。ここからはもう一人だ。好きなところを歩き、道理に悖(もと)ることのない限りは好きに生きることができる。これから自分の前に広がっている道は、氷橋よりは硬いのだろうか。

巽はふいに、何も考えないまま集治監の方を振り返った。中田と若い看守の姿はまだそこにあった。二人は看守の帽子を脱ぎ、片手に持ったそれを左右に大きく振っていた。

何で。どうして。船乗りでもないのに。そういう習慣なのか。

様々な疑問が頭の中で渦巻いて、考えるよりも先に巽は再び頭を下げた。より深く腰を折り、そのせいで涙は上瞼を伝って眉まで達した。

しばしして頭を上げると、二人の姿は小さくなっていた。こちらに背を向け、集治監へと歩き去っている。彼らは今日これからも樺戸集治監で生き、厳しく囚人を見守っていくのだ。

自由と制約の立場が急に逆になったように思えて、巽は氷橋の上で立ち尽くした。やがて流した涙が冷えてきたので、慌てて袖で拭いて橋を渡りきる。

対岸の川べりには、二抱えほどありそうな太い幹をもつ楡(にれ)の木が聳(そび)えていた。夏には豊かな葉を茂らせ、汗だくの囚人たちにささやかな木陰を与えてくれた木だ。二月の今は葉を落として枝を寒々しく晒(さら)している。

幹に触れると、微(かす)かに温(ぬく)もりを感じる。この木の陰にもう隠れることはないのだ、と実感しながら、巽は独り、雪の道に踏み出した。

集治監から十五キロほど歩き、日暮れ前、巽はようやく峰延(みねのぶ)の街へと到着した。ここから鉄道に乗り、放免囚はおのおの帰るべきところへと向かう。

巽は東京に帰るつもりはなかった。仮放免となったことは実家に伝えられている筈（はず）だが、身元引受人を申し出る返事はきていない。それが答えだった。そのため通例に則（のっと）り、教誨（きょうかい）に訪れる地元の住職に、名義上の身元引受人を頼んだ。

巽は今さら家族の顔を見たいとも、ましてや頼りたいと思うこともない。怒りや復讐（ふくしゅう）の念が消え去ったという訳ではなく、未（いま）だ体の芯で燻（くすぶ）っている。冤罪（えんざい）でこの身を囚人に堕（お）とした日本の世にも反発はある。

しかし、それらを発火させるには樺戸の日々が長すぎた。今はまず、札幌の街に出てこれからの生き方を探ろうと考えている。

囚人の身から脱すること。自由で人間らしい生活を取り戻すこと。それが巽の希望の上位を占めて、それは硬く締まった厳冬の氷橋のようにしばらく揺らぎそうもなかった。

巽は駅前の幾つか看板を出している旅館の中から、一番貧相な宿を選んだ。元囚人とばれて拒否されるか、と思ったが、「一晩頼む」と言うと受付の老女は黙って宿帳と筆を出しただけだった。

ごく小額だが金子（きんす）は持っている。囚人は労役に対してごく僅かな賃金が発生しており、放免された際にそれらが纏（まと）めて渡される。決して多いものではないが、十数年収監された巽は数週分の食費と宿代、それに札幌までの交通費に困ることはなさそうだった。

宿帳への記入もそこそこに、巽はまず手近な食堂へと向かった。酒場も兼ねている店なのか、仕事を終えた労働者や農民が集って賑（にぎ）やかに酒を酌み交わしている。その賑やかな、日本のどの街でも見られそうな光景に、うっかり巽は落涙しそうになった。

店の隅のなるべく目立たない席に腰を下ろし、さていざ何を食うべきなのかと迷う。壁に貼られているのは、飯、沢庵、焼き魚、とり串焼き、などのざっかけない料理ばかりだ。少し迷って、巽は湯漬けと味噌汁を頼んだ。注文をとりにきた女将が妙な顔をした。

「兄さん、酒はいいのかい？」

「うん、腹が減ってんだ。とても」

うまく声が出なかった。思えば、看守や囚人以外の人間と言葉を交わすこと自体、集治監ではほとんどないことだったのだ。

声が嗄れているのを余程腹が減っていると勘違いしたのか、女将は茶を置いて「すぐだよ、すぐ！」と奥の厨房へ向かった。女将はまだ若く、歳も巽とほとんど変わらないようだったが、まともに顔を見ることができない。囚人だった頃は女が恋しくて仕様がなかったというのに、どうしたことか。巽は戸惑い、ちらちら横目で女将の姿を追った。その合間に茶を口に含むと、久方ぶりの温かさと風味に脳が痺れそうになった。

目を閉じ、舐めるようにして茶を飲んでいると、ふと近くに人の気配を感じた。

「あんた、監獄にいたろう」

粘っこい声に瞼を開けると、向かいの席で「したり」とばかりに女が唇を歪めて笑っていた。巽の母か、それより上の世代と思える女だった。雑に纏められた髪は乱れ、粗末な着物は薄汚れている。唇の間からのぞく歯は茶色かった。

この女は何だ。なぜ、元囚人であると分かった？　巽が答えないでいると、ふいに腕を伸ばして茶碗を持つ巽の手をとりにきた。

「ほら、可哀想に。手首の皮がこんなにすり剝けて、固まって、またすり剝けて。どす黒くなっちまってるじゃないか。手枷をずっとつけてる奴じゃないとこうはならないよ」

振りほどこうとしても振りほどけない。体が心を裏切り、触れられることを許容している。そのまま手首をさすられ鳥肌が立った。

「足首だってそうだろう。ねえ、あたしにみせてみなよ。一晩中だって撫でてあげる」

安くしとくよ、と誘う女の、その無邪気な笑顔に巽は容易く絆された。だって仕方ないじゃないか、と言い訳を繰り返しながら、運ばれてきた湯漬けを嚙みもせず性急に流し込む。お陰で、放免後初めて食べた娑婆の味は、全く記憶に残らなかった。


女を連れて宿の三畳間に雪崩れ込んでも、受付の老女は何も言わなかった。宿も、飯屋もみな組んでいるのか、と頭の端で呆れて、あとはひたすら女の肌に潜った。盛りを過ぎ切った女の肌に肉はなく、皮膚も乳も弛んではいたが、巽は十数年ぶりの女の味を堪能した。腰を振りながら涙が流れた。

そして、それきりだった。

おかしなもので、集治監にいた頃は抱かせてくれる女であれば醜女であろうが老婆であろうが、乳と穴さえあれば体枯れ果てるまで抱きたいと思っていた。だが、最初の勢いで吐精した後は、ぴくりとも猛りやしない。

「そんなもんだよ」

そう言って女は巽の丸刈り頭を撫でた。その右肩から背中にかけて、大きく皮膚が引き攣っている。古い火傷痕のようだった。

「その傷どうした」

「なに、いま気づいたの。男に熱い油をかけられたのさ。あたしの元の亭主」

女は愛おしそうに傷を撫でた。

「その亭主は」

「お縄についた後は樺戸に入って、それきり音沙汰なしよ。女子どもや弱いモンには殴る蹴るして威張り腐る奴だった。それだけならまだしも、身の程知らずにやくざにも喧嘩吹っ掛ける馬鹿だから、監獄の中で死んだんじゃないかねえ」

女はからから笑いながら自分の煙草入れから紙巻煙草を出した。勧められて巽も一本貰う。安い煙がこの上なく肺腑に沁みて、涙を誤魔化すためだけに話を繋いだ。

「江戸訛りがあるな。亭主を追ってわざわざ監獄の傍まで来たのか」

「そういうことになんのかねえ」

「死んだと思ってるってことは、弔うために？」

「ううん。あてつけ」

そう言うと、女は布団から身を起こして窓を開けた。冬の冷たい空気が急に汗を冷やす。その冷たさに構わず、女は窓の枠に煙草を押し付けると外へ放った。月の光で逆光になって、背中の火傷痕もその表情も見えない。

「あてつけと、いややっぱりお弔いもあるのかねえ。よく分からない。分からないけど、あの亭主が出られなかった獄から出て来た元囚人と肌を合わせてると、なんか安心するのさ」

そう言って女は手を伸ばして巽の煙草を奪い取った。外に放って窓を閉めると、布団に潜り込んで今度は巽の足首を撫でる。かさかさと折れた小枝のようなその指による慰撫に湿度はない。巽は昼間触った楡の幹を思い出した。ひと撫でされるごとに、無視しがたい眠気の波が押し寄せてくる。

「寝てていいか」

「うん、寝なよ」

巽は瞼を閉じた。集治監の雑居房で馴染んだ筵や薄べりよりはまし、という程度の煎餅布団だ。畳の縁が感じられるほど薄く、ところどころ汚らしく染みが残ってはいるが、太陽に干された木綿の匂いが微かにする。一応干してはあるらしい。

――ここで良かったのかもな。

無理に金を使って高い宿に泊まるよりも、人生と痛苦を切り離せない人間の気配があるここの方が、今の自分にはよく馴染む。巽の意識はそこで途切れた。夢一つ見ないまま目が覚めた日の出時には、女の姿はもうなかった。銭入れからは最初に提示された額だけ律儀に消えていた。

人の多いところは仕事も多い。そう思って巽が向かった札幌は、実に賑やかだった。

巽が収監された頃は、北海道の大都市としては函館が真っ先に挙げられていて、札幌はまだ開拓途中の村に過ぎなかった。それが、中心部は碁盤の目のように道路が整備され、西洋建築が立ち並ぶ大きな都市へと成長を果たしていた。

巽が生まれ育った東京と比べるとさすがに文明開化都市とはいえないが、闊歩する西洋服の男女や二頭引きの馬車、そして各地から集まった人々の熱気で、これからさらに発展していくという英気に満ち満ちていた。

ここなら確かに、前科者であっても仕事を探せるだろう。なにせ自分は朝から晩まで十年以上過酷な肉体労働をさせられ、そこを大きな病気もなく生き抜いてきたのだ。丈夫さだけは自信がある。幸い、囚人たちを見慣れてきたことで、女はともかく男の面構えを見ればどんな人間かはだいたい摑める。身の丈にあった場所を嗅ぎ分けるのはたやすい。西洋建築が立ち並ぶ表通りから少し細い道へと入り、広い防火帯を突っ切って少し行くと、小さな飲み屋や行商人が集まる場所へと出た。

女郎屋や木賃宿らしき小さな構えの店がごちゃごちゃと集まるその一角で、風鈴売りや林檎(りんご)売りが威勢のいい声を上げている。

通行人もならず者や流れ者、雑多な商売人が入り乱れて活気があった。表過ぎず、裏過ぎず。これぐらいが今の巽には居心地がいい。道行く人に口利き屋の場所を尋ね、風体のさまざまな男どもの列に並んだ結果、あっさり明日の荷運び仕事が決まった。

「はい、次の人」

「いや待ってください。俺、樺戸の集治監出なんだが」

口利き屋の親父(おやじ)はきょとんと目を丸くすると、手元の帳面を指した。

「今日世話したこれと、これと、あんたとで三人目だな。何だ、何か問題あんのかい」

「いや、問題にはされんか、と思って」

居心地悪く巽が言うと、親父は大口を開けて笑った。

「馬鹿正直だねお前。ちゃんと時間通りに現場行って仕事してくれりゃ、牢獄帰りだろうが黄泉比良(よもつひら)坂(さか)帰りだろうが気にゃあせんよ」

「はあ」

それでいいのか、と呆気に取られる巽に、親父はにやりと笑って人差し指で自分の頰を撫でた。

「あんたがなんか悪さしたら、この辺りを仕切ってる親分さんがどうにかするさ。さ、次の人」

なるほど、と巽が納得している間に、後ろの男に割り込まれた。確かに新しい囚人の中には札幌で悶着を起こしたとかいう刺青持ちが結構いたな、と親父の忠告を可笑しく思った。

そこから数か月、巽は外での目まぐるしい生活に翻弄された。

居心地のいい木賃宿を見つけ、そこを拠点に日雇いの仕事で食いぶちを稼いだ。荷運びや砂利運びなど、堅気の労働者さえ音を上げる労働も元囚人の身には容易い。

安くて量の多い飯屋で、樺戸ではありつけなかった味に毎食感動していると、主人夫婦に気に入られて毎食味噌汁をおまけされるようになった。

金に少し余裕ができると、団子屋で甘いものを求めた。久方ぶりに口にした餡子入りの餅に落涙していたら、何を勘違いされたか居合わせた老婆に小銭を渡された。

場末の女を三度買ったが、若い頃のような欲望と漲りを感じられず、自分に絶望してからは特に求めていない。あるいは峰延で抱いたあの年増女との体験が、自分の肉欲に影を落とすきっかけだったか、とも思ったが、確かめるすべはない。金のことを思えば、欲がないならそれに越したことはなかった。

女もそうだが、巽が特に驚いたのが、酒への執着が薄れたことだった。学生だった頃は仲間とどれだけ飲んでも楽しく、囚人になってからも時折酒精の愉しみを恋しがったものだが、いざ外で飲もうとなるとさっぱり飲めやしないのだ。体が受け付けず、徳利一本でもう酩酊してしまう。水入りの安酒のせいか、北海道の酒は違うのか、と店主に探りを入れても、特に突き止められるような原因はない。ようは、十年以上も酒を飲まない生活で、体が受け付けなくなっていたのだった。酒を飲むぐらいなら、飯屋で飯のお代わりをしたい。そんな状態だった。

十年以上熟成された様々な飢えを、あるところで満たし、また他方では持て余しながら、巽はそこそこ健全な生活を続けた。先はまだ分からないが、今ここで生きる自由を全身で味わっていた。

ある仕事終わりの夜、巽は上機嫌で人通りの少ない裏通りを歩いていた。

自分で選んだ仕事で金を得て、自分で選んだ飯を腹いっぱい食う。今日は風呂屋に寄って帰ろう。他人の垢(あか)が層のように浮くこともない娑婆の銭湯は最高だ。そう考えていると、ふらふらした足取りの小柄な男にぶつかられた。酔っぱらいか、と思って足早に通り過ぎようとした時、その男に肩を摑まれた。

「何だよ、飲み仲間なら他をあたんな」

そう言って振り返ると、男は片手に何かを掲げている。巽は慌てて懐に手を入れた。上着の内側の隠しに入れていた巾着がない。

「あんた気を付けなよ」

男は薄暗い中で苦笑いすると、手にしていた巾着を巽に返した。その場ですぐ中を開けると、どうやら手をつけられた形跡はない。

「何だ、お前は」

「あんたの顔を覚えてる。樺戸にいたよな。俺もほとんど同じ時期に出されたから」

とん、と肘で小突かれて、巽はあっと声を上げそうになった。小柄でやや野性的な、率直にいえば猿顔のその男には確かに見覚えがあった。その顔が、どこかばつが悪いように笑っている。巽も同じ表情をしていた。

どちらから誘うでもなく、近場の安飲み屋に場を移し、会話が洩れづらい奥の席を陣取った。男は巽がいた雑居房と同じ棟で生活しており、同じく恩赦で仮放免となった身だった。外役で同じ班になったことはないが、長く居座った者同士、顔ぐらいは覚えている。

集治監ではほとんど会話を交わしたこともないのに、古巣を共有しているというだけで、互いに随分饒舌になった。男は酒を、巽は肴をちびちび味わう。

「考えることは皆同じ、だな。札幌は適度にごちゃごちゃしていて暮らしやすい」

店の喧騒に紛れて、元囚人同士、すっかり襟を開いた気持ちで巽は息を吐いた。そこには仲間に会ったという安堵が多分に混ざっていた。

「俺らと同時期に出された囚人のうち、いきなり娑婆に出るのは怖いってんで月形に住み着くことにした奴もいるって話だけどな」

「へえ、俺には考えられんな」

「俺もあんたも、都会に慣れてる奴はそうよな。まあ、落ち着いてきたからそのうち一回は月形に戻らなきゃと思ってるが」

「月形に？　戻る？」

正気か、という驚きを隠せない巽に、男はからからと笑った。

「何も田舎暮らししようってんでも、ましてや悪さして捕まろうってんじゃねえさ。元同志に差し入れさね、差し入れ」

「差し入れ？」

巽は眉根を寄せた。一応囚人には家族との面会や差し入れという制度はあるが、北の監獄に放り込まれた囚人にわざわざ会いに来る身内というのはごく稀だった。

それに、よほど普段から模範的な行いをしている囚人でもなければ面会自体が許可されない。家族でもない者からの差し入れ、ましてや仮放免された元囚人からなどもっての他のはずだ。

「やだねえ。野暮野暮。あんただってお裾分けに与ったことがあんだろ」

そう言うと、男は煙管を吹かす真似をした。

煙管。樺戸にいてそんなものを吸った記憶はない。いや違うな、煙草か。

囚人生活で煙草を吸う機会は、外役でこっそりイタドリの葉を採って乾燥させたまがい物か、稀に安い煙草が回されていた。仮放免で出た者が、囚人たちのために煙草や飴玉を買い、外役で出向きそうなところにこっそり埋めておくことがあるのだ。一年、いや二、三年に一度ほど、巽もその恩恵にあやかることがあった。

「差し入れ、ってそういうことか」

巽は合点がいった。「その通り」と男は得意顔をしている。

「別に残ってる奴らに特別仲のいいのがいる訳じゃないんだけどさ。俺がいた時、そういう差し入れはなかなか嬉しいもんだったから」

「なるほどな、確かに」

どこか照れくさそうに頭を掻く男に、巽は感心して頷いた。巽にしても、覚えている顔の幾つかは今回の恩赦では出られず真面目に服役し続けている。そういう仲間に差し入れをしてやりたく思う、というのは自然な流れかもしれない。

「俺が出たら埋めといてやる、って約束した場所が幾つかあるからさ。目印も決めてるんだ。波止場近くの砂利採取場所の大松の下とかさ」

「へえ。集治監出てから捕まらない程度の悪さするってのも、楽しそうだな」

違いねえ、と男は笑った。囚人として長い時間を過ごし、そこを耐え抜いた者特有のどこか突き抜けた明るさがあった。

「折角だから約束してなくても奴らが外役で掘りそうな場所に埋めといてやろうかな。見つけたら驚くだろうな」

「そりゃ驚くし喜ぶだろうけれども。人が悪いなあ、あんた」

巽は笑いながら塩辛を舐めようとし、ふと、箸が止まった。

「ん、どうした？」

——俺は他人の驚いた顔が大好きな奴を知っている。

記憶の中で、現在の巽よりも若い姿でへらりと笑う細身の男。人を食ったような法螺話(ほらばなし)や大仰(おおぎょう)な話をして、なのに場を楽しませていた逃亡者。

奴がもし、あの屏禁室の火事でまんまと逃げおおせて、さらには生き延びていたとして。

さらにもし、俺に何かを『差し入れる』としたら、一体何を用意するだろう。

そして、それをどこに隠すだろう。

「杉」

「あ？」

口が勝手に答えを喋った。そして、巽の頭の中で急に道筋が整えられていく。硫黄山で弱った時、大二郎は何を恋しがった。故郷の景色でも味でも人でもなく、奴が零したのは樺戸集治監近くの丸山に植えられた杉の木だ。

『丸山にある一番大きな杉の木。あれがまた、いい幹と枝ぶりをしてるんだ。俺は密かにほれぼれしててなあ――』

虚言ばかりを口にして、感情の周りに幾重もの虚勢を張り巡らせて人を煙にまいていたあの男が、唯一執着していた。

――杉の木だ。

男が不思議がって巽の体を揺らす。どうした、大丈夫か、という声が遠くに聞こえる。十数年の願い叶って娑婆の、喧騒に沸く札幌の一角に体を置きながら、巽の精神は冷たく硬い樺戸集治監の内側へと戻っていた。

二　生者と亡者

巽は一か月の間、記憶に蘇った大二郎を忘れ去ろうとした。しかし日々日雇い仕事に精を出しても、飯を食っていても、ふとした瞬間にあの男の顔や力の抜けた笑い方を思い出してしまう。

環境を変えようと、札幌に来てから馴染んできた木賃宿を出て、薄野近くにある安下宿へと移った。

そこには巽と同じく前科者や学生崩れ、渡世人まがいの男どもが騒がしく暮らしていて、それが却っていけなかった。

むさくるしい気配で嫌でも樺戸集治監を思い出してしまい、隙あらば大二郎どころか囚人暮らしの痛苦が蘇る。巽の眠りは浅くなり、たまに日雇い仕事をさぼって収入に障るようになってきた。

――もう俺は囚人じゃないのに。

解放された直後は、囚われの身ではありえない普通の生活の甘美さにいちいち感動しその幸せを享受できていたはずなのに。その間は集治監のことなどすっかり記憶から放逐していたというのに。

大二郎と彼が語った杉の木を思い出してから二か月後、巽はとうとう足枷を嵌められたまま眠る夢にうなされた。それまでは窮屈な雑居房から放たれた反動か、煎餅布団いっぱいに体を伸ばして熟睡していたものが、気づけば体を縮め、息を殺して眠っていた。両足首に冷たい金属の枷をつけられた感覚をひきずり、明け方には寝入った姿勢から両足を動かさないまま目覚めた。

まだ秋の口、心地よい気温の朝だというのに全身は悪寒に震え、心臓が煩く鼓動していた。今の季節でさえこの状態だ。もっと寒くなったら、俺はぬくい火鉢を抱きながらでも記憶の酷寒にやられて凍え死ぬのではないか。

囚人であった頃は死ななかったのに、囚人の頃の記憶によって殺される。そんな馬鹿なことがあるか。いつしか芽生えた妄想を、巽はふざけたことと笑い飛ばせない。

――このまま過去に殺されてたまるものか。

衰弱の中で、巽は決意した。集治監から出ても、何か分かりやすい形で俺は落とし前を必要としている。それを果たすまでは、俺は本当の意味では出獄を果たしていない。

何をなすべきかの選択肢は少なく、巽はひとまず日雇いでまとまった金を稼ぐことに精を出し、そこそこ貯まった頃に、札幌駅から峰延方面へと向かう汽車に飛び乗った。

古着屋で求めた古いシャツとズボンは、賑やかな車内によく馴染んだ。巽は頭よりやや大きい鳥打帽を選んで買っていた。元囚人ということを見た目で人から指摘されることはほぼないが、何となく人に悟られたくない時、鬱屈した思いが蘇って世の中を斜に見たい時など、目元を隠すために深く被ることにしていた。さらに、窓際の席を占めて外を眺めていれば、他人と余計な口を利かずに済む。

北東に向かう汽車が札幌の中心部を抜けるとすぐに鄙びた景色へと変わった。小さな畑の間に木造の家屋がぽつぽつと散らばり、人々は畑にへばりつくようにして農作業に従事している。

車窓から景色を眺めていた巽の鼻先に、ふと、土と堆肥の匂いが蘇った。外役に出て畑仕事をやらされていた時の心地よい疲れも思い出す。

きつい労働ばかりの囚人生活だったが、巽は外役の中でも畑作や林業などは嫌いではなかった。苦労して森を拓けば差し込む陽光が増えて景色が変わることも知ったし、手をかけて作物を育てればちゃんと食い物になることも身に沁みた。囚人になる前、東京で学生をしていた頃は、多雨で畑の表土が流れたり、渇水で作物が枯れたりするのを心配したことはなかった。

厳しく監視され、義務として課せられてさえいなければ、決して自分はああした労働が嫌いではなかったのだ、と今にして思う。

――大二郎の野郎と、でかい木を切ったこともあったっけか。

二人一組で、大きな鋸の両端をそれぞれ持って、調子を合わせて。

初めて外役に出た、十余年も前のことが巽の脳裏に蘇る。つい、車窓から視線を落とし、シャツの袖から伸びる両手を見た。

集治監に来たばかりの頃は二十一のつやつやした掌。そこから過酷な労役と少ない飯で、胼胝（たこ）やめだらけの老人と見紛う手に。それが今や、充分に飯を食い、適度に働いた中年らしいくたびれた手になっている。

——二度と、ごめんだ。

労働を知らないお坊っちゃんな自分にも、命を削るようにして働いた囚人の頃にも、もう戻りたくはない。その為（ため）には、今の自分を適切に受け入れなくてはならない。

巽は両手を握りしめ、いつの間にか畑から紅葉鮮やかな山へと変わった景色を眺めることもせず、深く座った。帽子を顔に被せるようにして腕を組む。目的の峰延駅まで、ただ寝る振りをするだけだ。実際に寝てしまっては、余計な夢を見そうな気がする。

札幌に帰ったら食いたいもの。入ってみようと思いつつ機を逃していた飯屋。少し歳は食っているが愛想はいい雑貨屋の娘。そんなことを思い出していると、いつの間にか肩を叩かれていた。

帽子の鍔（つば）を上げると、そこには初老の女が小さな林檎を差し出していた。背中の籠には半分ほど林檎が収まっている。行商人か、と巽は理解した。平岸村（ひらぎし）あたりから札幌に林檎を売りに来て、さばき切れずさらに北へ売りに行くらしい。

「虫食いだけど、よかったら」

「ありがとう、もらいます」

邪気のない日焼けした笑顔ではい、と押し付けられ、巽は思わず受け取っていた。確かに少し小さく、尻のほうに虫食いの穴が見えるが、押し売りされないだけありがたい。

「あんたあ、どこまで」
「峰延駅まで、ちょいと知人を訪ねてね」
「そうかい」

巽の返事を得ると、女は隣の座席に行き、同じように老婦人へと声をかけた。やがて老婦人の家族の愚痴話となり、会話が盛り上がる。なるほど、と巽は密かに納得した。寝ている人間をわざわざ起こしてまでお裾分けとは、お節介が過ぎると思っていたが。どうやらわざと半端な商品を用意してでも人から様々な話を聞き出すのが目的であったらしい。

情報は時に娯楽にも商品にもなりうる。その意味で、巽の対応は彼女にとって何の価値もなかったし、食い下がる意味もなかったことだろう。

もらった林檎を齧(かじ)ると、酸っぱさと僅かな渋みで舌が痺れる。その分、頭は冴えた。

——知人を訪ねて、か。

本当は、あるかどうかも分からない知人の名残を訪ねて、だろうか。

それがあれば俺は囚人としての過去を切り離せるのか。それともなかった方がいいのか。答えが出ないまま、汽車は峰延駅で停(と)まった。

入れ替わりで乗り込む者に元囚人らしき者はいるかと鍔の下から視線を巡らせたが、乗り込んだのは子連れの婦人一組だけだった。

峰延駅前の、仮放免後に飯を食った食堂は、金物屋に姿を変えていた。あの日から一年も経(た)っていないというのに、世の流れがやたらと早くて戸惑う。飯屋で元囚人に好んで声をかけていたあの年増女は、今どうしているだろう。どこか顔を合わせたくない気持ちで、巽は帽子を目深に被った。

仮放免になり、中田らに見送られた道を引き返して歩いていく。巽は自分のそんな有様が滑稽で、人影のない道のど真ん中でふっと笑った。

――二度もここを歩くことになるとはな。

あの時は、今生もう決して月形には近寄るまい、と思っていた。だが人間の気持ちとは不自由なもので、今の自分は自由の身でありながら、未だどこか囚われている心を放つため、再び月形に向かっている。

さすがに集治監の建物まで見に行く気にはならず、道を大きく迂回して集治監裏手にある丸山へと向かった。

この辺りでは自然に生えない杉の木は、かつて集治監ができた初期に囚人によって植えられたものだと聞いている。尤も、囚人が望んで杉の苗木を取り寄せるなどできようはずもないから、典獄かさらに上の役人が手配し、囚人に植林させていずれ建材にするつもりだったのだろう。

実際、巽も外役で一部の伐採や製材、また新たな植林もやらされていたのだ。

巽は耳をそばだてながら、秋色に変わった杉林の中に足を踏み入れた。人の気配は感じられない。

もしも囚人の外役に出くわしたなら。巽が一番懸念していたのはそこだった。放免囚と分かれば看守から近づかないよう警告を受けるだろうし、覚えのない疑いをかけられるのはさらにごめんだ。

そしてそれ以上に、柿色の服を着て働く彼らの姿を目にして、自分の心にどんな荒波が立つかが怖かった。過去の苦痛を思い出すのも嫌だが、彼らを見て今の立場に安堵することが一番恐ろしい。自由の代わりに下種な奴になどなり果てたくはない。なけなしの誇りからくる拘りだった。

丸山の、大二郎が言っていたほれぼれするほど立派だという杉の心当たりは幾つかある。植えられた年代や太さなどから、素人目にも立派だと思えるようなものは数少ない。外役中の以前とは違い、探す時間はいくらでもある。

巽はしばらく杉の木を見比べ、幹が太く、枝ぶりも立派な二、三本の中から、おそらくこれだ、と思えるものを探し当てることができた。

見事な大杉だというのは勿論のこと、その一本は、他より抜きんでて堂々とした雰囲気に満ちていた。少し植林の密度が薄く、傾いた西日がちょうど差し込む緩い斜面に生えているせいもあるかもしれない。近くに小さな社と鳥居を設け、幹に注連縄(しめなわ)でも回せば知らない者は神木だとでも信じることだろう。

——そんなの、いかにも大二郎の奴がやりそうだ。

笑いに満たない息を吐いて、巽はその根元周辺に狙いをつけた。近くに落ちていた板切れをしっかり持ち、少しずつ土を掘っていく。

たまに頭を上げ、周囲に人の気配がないのを確認する。別に、杉の木の根元を掘っていたからといって人に咎(とが)められる謂(いわ)れはないし、罪に問われることとも思わないが、面倒を避けるにしくはない。ましてや、脱走囚が残したかもしれない何かを探っている、という多少の後ろめたさはあった。

巽は何か道具を持ってくれば良かった、とすぐに後悔した。たかが板切れでごりごりと土を掘るのは非効率この上ない。固い土に先端を突き刺し、てこの要領でほじり、を繰り返す。いつまで経っても深い穴は掘れない。

——何かの約束があるわけでもねえのに。

もし、大二郎がここに何かを埋めたのだと明確に言い残していたのなら、諦めない理由になったことだろう。

しかし約束がないからこそ、諦める理由も諦めない理由も持てずにいる。巽はシャツを脱ぎ、上半身裸で土を掘り続けた。

たまに板の先端が固い何かに当たったかと思えば、杉の根だったり、ただの大きな石だったりした。そのたびに心身に徒労感が増していく。一心不乱に土を掘り、荒い息で真っ白になった頭は大二郎について、考えたくもないのに思い出し始めた。

巽の中で、大二郎の姿は揺れていた。

あの樺戸集治監での苦境を、硫黄山での地獄のような苦役を生き延びられたのは、あの飄々(ひょうひょう)とした男がいたからだという思いはある。

だからこそ、一言の相談も、一片の気配もなく脱走し姿を消した事に対して、納得できない思いもある。

——裏切られた。

端的に、その一言に尽きる。もしかしたら、集治監内で自分や周囲に軽口を利き続けてきたのは脱走のための長い長い下準備ではなかったか。

——馬鹿だ、俺は。

気にしなければ一番なのだとは、巽は自分でもよく理解している。冤罪で十二年も収監された理不尽への怒りは当然巽の腹の中で根を張り、最早(もはや)枯れることのない小さな森となって巽の意思とは別に息づいている。とはいえ、自由の身となった今、自分の人生から毟(むし)り取られた十二年分以上の欠落を埋めて余りあるほど実りのある余生を志せばいい。それこそ過去の苦難や大二郎を含む恨むべき人間を見返せる唯一の手段だ。

――だからこその、拘泥か。

手放したくても、泥のように掌にこびりつき、落とそうと太腿(ふともも)で拭えば今度は太腿が汚れる。いたちごっこだ。

太陽が沈みかけ、周囲が薄闇に包まれ始めた頃、巽はごろりと地面に横になった。

大杉の根元は、太い根を除いて巽の腰の深さまでぐるりと掘り返されていた。表面の黒い土に続き、赤土、火山灰と層状になっている土を全て手でかき出し、穴の周囲はこんもりと土の山ができていた。

埋められたものなど、何一つなかった。全てが無垢(むく)な土と石ころに過ぎなかった。

――馬鹿野郎。なんもねえ。

「ざまあみろ」

徒労に疲れた自分に、巽は毒づいた。結局、俺の勝手な勘違いだった。二か月間、杉の木をきっかけに大二郎の影に怯(おび)えていたのは、ただの俺の独り相撲だった。

――何もない。俺とあの野郎を繋ぐものは、綺麗(きれい)さっぱり何もありゃしねえ。

体の疲れと汚れとは裏腹に、巽は変に清々(すがすが)しい気になっていた。あるかもしれない何かなぞ存在しない。それは自身の欠落をも意味しているが、ないことが証明されたならそれはそれで一つの結末と諦めもつく。

ははは、ははは、と空疎な笑いを響かせて、巽は体を起こした。足で土を穴に戻し、上から軽く踏んで元の状態へと近づけていく。最後に、大杉の幹に掌を当てた。

「お騒がせしました。枯れたらごめんな」

巽は形ばかりの謝罪を残し、足下も覚束ない暗闇を人里に向かって歩き出した。

もうすっかり暗くなり、峰延まで歩いても汽車はない。巽は仕方なく、服のまま用水路に入ってざぶざぶと泥と汗を落とした。軽く水を絞り、月形の集落へと足を向ける。いくつかある旅館のうち、もっとも安そうなところを選んだ。

「おや、まあ。お客さん、ずぶ濡れでどうしたのさ」

恰幅のいい女将に驚かれ、巽は用意していた嘘を口にした。

「いや、札幌からぶらぶら旅をしに来たんだが、こっちは電灯がないんだね。足滑らして畑の脇に落ちちまってさ」

「そうかい。札幌じゃあ、どこもかしこも電灯があるって話だものね。災難だったね」

「内湯か、近くに風呂屋はあるかい」

「他の客が入った残り湯でいいなら内湯があるよ。ぬるくなるから早く入るといい。布団は用意しておくから」

「ありがとよ、助かる」

あれよあれよという間に体を清める算段がつき、今夜の寝床も確保された。

巽が風呂から上がると、女将は気を利かせて残り飯で茶漬けを用意してくれた。それをかき込み、すっかりいい気分で使い古されているが綺麗に敷かれた布団に横になった。

心に引っかかっていた杉の木の件に一応の決着と納得がいき、巽の心はぽかんと心地よい空洞のようであった。

旅館の質素だが誠実なもてなしは、囚人生活との差を際立たせて巽の心を安心させてくれた。金さえきちんと用意すれば、人間生きていけるだけの最低限の支度と、怯える必要のない会話が成り立つ。当たり前のことが、すぐ近くにある樺戸集治監にいた頃は当たり前ではなかった。

ましてや、脱走を企てた身には望むべくもないことだったろう。彼らは潜み、盗んで密かに食らい、逃げる。捕まって殺されることなく逃げおおせたとしても、決して表の社会に戻って名乗ることは敵（かな）わない。

脱走の見せしめに惨殺された囚人以外の、ごく少数の脱走成功者について思いを馳（は）せてみる。当たり前だが、娑婆に出た後の彼らの行く末を知る者はほとんどいない。正式に放免された巽でさえ元囚人ということに引け目を感じる場面も多いというのに、彼らの生活のし辛（づら）さはいかばかりか。

眠りに入りかけた巽の脳裏に、少しばかり意地の悪い思いが浮かんだ。

――俺は獄舎の生活を耐え抜いて自由を得たのだ。決まりを犯して逃げおおせた奴は、後ろめたさを感じてこっそり陰に生きるがいいさ。

そうだ。何も相談のないまま姿をくらました大二郎も、せいぜい苦労していれば良いのだ。そうでなければ。

そうでなければ、置いていかれた俺の苦労は何だったというのだ。

空虚な杉の根元と、少しねじくれた感情を持て余しながら、それでも巽はしばらくぶりの静かな眠りに落ちていった。

翌朝、するべきことは何もない。やはり集治監を外から眺める気にはならないし、囚人であった頃は自由に歩けなかった月形の集落をぶらぶら歩く気にもならない。駅まで戻って札幌へと帰り、自分なりの暮らしを取り戻すだけだ。

巽はふと、収監されている囚人に何かを差し入れてやろうかという気になった。いま自分が自由の身を満喫しているこの時も、彼らが過酷な環境で服役しているのだと思うと多少後ろめたい気持ちがあるのは否めない。札幌で男が語っていたように、労役で囚人が掘り出せるような形で、見つけたら嬉しい物をくれてやろう。

多少なりとも何かがあるだろうと踏んで月形に赴いたというのに大杉で何も見つからず、空手で帰るよりは、という思いもあった。

それこそ、何も残さなかった大二郎と違い、自分は人に情を残せる人間なのだ。そう思うと、巽の足は自然と小さな商店が集まる区画へと向かっていた。

雑居房で近しく暮らしていた囚人仲間は恐らくまだ獄中にいる。ただ、予め示し合わせていた訳ではないから、知り合いが掘りあててくれる保証は何もない。どうせなら知っている奴が掘り出してくれればありがたいものの、自分の罪悪感を雪ぎ自己満足するためには、結局誰が見つけても良かった。冤罪で不当に収監されている者か、それとも正真正銘の悪人か。どちらが掘り出してくれてもいい。心根はどうあれ、巽が知る過酷な監獄生活で心の削れた誰かにとって、爪の先ほどでも心楽しめるものとなれば、それでいい。

雑踏を歩き、商店にどんな物が並んでいるかを確認して、巽は自分の首筋が緊張していることに気づいた。

――ここの住人に、元囚人だと、ばれやしないだろうか。

もし、外役でふと笠を外した機会に俺の顔を覚えていた奴がいたら。

人の集まる雑多な札幌では抱かなかった心配が、集治監近くのこの町では鎌首をもたげる。

「あんた、元囚人だろう」

途端に、道を歩いているだけで幻聴が幾度も聞こえる気がした。そのたびに手足が冷たくなり、喉が締まって呼吸が詰まる。

――俺は、もう囚人ではない。

――勤めを果たして仮放免となった身だ。非難される謂れはない。

――脱走囚でもあるまいし。

心で幾度も言葉を連ねて、鳥打帽をできるだけ目深に被る。動揺や緊張を悟られないよう、手早く商店を回った。

飴玉と、安価な紙巻き煙草を少しだけ。春画か艶本の切れ端も入れてやろうか、と悪戯心が疼いたが、考え直してやめた。飢えた者が眼前に飯の絵をちらつかされても、飢え以上に苦しむだけだ。代わりに、小さな鉛筆とわら半紙を数枚購入した。

もし脱獄を望む者が見つけたなら、やすりやマッチなどが好ましいのだろうが、今選んだものならば、万が一看守に見つかったとしても軽い咎めを受けるだけで済む。実際に監獄生活を送った巽だからこそ選択できる、中途半端かつ効果的な贈り物だった。

巽は小さくまとめたそれらを油紙でくるみ、金物屋で投げ売りされていた安物の茶筒に入れた。さらに油紙で覆って、細い縄で縛っておく。

「あんた、それ誰かに送るのかね」

油紙と縄を分けてくれた雑貨屋の店主に言われ、巽は一瞬びくりとした。

「弟が随分厳しいところに奉公に出ててね。夜中にこう、敷地に放り込んでやるんだよ」

ぽい、と筒を投げるようなそぶりをしてやると、店主は別に興味もなさそうに「そうかい」と仕事に戻った。

巽は大杉で苦労したことを思い出して、土を掘る道具を探して店内を見回した。あるのは鍬（くわ）や鋤（すき）など、持ち歩けば目立ちそうなものばかりだ。苦肉の策として、鉄製の茶匙（ちゃさじ）を手に取った。

「そういやこんな茶匙が欲しいってカミさんが言ってたんだった」

などと、すらすら嘘をついてまで求めた。店を出て、ごく普通の、店屋で買い物を済ませた住人の振りをして、軽い足取りで監獄波止場まで出向く。晴れた秋の午前中だ。川べりに人気（ひとけ）はなかった。

埋める場所の候補は幾つか考えたが、いつぞや男が言っていた大きな松の木の下に埋めることにした。この辺りは冬に砂利採取の目的で囚人が外役をさせられることが多い。頻度の高い作業となれば、看守の監視の目も若干緩くなろう。

それに、目印として他の放免囚が指定していたことがあるなら、何かあるかと偶然誰かが掘りあてる可能性は高くなる。

松の木の傍に立つと、遠くに集治監の建物がうっすらと見える。巽の感情は意外と揺るがなかった。こっそりと差し入れを埋めに来た、という目的を作ったおかげだろうか、と茶筒を握りしめる。

改めて周囲を見回し、松の木の根元を茶匙で掘り始める。昨日の、無暗（むやみ）やたらに杉の根元を掘り返したのと異なり、茶筒一本が埋まるだけ土を掘ればいい。さっさと終えて、札幌に戻ろう。その一念だった。

茶筒の高さぶんだけ縦に細長く土を掘り、包みを入れて、上に土を被せる。傍目には松の根元にアリか何かが掘り返した土の小山があるだけだが、勘のいい囚人ならば気づいて掘り返してくれることだろう。

一つ、子供じみた悪戯を果たしたような気分で、巽は立ち上がった。同時に、自分の背後でかさりと気配を感じる。

「おい」

硬い声が投げかけられた。

「そこで何をしてる」

嘘だろ、と巽の全身が強張った。頭よりも体が、その声によって緊張をきたして振り返れない。巽は無意識に俯いた。視界に柿色の服ではなく、くたびれたシャツが映っても強張りは解けない。

「瀬戸内巽」

名字を含めて名を呼ばれて、巽の呪縛が解けた。びくりと大きく震えるようにして振り返ると、そこに中田がいた。

黒地に金ボタン、赤い縦線のついたズボンという看守の特徴的な制服ではなく、茶のズボンに白いシャツといういで立ちだ。どうやら非番らしい。しかし、人を常に刺すような冷徹な眼差しと、整えられた似合わぬ口髭は忘れようがない。

仮放免の日にここで別れたこの男と、再びまみえようとは。

——よりにもよって。

瞬間、巽は逃げる算段をあれこれ頭の中でこねくり回す。そして、結局観念して向き直った。

「どうも、ご無沙汰してます」

巽は鳥打帽をとって頭を下げた。何事もなかったかのように、かつ殊勝にやりすごすしかない。

「答えろ。ここで何をしている。瀬戸内」

中田はこちらを睨んで繰り返したが、巽は妙なところで調子が狂っていた。中田が自分のことを名字で呼ぶのだ。

集治監にいた頃、看守から呼ばれる場合は「おい」だの「そこの」か、襟元に縫い付けられた囚人番号がほとんどであった。

看守としばしば雑談ができるようになった者や殊更目立つ囚人はその限りではなかったが、真面目腐った中田は決して個人名で囚人を呼ばなかった。

巽にしても、看守から名前で呼ばれることは望まず、むしろ看守と適切な距離をとることで、余計な悶着を起こさないよう、あるいは難癖をつけられないよう心を砕いていた。

だから、瀬戸内、と中田から呼ばれて、妙な心持ちである。看守の立場としては、仮放免した囚人の名前を把握しているのは当たり前のことだろう。だが、巽は中田に本名を呼ばれたことで、もう自分は囚人の身ではないことを改めて感じさせられたような気がした。

「あ、その。別に。お陰さんで札幌で生活も立ち行くようになってきたので、少し昔を懐かしんで、こちらに来てみました」

よく考えれば、最早囚人ではないのだから変にかしこまることはないのだが、緊張しながら敬語で嘘を吐いた。

「ふん」

中田は鼻から笑いともつかない息を吐くと、つかつかと巽に近寄った。そのまま横を通り過ぎ、巽が茶筒を埋めた跡を踵（かかと）で踏む。寸分の隙なく磨かれた革靴が、中田らしくて嫌みだった。

「非番で商店を回ったら、この辺で見かけん顔が深く帽子を被ってうろついていたと商人が言うから来てみれば」

ばれていたか。巽は身動きもとれないまま眉根を寄せた。雑貨屋もしくは金物屋の店主か、それとも宿屋の女将だろうか。涼しい顔して元囚人であることを隠していた身だ。涼しい顔して見抜かれていても仕方がない。

「何か埋めたな。検（あらた）めるぞ」

「はい」

巽はなすすべなく頷いた。そのまま昔の名残（なごり）で背筋を伸ばして立っていると、中田に顎で地面を示される。

「お前が掘るんだ」

「……はい」

この男に作業を指示されるのは囚人の頃を思い出して気が進まない。しかし断れる立場でもない。

巽は致し方なくポケットに入れていた茶匙を出して、せっかく埋めた茶筒を掘り出し始めた。

「俺が掘っていて後ろから殴るか逃走されては敵わんからな」

溜息（ためいき）交じりの声が頭上から投げかけられた。巽は思わず顔を上げる。

中田と視線が合って、ああ、そういうことか、と納得した。確かに悪い奴なら中田が掘っている背後から襲うか、こっそりとんずらしていたかもしれない。

「そんな意図は微塵も抱いていなかった顔だな」

中田がほんの少し眉を上げ、巽は自分が間抜け面をしていたことに気づいた。慌てて下を向き、急いで土から包みを取り出す。

「開けて中身を見せろ」

もう返事をするのも億劫で、巽は縄を解いて油紙の包みを開いた。茶筒の中身を取り出し、草の上に並べる。中田はしゃがみ込んで、密かな贈り物を一点一点調べた。真面目腐った口髭の男が飴玉の小さな包みを摘まんで陽にすかしてみる様子は、どこか滑稽だ。巽は咎を責められる可能性よりも可笑しさが勝って、慌てて唇を引き締めた。

「誰にやるつもりだった」

「いえ、その。特に考えてなかったです。誰かが見つけたらそれはそれで、と」

巽は正直に答えた。この場合、素直に吐いた方が一番責めを受けないだろうと直感した。それに、もし収監中の囚人と約束をしていたとしても、自分は同じ答えをしたとも思う。

「本当か」

中田は伸びてきた巽の前髪を掴み、強引に目を覗き込んだ。巽は律儀に睨み返し、「本当です。誰かが、塀の中の生活で束の間の楽しみを得られたら、と思っただけで」と答えた。

「戻せ」

髪を掴む手が離され、中田は腕を組んだ。

「は？」

とっさに意味を理解できず、巽は変な声を出した。戻せ、というのはこれらの品を持ち帰れというのか。それとも商店に返品しろとでも言うのか。中田が焦れたように口を開いた。

「元の通りに埋め戻せ、と言っている」

「ええっ」

さらに声が上ずった。この看守、何を考えている。巽は妖怪にでも遭遇したような目で中田を見た。外部からの秘密の差し入れを許容するようなお優しい心は持ち得ていないはずだ。ならば考えられることは一つ。

「まさか、見つけた囚人をいたぶりたい、とか」

「そういうことではない」

考えようによっては失礼な巽の質問に、中田は首を横に振る。

「脱走に役立つものが入っていないのなら、一般の人間が飴玉や煙草を地面に埋めようが咎める法はない」

「一般の人間……」

中田が発したふとした単語に、巽は驚いた。確かに放免囚は立場的には再び罪を犯さないよう心掛けねばならないが、実際のところ、罪を償い終えた一人の人間だ。ただそれを看守を絵に描いたような人間の口から言われて、妙なくすぐったさがある。

「しかし、もし掘り出した奴がいたとして、見つければ咎めるんでしょう」

「屏禁室に一日二日ぶち込んで飯を減らすぐらいはせねばなるまいな」

淡々と語る中田に、ほらやっぱり、と食って掛かりそうになり、やめた。それくらいの罰で済むのなら、幾らでも差し入れを受けたい、という奴らは多いだろう。

「お前もそれを見越してこの中身にしたのだろう」

ばれていた。巽は黙って首を縦に振る。どこかばつが悪くて、そのまま中田が言ったように茶筒を包み直し、さっきと同じように地面に埋めた。中田がまだやわらかい土を踵でどん、と踏みつける。

「実際のところ、この松の根元からはこれまで幾度か同じような不届きなものが見つかっている。疑わしい時は俺たちが掘り返して処分しているが、脱走の役に立たんものしか入っていないのも珍しい」

中田は少し呆れたように腰に手をやった。結局、見逃してくれたということか。獄中で大二郎の石が見つかりそうになった時といい、この中田看守殿の判断基準は理解しきれないところがある。

中田の口ぶりだと、この件で自分が捕まることはなさそうだ。そう理解して、巽の緊張はやや緩んだ。

「春画の切れ端でも入ってたらどうしてましたか」

顔を上げた中田の眉が寄っていた。しまった、変なことを言った、と思い、巽は慌てて付け加える。

「いや、実は。中に艶本とか春画をちょいと入れてやったら喜ぶ奴もいるかな、と思って迷ったんで。結局やめたんですけど」

言い訳を重ねるほど自分が馬鹿になっていく気がする。中田はさらに眉根を寄せ、それからその皺を指先で揉み始めた。肩が小さく震えている。

笑っているのか。いや、笑いそうになるのを堪えているのか。今度こそ妖怪を目の当たりにした気になって、巽はこっそり一歩後退した。

「いや。馬鹿な。春画。ああ、なら、捨てさせたかもしれん」

眉間を揉んだまま、中田は冷たい声で続けた。しかし肩を震わせたままなので全く恰好(かっこう)がつかない。ひとまず、笑う中田という世にも珍しいものを見納めにしてここを去ろうか。巽がズボンのポケットに押し込んであった鳥打帽を被ると、中田はふいにもとの冷徹な表情に戻った。

「今は札幌のどこで暮らしている」

「中心からちょっと南の盛り場近くで、細々とですが日雇いの仕事やって暮らしてますよ。今回は本当に、気持ちが落ち着いてきたから改めて月形に足を運んでみたってだけで」

嘘ではない。仮放免後の生活に馴染んできたからこそ、大二郎のことが気にかかり、足を運んだのだ。

「何か約束事があったのではないのか。山本大二郎との」

山本って誰だ、と巽は一瞬戸惑った。しかし、やまもとだいじろう、という響きで思わず顔を上げ、直後、しまったと直感した。かまをかけられたのだ。

「約束って。いや、別に、本当になんにもなくて。むしろなんにもないから……」

頭が回らないまま焦って口を回せば、どんどん意味が外れていく。そんな巽の様子を眺めて、中田は鋭い目の光を弱めた。

「本当に何も知らんようだな」

狼狽(ろうばい)した様子が却って中田の信用を得たらしい。どこか負けた気になりながらも、巽は頷いた。

「ここで俺に聞くってことは、あんたら、まだ追ってるんですか」

十年近くも前に、屏禁室の火事に乗じて逃げた男のことを。

「当然だ」

中田は苦々しく首を縦に振った。集治監にとって脱走囚におめおめと逃げられるのは存在意義に泥を塗ることになる。たとえ何十年前の囚人であっても、糸口さえあれば娑婆から引きずり出したい。

それは巽にも分かる。だが違和感があった。

「でも、こう言っちゃ何だが、あいつは別に凶悪犯じゃなかったでしょう。ケンカだか何だかのはずみで二人殺してしまったってだけの、ただ人より口が回るだけの弱弱しいおっさんだった。確かに脱走は良かねえが、何年経っても追うもんなんですかね」

集治監の、いや直感ではあるが中田の執着を指摘するつもりで、巽は言葉を選びながら言った。中田は怒るかもしれない。看守であれば何年経とうが脱走囚を追うのは当然だ、そう冷徹に言われることを想定していた。

しかし予想に反して、中田は眉間に皺を寄せたまま驚いたように目を見開いていた。

「聞いてないのか？」

「え？」

「聞かされていなかったのか？　お前と山本大二郎は親しいと見ていたが」

巽は馬鹿にされたような気がしてかっと怒りの感情が差したが、それよりも中田の驚きようと、挑発したつもりの自分の言葉を思い出した。

「そういうことか。……あの、真正の法螺吹きめが」

一人勝手に納得したように、中田は顎に手をやって何かを考えている様子だ。

「どういうことだ」

巽は中田ににじり寄った。もう敬語も立場もどうでもいい。

「え。どういうことなんだよ。俺は何も聞いてねえが、一体何を聞いてねえことになるんだ。あんた、何を知ってる」

かろうじて摑みかかることは抑える代わりに、巽は中田の顔に唾がかかる勢いでまくし立てた。何も分かっていなかった、そのことがただ腹立たしい。

大二郎は法螺吹きだった。しかも、出自や罪状、性根までも偽っていて、中田はそれを知っている。そのことにやたらとむかっ腹が立った。

「……放免囚にわざわざ言う義務はないな」

どん、と中田に肩を押されて、巽は後ずさった。さすがに現役の看守で、囚人を抑える立場を長く務めているだけある。巽の体はなすすべなく地面に転がった。

「畜生めが」

尻を地面につけた状態で、巽は中田を睨み上げた。放免囚ではなく、囚人としての看守への怒りや憤りが腹の底からめらめらと燃える。

「もう一度確認するが、お前は山本大二郎が今どこにいるのか、あの日、どうやって脱走したのか、知らないのだな?」

「だから、知らねえっつってんだろ!」

看守として人を見下ろす中田に腹が立ち、捨て鉢のように叫んだ。

「俺が知ってるのは、あの法螺吹き馬鹿野郎が樺戸のでかい杉が好きだったとか、透明な石っころを阿呆(あほう)みたいに大事にしてたとか、そういう下らねえことばっかりだっ」

そうだ。大二郎に関して、自分は見てきたことしか知らない。その背後にある奴の正体や、どうして人を殺めたか、という理由については、一切語らないままで姿を消したのだ。

情けなくて、巽は地べたに座り込んだまま唇を噛んだ。その目の前に、手が差し伸べられる。

「立て。一般の人間を虐めているとなれば俺の外聞が悪い」

虐めて、という余計な一言が癇に障るが、巽は中田の手を取って立ち上がった。その掌の皮膚は固い。副看守長となっても鍛錬を続けている証拠だった。

「阿呆みたいに大事に、か。確かにそうかもしれん。阿呆、そう、阿呆だ……」

中田は表情なく幾度か呟くと、変に労わるかのように巽の肩や腕の泥を払った。

「言い出したのは俺だが、阿呆阿呆ってそんな何度も」

「失敬」

まるで謝罪の意がない中田を巽は軽く睨んだ。それも何ら効果はなく、中田は小蠅を払うかのように手を振る。

「いや。お前は放免囚として問題ない生活を送ればそれでいい。早く札幌に戻れ」

それだけ言うと、中田はくるりと背を向けて集落の方へと歩き始めた。待て、と巽は声をかけかけて、やめた。

――何か、よくない。

俺は何かを知らない。中田は何かを知っている。そのことに苛立ちはある。だが、ここで中田を追っても恐らく口は割らないだろう。

それに、中田の背中からは威圧感のようなものが感じられた。それは、知らない方がいい事実と結びついている。おぼろげだが、中田はそれを知らせることを良しとしていないのではないか。そんな気がして、巽の足と喉はどうしようもなく強張った。

放免になった時といい、今回といい、中田とこの監獄波止場で別れるのは二度目だ。しかも今回は何とも据わりが悪い。奇妙な縁だが、三度目はあるまいな、と巽は峰延駅へと歩き出した。

札幌に戻っても、巽の心中にはもやもやと粘ついた霞が残っていた。

杉の木の根元には何もなかった。そして、ささやかながら差し入れを埋めたことで自分なりに集治監への意趣返しを果たした。

そのことで、囚人としての過去をばっさりと断ち切れたはずなのに、去り際の中田の妙な態度が気にかかる。しかし解決するすべもなく、巽は腹の底に苛々とした思いを抱えながら二週間ほどを過ごした。とはいえ働かない訳にはいかず、日々雇われ仕事に向かい、夜は飲み屋でちびちび酒を舐めては心を宥めた。相変わらず飲める量は少なかったが、通りすがりの人間と気楽な軽口を利くことは、憂いを一時忘れるのに役立った。

「なあ、巽さんよ、常連さんから聞いたんだが、あんた樺戸でお縄についていたって本当かい」

最早囚人であったことを隠しもしなかったから、こうして進んで話を聞きたがる者もいた。

「おうよ、俺は別に悪さなんぞした覚えはなかったがな、本当のことを喋ったらお上には据わりが悪かったらしい」

「なあ、集治監ってどんなとこなんだい。生きて出て来た人間の話なんて滅多に聞けるもんじゃない。なあ、一杯おごるからさあ――」

そう言われると、巽は乞われるままに集治監の話をした。時には事実をやや誇張して、時にはありそうな法螺をいかにも尤もらしく。どうせ本当のことなど娑婆の人間には分かりはしない。嘘交じりの話であっても酒代が浮くのであれば、苦労をした甲斐もあるというものだ。それに、話していれば気も紛れる。

「そいじゃ何から話そうかね。そうだ、外役ってのが囚人に課せられた仕事の一つだって話は知ってるか。場所によっちゃあ、作業場に着くまでに熊が出る獣道みたいなところを歩かされることもあんのよ。そんな時はさ、どうすると思う?」

身振り手振り、言葉に抑揚をつけて過去を喋れば、娑婆の清潔な暮らししか知らない奴らはおおう、と巽が望むままに声を上げる。

「熊がこっち近づかねえように、押丁って小使いが一斗缶を木の棒でガンガン叩くのよ。でも叩くのに慣れっちまうと、妙に拍をつけて叩く馬鹿がいてねえ」

巽が調子よくバン、バンバン、ババン、と机を叩くと、狭い飲み屋の客全員が腹を抱えて笑った。ああ、これは、覚えがある。大二郎の奴が囚人相手に笑いを誘っていた風景とよく似ているのだ。

「どうした?」

一瞬止まった話に、客の一人が巽の肩を小突く。我にかえって、巽はまた机を叩いた。

「そのうち、押丁同士で張り合いっこになっていくのよ。調子をとるのが上手な奴の方が熊除けが上手いってな。でも熊からしてみりゃそんなん関係がないだろ? ある日、囚人も看守もみんな熊に襲われちまった班があってさ。その時の押丁ってのが、これがまた」

「一番ガンガンが上手い奴だったたってことか!」

「そりゃあ月形の熊公も見る目があった、いや聞く耳があったってことだな！」

場がどっと盛り上がって、その日の話は終（しま）いになった。

――俺は、いつの間にかあいつみたいに。

舌の動きを止めた小さな違和感を追いやりたくて、巽は濁り酒の升を呷（あお）った。


しまった、余計に飲んだ。後悔先に立たず、巽は飲み屋の裏路地を覚束ない足取りで下宿へと向かっていた。

まだ客のいる店の方から、下卑た笑い声と女の嬌声（きょうせい）が漏れ聞こえてくる。平和だな、ここは、と巽は唾を吐いた。吐いても吐いても舌の根元が酸っぱく、苦い息が腹の底からせり上がって来る。

「どうせ法螺を吹くならあいつより上手くなりたいもんだねえ」

憎まれ口を己に利いた。

――あいつが何モンか知りゃしねえ。が、どうせ中田の野郎や集治監の連中が捜しても見つからないなら、俺が捜して見つかるはずがない。第一、捜したとして、生きてるか死んでるかさえ分かりゃしねえんだ。

捨て鉢の思考を自分で拾って、巽ははたと思い至った。大二郎の平時の飄々とした人柄が強く印象に残っていたから、あの男はしぶとく生き残っているのだ、となぜか思い込んでいた。

しかし実際には、あの当時、硫黄山で死にかけた状態から回復したとは言い難く、その状態で脱走して生きている保証など何もなかったのだ。

樺戸集治監周辺の山には多くの獣が棲（す）んでいる。少し奥に入れば熊もいるし、狐（きつね）も猛禽（もうきん）も死体を食って骨ごと散り散りにしてしまう。脱走しおおせて町にまで至らずくたばり果てている可能性の方がずっと高い。

「山の肥やしか、獣の糞か。三途の石にも成り果てぬ、とくら」

酔いの勢いで節をつけたつもりが下手な唄になった。ふらふらと覚束ない足取りでも、下宿の布団になだれ込んでさえしまえば明日も必ず朝が来る。柿色の服も、鉄の鎖もない健全な労働が俺を待っているのだ。謎の野郎など忘れちまえ。

ふいに、どん、と体が硬いものに当たった。壁か戸口か、と巽が顔を上げると、それは人の輪郭をしていた。さほど体格が良いようには見えないが、どうも鍛え上げているらしく、硬い。

「あら、こらどうも失礼」

ふらついたところを両肩を支えられて、巽は気の抜けた謝罪をした。少し距離が離れたことによって店の提灯の光が相手の顔に当たる。鼻の下が、口髭の輪郭を描いて盛り上がっていた。

「な、かた……」

中田看守だった。制服とも、月形で見た私服とも異なり、ベストつきの背広に山高帽まで被っている。

ここにいるはずのない人間が、よりにもよって。頭も舌も回らない巽の肩をがっしり掴んだまま、中田は奇妙にゆっくりと口を開いた。

「元囚人だと、随分派手にふれ回っているようだな。お陰ですぐに見つけられた」

「なんで、何、を」

囚人の生活を面白おかしく話したことが咎められるのか。巽の頭にまずそれが思い浮かび、酔いで上がった熱が一気に冷めた。

「何を、か。お前には、山本大二郎を捜してもらう」

看守としての言葉だった。

「樺戸で会った時に確信した。お前は、我々にない情報を、それと知らず持っている可能性がある」

「それと知らずって、一体」

「阿呆同士だからこそ分かることもあろう、ということだ」

「あ?」

巽は遠慮なく中田を睨んだ。一纏めに阿呆と括りやがって、と文句の一つも言おうとしたが、中田の目はいつもに増して真剣だ。阿呆という言葉を侮蔑ではなく何がしかの記号のように認識しているようにも見えた。

「阿呆が気に食わなくば、愚か者、と言い換えてもいい」

「悪口に変わりないじゃねえか。愚かで悪うござんすね」

中田は首を横に振ると、いきなり巽の顎を摑んだ。殴られる、と反射的に閉じた瞼の向こうで、「そうじゃない。小賢しい者には見えんものがある」と、やけに切羽つまった声がする。巽は思わず目を開けた。

「お前たちにしか気付けないもの、貴様にしか掘り起こせないものがあるのかもしれん。付き合ってもらうぞ。あの、子ども殺しの悪人を捕らえるために」

囚人だった頃、幾度となく聞いた抗えない命令の口調に、巽の頭より先に体が理解して気を付けの姿勢をとった。しかし頭が追いつかない。子ども殺しとは。

――大二郎さん。あんた、何をしたんだ。

昔の呼び方で、生死も分からぬ「悪人」に問いかけた。

三　残滓（ざんし）を焼く

山本大二郎とは何者だったか。

改めて思い返すと、巽は彼に関する客観的な事実をさほど知らないままでいた。

本人の口から聞いたことはないが、九州の炭鉱がある場所に産まれ、成り行きで二人殺めてしまって収監されたこと。そして、いつかは思い出せないが、子どもは嫌いだと言っていた。

胡散臭（うさんくさ）い。軽薄。お調子者。けれども石を守るために歯まで抜かれた巽への義理は固かった。それを感じ取っていたからこそ、奴が火事に乗じて脱走するまで、巽も大二郎のことを信じていたのだ。

何の相談もなく一人姿を消したことに憤りと不審はあるが、根っこの人間性そのものは捻（ね）じくれた者ではないと思っていた。もっと歪み、罪状に相応しい凶悪犯など樺戸集治監にはごろごろいたのだから。

――しかし、殺したのが子どもとは。

「岩見沢（いわみざわ）に着くのはまだ先だ。着いたらすぐに動く。そのつもりでいろ」

平坦（へいたん）な声で言われ、巽ははっと顔を起こした。向かい合わせになった汽車の座席で、中田は新聞を読みながら呟いたのだった。

二人を乗せた汽車は岩見沢へと向かっていた。中田のまとまった休暇に合わせ、巽が同行する形で大二郎の消息を探る。中田はわざわざ札幌まで迎えに来たうえ、移動や飲み食い、宿泊にかかる金子の他、僅かばかりの日当を巽に約束した。

——断る自由はあった筈だ。

もう囚人ではない身では、中田に行動を命令される謂れはない。それでも同行の誘いを拒めなかったのは、大二郎について自分の裡に蟠っていることをどうにかしたい気持ちが主だった。

そしてごく僅かに、看守と囚人として顔を合わせてきた中田に逆らい難い気持ちもある。腹立たしいながらも、十数年の月日が巽の反抗を許さなかった。

中田は月形を中心にした空知や岩見沢の集落をまず捜すと言い、今回は岩見沢の駅で降りるという。巽にとっては意外だった。

「あの男が、うまいこと本州に逃げたとか、考えねえんですか。せめて札幌とか」

巽は他の乗客に聞こえない程度の声で訊ねた。

囚人が脱走して、衣食を整えられたなら、まずは可能な限り遠くへと逃走するのが筋というものではないか。そして人の少ない田舎に潜り込むよりは、人の多い都市部の方が脱走囚という身元を隠しやすい。

「普通ならば、な。だが山本は妙に口が回る。農村部であっても法螺を吹いて姑息に身を隠すことは可能だ」

「はあ、まあ」

巽は曖昧に頷いた。確かに大二郎なら、捜索の裏をかくことも試みるだろう。

「もちろん都市部も捜す。だがまずは月形周辺で脱走の痕跡を探しつつ、潜伏している可能性を潰す」

「集治監でも、大二郎の捜索は引き続き行われてるんですか」

中田は無言のままだった。これが仕事であれば頷かない理由はない。

――嘘だろ。個人でか。

てっきり自分の日当なども集治監の予算から出ているのかと思ったら、全て中田の個人の金か。

どうしてそこまで、と聞かなかったのは、巽なりに中田の人となりを理解しているからだ。逃した脱走囚をそのままにしておいて気楽に眠れる質の人間ではない。それに、私費を投じてでも脱走囚を捕まえたなら、それなりの成果として昇進に反映されるなどの旨みもあるのだろう。

――ましてや、子ども殺しとなれば。

大二郎に対する中田の静かな執着は、そこに最大の根があるのではないのか。確かめる術を持たず、口を開けないままでいると、ふいに中田が新聞を畳んだ。背広の上下、嫌みな口髭に山高帽。さらには磨かれた革靴を履いた今の恰好では、とても看守とは思えない。対して、くたびれた鳥打帽にシャツと適当な吊りズボン姿の自分は、紳士に付き従う下男にしか見えないことだろう。

「あいつは、大二郎は、どういういきさつで子どもを二人殺したんですか」

周囲の乗客には聞こえないような声量で、かつ、誤魔化しのきかない言葉を選んで巽は問うた。

少しの沈黙があった。

「我々看守も、囚人個々の罪状などは多く聞かされてはいない。俺が知っているのは、あいつは北九州の炭鉱で、幼い二人のきょうだいを殺した。母親がそれを目撃し、捕縛された。それだけだ」

中田はそれ以上何も言わなかった。そして、巽は全身が強張るほどに驚いていた。北九州の子ども殺し。それは、十年近く前にいた伝助という囚人が、新聞に載っていた事件として当の大二郎に犯人の心当たりを訊ねた事件ではないか。

巽はぐらりと目の前が回ったような気がした。堪えきれず、窓側の壁に上体をもたれて窓の外を見る。これ以上、この事件について中田の口から情報を得たくはなかった。きっと、何を耳にしても記憶の中の大二郎の姿を曇らせることになる。

汽車は林の中を走り、月形で奇しくも再会した時より紅葉が深まっている。

「雪が積もる前にある程度の手がかりは得ておきたい。頻繁に出向くことになるかもしれん」

「そうは言いますがね。俺だって働いて飯を食っていかねばならんのですが」

「日雇いなら気楽だろうが」

恨みを込めた言葉はあっさりと跳ね返された。確かにその通りではある。元囚人であることを負い目にまともな定職を求めず、また、日雇いでも十分に食っていける環境が災いした。

何やら今なお中田の思惑通りに動かされているようで心騒ぐ。巽は鳥打帽を目深に被り、腕を組んで眠るふりをした。中田はつまらなそうな顔をして、車窓の外に広がる紅葉を無言のまま眺めていた。

岩見沢に到着すると、中田は昼過ぎということもあるのか、真っすぐ駅前の蕎麦屋へと向かった。心中不貞腐れながら、巽もその後を追う。付き合わされるならせめて、飯ぐらいたかっておかなければ腹の虫が収まらない。

混み合う卓に向かい合わせで座り、質素なかけ蕎麦を啜（すす）った。

「変な気分だ」

蕎麦を噛み砕きながら、巽は思っていることが口に出た。

「何がだ」

「……汁が甘い」

「黙って食え」

つい、関東の蕎麦汁よりさらに甘い味付けのせいにしたが、本音は他のところにあった。

囚人だった頃は、看守と卓を共にして食事をとることなど考えられなかった。中田は巽の心中を知ってか知らずか、ごく静かに蕎麦を啜っている。

——やっぱり、つかめねえ。

大二郎も結局本質を理解できないままだったが、この中田も大概だ。ざわついた店内に乗じて、気になっていたことをついでに問うことにする。

「ひとつ聞いてもいいですか」

「なんだ」

「なんであんた、石について詳しかったんですか」

沈黙は一瞬だった。中田は丼を持ち上げて汁を飲むと、音も立てずに卓へと戻す。

「別に詳しいわけではない」

「でも、見ただけで大したことのない石だって言ってたでしょう。学のない人間なら宝石だと法螺を吹かれても騙（だま）されそうなものを」

特に答えに興味がある訳ではないが、中田の反応が見たくて巽は答えを待った。

「偶々(たまたま)、学校にあった鉱石の本を読んだことがあった。それだけだ」

前にも同じ答えを聞いた気がする。たったそれだけのことか。特にひねった様子もない、つまらない答えだ。その覚えの良さを皮肉も込めて讃(たた)えようかとも思ったが、やめた。巽は汁を飲み干して、額に浮いた汗を拭った。

答えの続きを中田が口にしたのは、店を出て、砂利道を歩きながらのことだった。

「石の話だが、あの石英、そのうちに珍しい石に変化したとは言えるのかもしれん」

「そのうちに、とは？」

「貴石でも何でもないというのに、何度もあの男に飲み込まれ、糞と一緒にひり出され、また飲み込まれてまで隠蔽されるとは。そんな石、この世のどこにあるというのだ」

「違(ちげ)えねえ」

笑わされるつもりはなかったが、思わず噴き出した。巽の反応が不服なのか、中田は目を険しく細めた。

それから中田は精力的に歩き回り、道ですれ違った老人や、田畑で仕事をしている農家に声をかけては数年前に脱走囚の噂を聞いたことはないかと訊ね続けた。

その聞き込み方は彼らしく簡素で的確ではあるのだが、本職の警官もかくやという硬いものだった。やりとりを後ろから眺めていただけの巽は、途中から苛々してつい助け舟を出したりもした。

多くの住人から聞き取りをしたが、望むような手がかりは見つけられなかった。かけた時間が徒労に終わったことに巽も内心疲れを感じたが、秋の爽やかな空の下、豊かに実った米や野菜を眺めるのは気分がよかった。表情を変えない中田がどう考えているかは察しようがなかったが。

「また、聞いてもいいだろうか」

「なんだ」

移動の最中、巽は問いつつ中田を見た。敬語をある程度崩しても、見る限り気を悪くしている様子はない。

「中田看守がこうして自分の時間を投じてまで大二郎を捜すのは、義務感からですか」

「そうだ」

硬い返事が返ってくる。先を歩く歩幅も変わらない。その反応を期待して、巽は質問をしたのだ。義務感以外の、何がしかの疑いや悔恨ゆえに動く中田の姿は認めたくなかった。いつまでも親しめない男のままでいて欲しかった。

「お前も気づいているかもしれんが、囚人がそうであるように、看守も玉石混淆で様々な奴がいる。いや、看守だけではない。政府も、地方も、国家もそうであるのかもしれない。そうなれば、そんな未熟な人間がこさえた法より、正道という物の方が、信じるにより価値がある。そう思った」

およそ看守としては落第としか言いようのない思想だった。しかし巽は笑わない。その通りだと思ったからだ。むしろ、法でも生半可な良心でもなく、正道というものに縋って大二郎を追う中田が、ひどく清廉潔白な身に見えた。

灰色の空に向けて、黒い煙が真っすぐ立ち昇っている。豆を抜いた後の莢や茎を焼いているのだ。火を焚いているその傍で、老人らしき小さな人影が野焼きの番をしている。巽はつい足を止め、ぼんやりとその姿を眺めた。

「変わらんな」

ふいに、振り返った中田が言った。呆れも揶揄いもない、平坦な口調がすんなり巽の耳へと入る。

「まあ、畑のあるところならどこでも見られる景色ですし」

「いや、お前がだ」

心当たりがなく、思わず眉の根元が寄る。思い込みから勝手に言い当てられてはかなわない。

「樺戸に収監されていた頃、外役の時にそうやって遠くの農家を見ていた」

「そうでしたっけ」

「見ていた」

覚えこそないが、言われてみれば確かにそうであったかもしれない。現に、こうして他所の農家がのんびり作業しているところを眺めていると、妙に落ち着く。

――勝手に言い当てんな、畜生。

つまらないことが無性に悔しく、巽は密かに中田の影を踏みつけた。

夕方近くなって駅前に戻り、二人は途方に暮れた。周辺に数軒ある旅館の全てが客で埋まっていたのだ。

「すんませんねえ、何せ米の収穫と隣町の祭りがいっぺんに来ちまったもんで、布団が足りなくて。女中の布団まで廊下に並べてお客さんに寝てもらってる状態なんですよう」

人の好さそうな中年の主人は、手入れの行き届いた生地の背広から、それなりの立場だと察したようだ。薄汚れた格好の巽が従者として引き立て役に見えたのかもしれない。

実際はただの副看守長なのだが、無表情が過ぎて憮然とも見えるせいで、妙に威圧感がある。中田は別段怒ったふうでもなく、宿の玄関で周囲を見回した。

「裏に馬と牛を入れている小屋があるだろう。藁置き場はないのか」

「そりゃまあ、馬小屋の二階には藁やら干し草やら詰め込んでますけども」

主人は戸惑いながら額に浮いた汗を拭いた。

「みんな、祭りを楽しみに来てくれた人たちばっかりで。そんな人を部屋から馬小屋にほっぽり出すなんて、そんなこと、あまりに」

「いや、我々が泊まる」

中田の淡々とした答えに主人が目を丸くした。

「我々が馬小屋に泊まらせて欲しいと言ったんだ。構わないか」

「え、ええそりゃもう、もともと人が泊まるように作ってある場所じゃないから、申し訳ない程度の場所だけれども、それでも構わないっていうならいいんですけど、でも……」

主人はひどく恐縮しながら言った。どうやら先約のある客を馬小屋に放り出すよう言われると思っていたらしく、改めて中田の頭の天辺から爪先までを見ておろおろしていた。

「雨露が凌げればひとまずいい。この時期の藁はよく乾燥しているし、大丈夫だろう」

巽に同意を求めることもなく、中田はさっさと裏の家畜小屋へと歩いて行った。巽に止める理由もなく、驚きで固まっている主人にへらりと愛想笑いを投げかけてからその後を追った。

風呂はなし。夕食も宿の厨房は予約の分を用意するので手いっぱいということで、二人は結局駅まで戻って昼と同じ蕎麦屋で腹を満たした。まずい訳ではないが、出先で同じものを二食続けて食うのは流石につまらない。さっさと寝るが吉、とばかりに家畜小屋の二階へと戻って来た。

中田が落ち着き払っていたのが巽には意外だった。藁で満たされた家畜小屋の二階は存外居心地がいい。とはいえ、普通の旅館の部屋と比べられるようなものではない。

少なくとも、幼い頃には普通に学校に通って鉱物の本を読んでいたらしい。能面のような面をして実のところ、心で焦ってくれていたなら。意地の悪い考えが巽の頭を占めた。我ながら性根が捻じれている。

――どうせなら、捻じれついでだ。

巽は主人から借りたランプを小屋の中央で灯すと、上着を脱いでいる中田へと近づいた。

「確認のために聞いておきたい。山本大二郎は子どもを二人殺したと言いましたね」

中田は黙って頷いた。すっかり感覚が麻痺していたが、やはり相手の年齢にかかわらず、人二人の命を奪った、という罪だけでも、娑婆では十分に大きなものだ。

集治監では殺人は珍しい罪ではなかった。何せ雑居房の中には、巽のように国事犯の烙印を押されて投獄された者もいれば、放火に強姦、窃盗に殺人、間違いなく悪人とされる者も、一緒くたに突っ込まれていたのだ。

「山本大二郎の罪は殺人。場所は筑豊の山村」

「筑豊……」

北九州。炭鉱で栄えた場所とは聞く。巽は訪れたことがないので、あまりぴんと来ない。大二郎に特に訛りがないのは流れ者だからか、それとも訛りがないことを装っていたか。奴ならどちらも有り得そうに思えた。

中田は巽が何の情報を求めているのか、察したように続きを口にする。

「被害者は女の赤ん坊と五歳の男児。いずれも、包丁で腹と首を刺したとある。目撃者は子どもの母親。帰宅したところ、山本大二郎が上の子の首を刃物で切っているところを見たと。記録ではそうなっていた」

巽は一瞬だけきつく目を閉じた。成人よりも無垢な幼子二人を殺める罪深さは、やはり格別のものと感じる。

「まさか、自分の」

巽は恐る恐る気になっていたことを口にした。

「いや。実子という情報はない。知人ではあったそうだが」

感情の籠らない、或いはあえて感情を殺した声で、中田は続けた。

「調書に、気になる特記事項があった。殺害直後、現場となった長屋から出火している」

「火事？　まさか、放火」

強盗、殺害後に証拠を隠そうと火までつけるのは犯罪の常套だ。棒戸にいた時も殺人だけでなく放火までやって無期徒刑になった囚人を幾人か見てきた。巽は内心そのような犯罪者を蔑んでいたが、まさか大二郎が。知らず眉間の皺が深くなる。

「いや、それは、目撃者だった被害者が錯乱して火鉢を転がしたことが後から判明している」

「そうか」

思わず安堵の溜息が出た。しかし、現場を想像すると巽は胃が縮みあがりそうになった。幼い我が子二人が、知り合いの男に刺殺された。母親は泣き叫び、火鉢をひっくり返して動揺する。怒り。混乱。悲しみ。母親の激情溢れる現場の中心にいるのは、血のしたたる包丁を手にした大二郎の姿だ。その顔が笑っている姿をどうにも思い描けない。

「放火はなかった。しかし二人の人間を殺したのは事実だ」

「二人。しかも、子どもだ。道理に悖る」

その先を引き取るように巽が続けた。札幌で彼が自ら口にしたことでもある。

黙って頷いた中田の目は静かで、だからこそその奥に感情が息づいているとしたら、その荒波が察せられて恐ろしい。

「許せないなら、何であなたは、樺戸で大二郎に特別きつくあたらなかったんだ」

努めて静かに巽は訊ねた。樺戸集治監内で、看守としての中田の態度は良くも悪くも等しく厳しかった。看守の中には、個人の相性と気まぐれから特定の囚人を虐めて果てはそれを楽しむような下種さえいたが、中田はその対極にあった。

「俺は警察官でも裁判官でもない。ただの看守だ。一度門を潜れば囚人に変わりはない。定められた態度で接するのみだ」

ご立派なことで。からかいと皮肉が巽の喉元までせり上がる。それを止めたのは、中田本人の表情だった。両目を細め、下唇を軽く嚙みしめている。明確な怒りがランプに照らされて浮かび上がっていた。

「だが、そこから逃げた者は別だ。贖う手段から逃れた者は、自らの罪と向かうことを放棄した者だ」

ゆっくりとした所作で、中田は上着を畳んだ。靴下を脱ぎ、奥から藁を一抱え持ってきて、寝床として足下に敷いていく。強いて怒りの表現を抑えているのは明らかだった。

もしかして、という思いが巽の中で芽吹いた。

――信じていたのか。大二郎のことを、きちんと罪を贖える者だと。

問えば絶対に否定するだろう。だから巽は口を噤んで中田の静かな寝支度を見守る。

看守として、人としての正義が大二郎捜索の源泉であることは間違いない。ただそれだけではなく、中田はどこかで、粛々と罪を贖うと信じていた大二郎に、裏切られた怒りを抱いているのではないか。

――俺のように。

中田がランプの火屋を持ち上げ息を吹きかけた。真っ暗になった屋根裏で、ごろり、がさがさ、と中田が横になり掛け布団代わりの藁を寄せ集める気配がある。巽も慌てて暗闇の中で藁を抱え、倣うように横になった。

頭皮や顔、首筋などが少しちくちくとする。その難点を除けば、茎に空気を含んだ軽い藁の寝床は悪いものではなかった。少なくとも、樺戸集治監で筵と薄べりの間で囚人同士身を寄せ合っていた時よりはよほどいい。

――藁より心地が悪い寝床ってのも、ひでえ話だったな。

巽は暗闇の中で皮肉に笑った。中田からは寝返りをする気配もなく、寝息ひとつ聞こえない。起きているのではなく、きっとそういう寝方なのだろうと思えば普段の様子からも納得がいく。

その上で、巽はごく小さな声で語り掛けた。

「中田副看守長さんよ」

聞こえていたなら聞こえていたでもいい。後で寝言と偽ればそれで済む。ただの意図せぬ寝言だと、自分自身も騙してしまえばいい。

「大二郎は本当に、その罪を犯したのだろうか」

「さあな」

意外に明瞭な声が返ってきた。

「看守は定められた仕事をするのみだ。ただ」

「ただ？」

会話が終わったかと思うほどに長い沈黙の後、中田は「ただな」と言葉を繋いだ。

「あいつは、看守のうちでも妙に親しみは持たれていた。だからこそ、軽口を好きにさせたところがある。懲罰を与えるべき者をあぶり出すのに役立っていたしな」

「ああ……」

巽はふと、田淵に犯されかけた苦い記憶を引き出した。嫌な経験だった。

「人騒がせな野郎だ。今も昔も」

返事はなかった。開け放たれた換気用の窓から冷たい空気が入ってきて、巽は頭まで藁の中に埋もれた。階下で牛か馬がどすりと身を横たえた気配がした。

翌日、巽は日の出と共に目を覚ました。鼻をくすぐる藁の匂いで一日が始まるのは、案外悪くないものだ。そう思いながら瞼を開いた。階下では牛馬がどすどすと足を踏み鳴らして喧(やかま)しい。ちょうど朝の餌を貰っているようだ。

掛け布団代わりに体を覆っていた藁をどかし、薄暗い屋根裏をぐるりと見回す。中田はいなかった。巽は梯子(はしご)を下り、顔を洗うために井戸へと足を向けた。中田は一足先にそこで口を濯(すす)いでいるところだった。

「おはようございます」

指先まで両手を伸ばして体の横につけ、深く腰を折って頭を下げる。皮肉のつもりだった。

「おはよう」

実にそっけない返事を返し、中田は首にかけた手拭いで顔を拭いていた。

「宿の主人が、あんな所に泊まらせて申し訳ないからと、朝飯を用意してくれた」

先にすたすたと宿の建物に向かって歩いていく中田の背中を、巽は訝しげに眺めた。なかばからかうつもりで囚人の時のような挨拶をしたつもりが、普通に返されてしまった。看守と囚人が接する時、どれだけ囚人が礼を尽くしても看守がそれに応じた返事をすることはなかった。もちろん今だって、普通におはようなどと言われるとは思わなかったのだ。

据わりの悪い思いで、巽は急いで顔を洗った。

宿に上がり、まだ隅で客が寝ている大広間で朝餉(あさげ)が供された。丼いっぱいの白飯に、川魚が入った味噌汁がこれまた大きな椀(わん)で供される。申し訳程度の小皿には昆布の佃煮が載っていた。

他の客や女中がせわしなく動き回る中で、並んで朝食をとる。できれば別に食いたいものだったが、そんな不機嫌は米を一口食って霧散した。美味(うま)い。古米ではなく新米を出してくれたらしく、精米したての炊き立て、つやつやと艶を放つ米はこの上なく美味かった。

ぶつ切りにされた川魚の汁も、魚の出汁がよく出ていた。黙々と箸を動かす中田とは対照的に、巽は美味い美味いと声にまで出しながら先に椀を空にした。

「札幌で飯は食えているのだろう」

中田の指摘に、巽はがっつきすぎたか、とさすがに恥じ入った。

「それなりに美味いが安い飯屋ばかりです。古い米から客に出すから、こんな新米は滅多に食えないです」

「そうだな。樺戸でもそうしている」

愛想もなく中田は汁を啜った。多くの集治監では囚人の食料は自給自足が基本だ。樺戸でも、労役の一環として米、野菜、芋、豆類などを作り、塀の中には味噌や醬油の醸造所もあった。

当然、毎年作物を作れば米も新米がとれる筈だが、前年の米が残っていればそちらを先に消費しなければならない。古米を消費し終えた頃には新米はその新米らしさを失っている。それに、栄養と経費の面から必ず半分以上は麦を入れるため、米の質が良くなったからといって麦臭さが全て相殺してしまう。

人生で麦飯を望んで食べることはもうないだろうな、と巽は新米の甘さを嚙みしめた。


朝食を終え、宿を出ると、中田はずんずんと道を歩いていった。集落も外れの方になり、民家よりも畑の方が多くなっていく。そのうちこんもりと緑が固まったような小さな林に面する場所へと出た。

「寺？」

「この地域で唯一の手掛かりだ」

緑の中に、大きくはないがしっかりとした木製の山門が設えられてある。それを潜ると、木に囲まれた小さな本堂が見えてきた。

中田は躊躇いなくそこを潜り、巽も続く。決して大きくはないが、手入れや清掃は行き届いている。本堂近くで住職らしい人影が作務衣姿で落葉を掃いていた。

「こんにちは」

中田が挨拶し、その声が耳に届いた坊主は顔を上げる。客を迎える穏やかな笑顔が、訪い人の正体を目にしてみるみるうちに曇っていった。

「あなたか」

中田は帽子を取って頭を下げた。慌てて巽も同じように頭を下げる。六十代ほどだが体格のいい住職から、らしからぬ怒気が感じられた。


二人は本堂に通された。小坊主が茶を持ってきたが、住職は本堂の隅に重ねられた座布団を勧めもせず、巽と中田は板の間に正座して住職に向き合っていた。

「以前もお訊ねしたことを、もう一度お聞きしたく伺いました」

「もうそちらとの縁は切れたはずだ。何度聞かれても無駄です。できるならば茶を飲み次第、お引き取り願いたい」

住職は忌々しさを隠そうともせずに眉間に皺を寄せた。巽の目には、声を掛けた時の好々爺然とした雰囲気からかけ離れていて戸惑う。住職の言う事には、中田は幾度もこの寺に足を運んでいたようだ。

――今回初めて俺を同行させたということは、その目的は。

打ち合わせも何もなし、しかし巽は中田の意図を図ろうと心掛けた。

「樺戸集治監で教誨師を務めて下さった御恩は忘れておりません」

「拙僧としてはすぐにでも忘れたい過去です」

なるほど、元教誨師か、と巽は納得した。とはいえ、説教に熱心に通ったこともないので、その顔には全く見覚えがない。中田が何を聞きに訪れたのかは知らないが、怒る坊主などと長い時間対面したくはなかった。

しかし、中田はこちらの気持ちなど頓着せずに巽の方を手で示す。

「この者は、山本大二郎と同室だった元囚人です」

その一言で、住職が寄せていた眉毛をぴくりと上げた。

「山本が脱走した後も模範囚として粛々と罪を償っていたところ、恩赦を受けて外で罪を償う機会を得ました。そこで、共に山本の消息を捜しているのです」

中田は眉一つ動かさないまま言い切った。間違いではない、確かに間違いではないのだが、巽としては二言三言、文句を差し挟みたくなる気持ちもある。覚えのない罪を娑婆に出てまでも償うつもりは毛頭ないし、大二郎に親愛の情があるように他人から言われることも何か癪だ。

「なるほど、そういうことですか」

住職はそれだけ言うと、立ち上がって隅から座布団を二枚持ってきた。勧められて座ったが、綿の柔らかさにも拘らず巽の居心地は悪くなる。

——俺が連れてこられた理由は、これか。

横目で中田を睨んでも、彼は風に吹かれたほども表情を変えなかった。

住職の表情はなおも硬い。しかし声だけは幾分柔らかくして、巽に幾つか質問を始めた。

「ご出身はどちらか」

「東京の、小石川で」

「では今回はそちらからわざわざ?」

「いえ、今は札幌で細々と生活を」

住職は巽が何の咎で囚人となったのかを問わなかった。元教誨師らしい距離の取り方だな、と巽は思う。集治監へと赴き、殺人や強盗など明らかな重犯罪を犯した者と、巽のような具体的な罪状については限りなく怪しい、冤罪を科せられたような国事犯が一つ所に集められた中、等しく説法を行うのだ。囚人の罪によっていちいち区別をする理由がない故に、わざわざ問うてくることもない。

「この人に連れて来られて、戸惑われているようだ」

「ええ、まあ」

巽は曖昧に頭を掻いた。何らかの理由でこの坊主が中田を敵視しているのなら、仲間だとは思われないままの方がいい。

「お察しの通り、私は集治監の教誨師として務めておったが、ある時袂(たもと)を分かった。以来、集治監の方を信用できずにおります」

「何が、あったのですか」

「この方のせいではないが」

住職は短い前置きと同時に中田を見た。一瞬だが、睨みつけるような鋭い視線を受けても、中田は微動だにしなかった。住職は諦めと憤りが生々しく混ざったような溜息を吐いて、巽に向き直った。

そして語り始める。

それは、元囚人である巽だからこそ、より身に迫る話だった。

かつて請われて教誨師を務めていた十数年前。数えると巽が収監される前年のことだった。

時ならぬ豪雪に紛れ、寺まで逃げて来た脱走囚がいた。男は住職の説法をひときわ熱心に聞いていた囚人で、外役の際に鎖に繋がれた囚人を殴って気絶させ、その隙に農具で鎖を切って脱走してきた。どこをどう逃げて来たのか、ぼろぼろの形（なり）、凍傷になりかけの足でどうにか寺まで辿り着いた男は、身も世もなく泣き伏せて住職に懇願した。

曰（いわ）く、郷里に置いた両親が心配なのだ、どうにか生きているうちに一目会いたいのだ、と泣いて、ひととき自分を匿（かくま）ってくれるよう住職に頼み込んだ。

住職はしばし悩んだ末に拒んだ。そして囚人に諭した。

規律を破って会いに行ったところで両親が本当に喜ぶものか。それよりは、たとえ生きての再会が叶わずとも、粛々と刑期を務め上げ、罪を雪いだ姿で故郷の土を踏んだ方がよほど真っ当ではないのか。そうある姿をこそ仏様は見て下さっている、云々と。

脱走囚はそれを受け入れた。集治監に自ら戻るというのなら、一時の止むを得ない愛郷の念ゆえだったのだと口添えするという住職の言葉を信じた。住職に付き添われ、門を自ら潜って樺戸集治監へと戻って行った。

脱走囚は看守に連行され、住職は教誨堂へと案内された。少し待つと典獄が姿を見せたので、住職は看守側の誰かが来れば囚人が脱走に至った事情を説明し、何がしかの酌量を求めるつもりで口を開いた。

しかし、典獄は住職の説明を聞く前に、読経の依頼をした。直後、看守らが台車に乗せて運んできたのは、首を落とされた囚人の遺体だった。

「当時の典獄は言いました。住職のお陰で自ら逃亡の罪を省みて戻って来た故、せめて苦しみの少ないよう処分しました、と」

住職はゆっくりと経を読むように言った。なるほど、と巽は納得した。そんな事があっては、たとえ住職が大二郎について何か知っていても、絶対に口を割らなかったことだろう。表情に怒りがない代わりに、石ころのような両目が中田をとらえて動かない。中田は表情を変えないまま、視線を自分の膝元へと落としていた。

ぞくり、と巽の背で芋虫が這い回ったような悪寒がした。中田は、この男は、自分の職に向けられる怒りを受け止めた上で、少なくとも表向きは何も感じていない表情を張り付けて、自分を連れてきてまで大二郎の行方を捜そうというのだ。

「住職。以前と同じ問いを、もう一度する。八年前、山本大二郎という囚人を匿わなかったか」

中田はじっと住職を見つめていた。怒りも焦りもない声音が却って恐ろしい。巽は意識を逸らすように、住職を見つめた。

「この男は、山本が後生大事にしていた石を預けられていました。そして、今は何らの損得もなく山本の行方を案じております。自分にではなくても結構です。この男に、何か手がかりを伝えてはもらえませんか」

淡々と中田は言った。その冷静さから、巽は必死な念を感じ取る。住職が大二郎の石について知っている確証などないだろうし、巽のためにと自分が一歩引いたように見せかけて、本心は結局看守としての責務でしかないはずだ。

頭を下げる中田を、巽は少し白けた気持ちで眺めていた。てっきり住職も変わらず頑なままかと思っていたが、眉間に深い皺を刻んで、中田の後頭部を見ていた。

「石、か。あれを……」

住職は呟き、目を閉じた。それから鼻から大きく息を吐き出す。大きく見えたその体が、見えない感情と共に少し縮んだようにも思えた。瞼を開くと、その目は真っすぐ巽に向けられていた。

「お名前は伺っていません。迷惑がかかるからと教えては下さいませんでした。ですから、山本大二郎、と名乗る方は存じ上げません」

ごくり、と焦りで勝手に喉が鳴る。巽は思わず身を乗り出していた。自分が同行したことで、石を預かっていたと知らせることで住職が口を割った。その事実がやけに大きく感じられた。

「あの。名前が分からないなら、見た目は三十過ぎの痩せこけた男で、囚人服を着て、髭と髪がぐしゃぐしゃの」

「囚人の見た目は大抵そうだ」

中田に冷徹な声で言われ、それもその通りだ、と口を噤んだ。考えてみれば、自分だって囚人だった頃はそんな風体だったのだ。

「お名前は語らないままでしたが、確かに八年前、この寺に迷い込んできた人はいました。病気もあったのかひどく痩せていました。口数は少なく、ひどく礼儀正しい方でした」

それは本当に大二郎だろうか。一瞬、巽は疑いを持った。想像の中の大二郎はいかに弱っていようが善良そうな住職をうまく口で丸め込みつつ、いい気分にさせて味方につけそうな、そんな気がするが。

それとも、脱走して命の危機が迫ると大二郎とて何か悟りを得たように大人しくなってしまうのだろうか。

「この寺に辿り着いてからまる三日寝込まれ、起きられるようになってからは本堂の掃除などを熱心にして下さいました。そして一か月ほどして体力がついてくると、迷惑はかけたくないので出ていくと」

ぎり、と中田が歯を食いしばった音がした。一か月の間、おそらくは看守の訪問からもまんまと隠されたに違いなかった。住職を睨んで中田が口を開く。

「どこへ行くかは」

鋭い問いに、住職は黙って首を横に振った。

「私を含め、看守や警官が幾度も調べに来たはずだ。どうして今まで本当のことを言わなかった」

「往生するまで言うつもりはありませんでしたとも。しかし、あの方が大事にしていた石を大事にして下さった方が見えたとあれば、話は別です」

住職は巽に視線をやった。ふいに、自分は中田の言うなりになってここに来たばかりに、この住職の悔恨をさらに踏みにじるような真似をしたのではないかと気付いた。

「あの人は、きっともう生きていません。生き延びて身を立てたら、必ずまたこの寺に来ると、そう言っていました。……いつか取りにくるまでと、預かっているものがあるのです」

住職は立ち上がると、無言のまま本尊の裏へと歩いていった。ごそごそと何かを取り出すような音がしばらく続き、恭しく何かを持って戻ってきた。

掌に乗るほどの小さな木箱と、一幅の掛け軸だった。床に置かれたそれらに、中田が一切の躊躇いもなく手を伸ばす。

まず、木箱が開けられた。中には綿と、その真ん中に、親指の爪ほどの何かが置かれている。

巽は心臓が一瞬跳ね、息が詰まった。あの石だった。大二郎が後生大事に隠し持ち続けていた、あの石英だった。

中田は表情を変えず、石を摘まみ上げると窓からの光に透かしてくまなく確認していた。石は陽光を反射し、不規則にきらきらと光っている。

巽は思わず中田の手に飛びついた。「何を」と撥ねのけられそうになったが、奪おうとしたのではなく縋りついたまま石を凝視していたため、中田は力を緩めて巽に石を手渡した。

改めて、あらゆる角度から石を確認する。動かすと、中に入っている水が揺れ、そのたびに巽の目に光が差した。眩しい。間違えようがない。あの石だ。

巽がなおも石を凝視している間に、中田は掛け軸の紐を解き、床に広げた。巽も石を箱に戻してするする見えてくる絵に注目した。

「これは」

中田の声に驚きと戸惑いがあった。台紙に張りつけられていたのは、一尺四方の黒い紙だった。ただし全てが黒い訳ではない。黒い背景の中央に、卵ほどの小さな白いものが描かれている。いや、その背景が描かれ、白い余白こそが意味を見出されているのだ。

「嬰児？」

中田の呟きに、巽も無意識に頷いていた。これは、赤子だ。母親の胎内から出たばかりの、髪もほぼ生えていない小さな赤ん坊だ。

「あの男は、石以外にこんな物まで隠し持っていたというのですか」

「いえ。これはあの方がここで描いたものです」

中田の問いに、住職はゆっくりと首を横に振った。その思わぬ答えに、珍しく中田が「えっ」と小さく声を上げる。標茶に行く途中で遭難した際、大二郎は絵を教えられたことがあるからと、ふざけた春画調の絵を雪に描いた。確かにその絵は上手だったが、まさか真面目に描くとこれほどまでに達者だったとは。中田同様、巽も言葉を失った。

巽は床に両手をついて絵を見た。まるで、絵から白黒の手が伸びて体を捉まれそうな迫力がある。白い赤子を中心に、黒い絵がぐるりと回ったような気がした。


気持ちを落ち着かせ、改めて明るいところで見ると、絵は非常に緻密に描き込まれていた。ただ黒い背景だと思われたのは、あらゆる人間の集合体だった。男。女。子ども。老人。それだけではない。墨の濃淡だけで描かれた絵なのに、明らかに囚人と思しき姿の男も何人か描かれている。その誰もが目を閉じていた。眠っているのではない。あるものは口を歪めて苦痛を訴え、あるものは肌を掻き毟っている。全ての人物が何らかの形で苦痛を表現しているのに、目は一様に閉じられていた。

そしてその中央で、余白によって生まれた赤子もまた目を閉じている、ように見える。

技術だけでなく、ここまで人に意味を深く考えさせるようなものを描くとは思わなかった。見れば見るほど混乱をもたらす絵を前に、巽はごりごりと頭をかいた。

中田は住職に、大二郎が寝起きしていたという物置小屋まで案内させた。巽は本堂に留まり、残された石と絵を検分することにした。

ごろりと行儀悪く横になり、箱から石を摘まみ出した。もう幾度繰り返したか分からないが、また陽光に透かして石を見る。綺麗だ。

――糞と一緒に尻から何度もひり出されていたと知らなきゃ、もっと綺麗に思えたんだろうが。

急におかしく、馬鹿らしく思えて、巽は石を絵の上に置いた。

本堂は静かだった。耳をすませば鳥と虫、そして秋の木の葉がカサカサと風に揺れている音が聞こえた。日差しは暗い本堂の空間を切り裂くように、窓から床へと斜めの光となって差し込んでいる。穏やかだった。集治監だの脱走囚だのといった存在からは切り取られた別の世界のように、平和な空気に満ちていた。

寝ころんだまま、巽は大きな欠伸をひとつした。昨夜の藁の寝心地は悪くなかったとはいえ、看守のすぐ傍で眠る一夜は存外緊張したのかもしれない。

いや、囚人だった時に、中田と肩を並べて吹雪が去るのを待ったことがあったか。あの時は大二郎もいた。生きて朝を迎えられるかどうかも分からない、あんな夜は二度と御免だ。

――ここが終点ならいい。

こうして、大二郎が脱走した足跡が見つかって、その後の行方は分からない。大二郎の生死も定かではない。その帰結で十分ではないか。そうしたら、もう中田に付き合わされることもないし、自分の過去の枷も完全に消える。

あの男が寺を出てどこへ行ったか。絵を描いたのは間違いなく大二郎なのか。何のための絵だったのか。分からないことを分からないままにして、もう時間の穴に埋めてしまえばいい。

巽は目を閉じた。瞼の裏の暗闇は、勝手にぐるぐると渦を巻き始める。闇の濃淡が伸びて縮んで、やがてそれは人の群れの形を成していく。

――ああ、さっき見た、あいつが描いた絵か。

絵と違うのは、皆、闇の中で黒い身体を引き絞るようにして悲鳴を上げている。おかしなもんだ、と巽は思った。囚人だけならともかく、若いのも年寄りも男も女も、誰もが苦痛を訴える。

――違うだろ。どうせ俺ら囚人が一番辛えだろうよ。

巽の僅かな憤りを無視して、瞼の裏の群衆は皆いっせいに叫び声を上げている。

――やかましい。俺を静かに寝かせろ。あと、誰か屁でもひりやがったか。臭えんだよ、畜生。

雑居房での夜に何百回と口にした文句が脳裏に蘇る。いいから静かに寝かせて欲しい。朝になったらまた過酷な一日が始まるのだから、今はせめて静かに――

「……い、おい！」

叫び声と、バン、バン！　と床を叩く振動に、巽は飛び起きた。途端に違和感に気付く。焦げ臭い。うとうとしている間、鼻に感じていた悪臭はこれだったのだ。

中田がいつになく慌てた様子で、手にした上着を床に叩きつけている。既に火は見えなかったが、巽も加わって状況が分からないまま必死に床を叩いた。

やがて、落ち着いたと判断したのか、中田が一歩下がる。まだ焦げた臭いと煙の名残が漂う中、落ちていたのはあの紙だった。

近寄って見てみると、黒く塗られた部分に掌ほどの大きさの穴が空いている。

「なん、なんで燃えて」

「確認だが、お前が火を点けた訳ではないのだな」

「当たり前だ、こんなの」

巽は慌てて否定した。自害じゃあるまいし、どうして火を点けてその傍で眠るものか。

「火の元になるようなものを持っていたか」

「持ってねえ、持ってねえです。マッチも火打石も、火薬とかも」

ズボンのポケットを引っ張り出して、巽は弁明した。驚きと混乱から頭が冷えてくれない。こんなところで寺に付け火したと疑われて囚人に戻るなど真っ平御免だ、と必死で主張した。

「信じてくれよ、俺は絵と石を置いていい気持ちで横になっていただけで」

「石はどこに置いた」

中田はしゃがみ込み、焦げた絵を手にとった。その下に隠れていたらしい石がころりと床に転がっている。

「別に、普通に石を眺めて、特に何も考えずに絵の上にぽんと置いて……」

中田は巽の声が耳に入っていないかのように、絵を再び床に置いた。陽光を受けて、焦げた穴がやけに痛々しい。中田はそのまま石を摘まみ上げると、また太陽にかざしてじっくりと観察を始めた。角度を変えたり、上下に動かしたり。さっき十分見ただろうに、と巽は不審に思う。

そのうちに、残っていた煙の臭いが強くなった。火は消えたのにどうして、と巽が驚いていると、再び絵から細い煙が立ち昇り始めた。

「うわっ、なんでまた」

「よく見ておけ」

中田が落ち着いて掌で絵を叩くと、煙はすぐに消えた。それから、石を持った手を少しずらす。すると、黒い部分に石の影がかかり、そこからちりちりと小さな音がして再び煙が立ち始めた。

「どうして、石の影が」

「中の水だ」

そう言って中田は石を揺らした。封じ込められている僅かな水が、ちゃぷんと音を立てたような気がした。

「この水が、角度などの条件が整うと太陽の光を一点に集め、そこから火を出すらしい。下が黒い絵だったことも関係しているだろうな」

最初に火を消した時とは正反対の落ち着きで、中田は説明した。ああ、と巽の体から力が抜け、ぺたりと床に尻をつく。

「そういうことか。良かった、偶然で」

ふう、と安堵の溜息は長かった。思っていたよりも自分は集治監に戻されることを恐れていたらしい。

心を落ち着かせるように、絵を置いていた場所の床を袖で拭いた。少し黒く焦げている。

「故意でないとはいえ、住職に謝らなくちゃ……」

そう呟くと、中田が珍しく目を見開いてこちらを見ていた。

「故意、ではないのだな?」

「だから最初からそう言ってるでしょう。今やってもらった通り、天地神明に誓ってわざとじゃないです」

巽は苛立ちを抑えつつそう言った。中田は「そうか」と言ったきり、なおもしつこく石を眺めている。

「どうしたんですか、一体。住職に聞くこともうないんでしょう。とにかくここを出て……」

「故意ではないか、故意か、は山本大二郎しか知り得ない」

石から視線を外さないままで中田は言った。

「は？　大二郎がなんで関わりが」

「分からんか」

中田は絵を裏返し、その上に石を置いた。やけに丁重に、恭しく。

「山本大二郎が収監されていた屛禁室の出火。あれは、この石によって引き起こされた可能性がある」

冷静な口が、巽の心を激しくかき乱した。まさか、とか、嘘だろ、とかいう言葉を漏らすことさえできない。

言われてみればその通り、火打石もマッチも火薬もない状況で、この石によって出火した。それは今、間違いなく目の前で起こったことだ。

「故意じゃない」

深く考える前に、巽は断定した。

「あいつは、大二郎は、石を眺めるのが好きだった。もしこの石を使えば火が起きるという知識があったとして、故意に火を出したのならもっと早くに火事を起こして逃げ出したはずだ」

言葉にすると、不思議と辻褄が合ってくる。そうだ。逃げられる手段を持っていたなら、寝ているうちに鼻毛まで凍るあの冬も、硫黄山の毒で死にかけた労役も、耐え忍ぶことはなかっただろう。

「偶然に火が出て、それに乗じて逃げた、と」

「そうだと思う」

断じられる立場ではない。真実は大二郎にしか分からない。だが、巽は冷たい中田の視線にも怯まず、出火は大二郎の意図したものではない、と断じた。目を閉じ、当時の状況を想像していく。

「屏禁室で内役をやらされて……その合間に石を取り出し、小さな窓から差し込む光にかざしていたとしたら。そして、石を床に置いていたとしたら」

「藁だ」

中田が苦々しく言って、巽は目を開けた。

「あの時、山本大二郎に課せられていたのは、荒縄綯いだ。偶然でも、意図的にでも、火が点けば直ちに燃え上がる」

巽は呆然と中田を見た。藁なんて燃えやすいものが、あの日、あの小さな小屋の中にあったとは。

続けて想像を口にする。

「藁が燃え上がったら、普通は焦る。狭い小屋だから、きっととても息苦しい。壁が焼け始めるのもすぐだ。なら、死に物狂いになって壁を破ろうとするだろう」

「……必死になった囚人が、普段からは考えられない力を以て暴れることはままある」

実感の籠った中田の言葉に、巽は頷いた。煙に巻かれて意識を失えば焼死する。しかし遺体も骨も残っていなかったということは、恐らく大二郎は巽の想像からそう遠くない過程を経て脱出を果たしたのだ。

「しかし」

中田が硬い声で言った。

「小屋から逃げ出したとして、火から離れてそのまま看守が駆け付けるのを待てばいい。そこから何故、奴は脱走した」

「それは……分からない」

模範囚の望ましい行動としては、中田が想定したように待てばいい。それを、好機とばかりに脱走したのは事実なのだ。言い淀む巽を前に、中田は珍しく長い溜息を吐いた。

「まあいい。脱走の機をいつでも窺うのが囚人の常だ。あの男もそうだったのだろうよ」

恐らくはその通りだ。大二郎は、偶然起きた火事に乗じて、場当たり的に脱走した可能性が高い。巽にしても、囚人生活を思い出すと、機会があればこれ幸いと脱走を試みたことだろう。しかし、中田にこうした物言いをされると、自分事でもないのに腹の底がざわつく。

「俺は囚人を信用していないし、機会が偶発であれ、自らの意思で集治監から逃げ出したのであればそれはやはり罪だ」

中田は焼け焦げた絵を四つ折りにした。その上に石を載せ、巽に渡す。

「罪ならば俺が追う理由になる……」

音もなく中田は立ち上がった。ゆっくりと、本堂の出口へと足を進める。

巽はしばし逡巡してから、絵と石を握りしめた。立ち上がり、中田の後を追う。もしこの石も、不可思議な絵もなかったなら、自分はここで大二郎を追うのを諦めた。しかし、謎の二品がここにある。そして中田は追い続けるという。

立ち上がる理由としては十分だ。

四　愚か者たち

床板に置かれた半透明の石が、釣鐘形の窓にはめ込まれた格子ごしに差し込む月光を浴びている。

巽と中田は小火で騒ぎになった後、そのまま寺に泊まらせてもらうことになった。本堂に床を延べて、ただ静かに眠って朝を待つ。巽から少し離れたところから、中田のやけに規則正しい寝息が聞こえていた。

――格子は、樺戸の雑居房を思い出して、嫌だな。

巽は毛布を顎辺りまで引き寄せつつ、床に置いた石から目を離すことができない。

大二郎は大事に仕舞いこんでいたこの石を、よく月光にかざしていた。今ならば分かる。日中は監視の目が厳しくてそんなことはしていられない上、日光で同じことをすればこの石は集めた光で人の目を焼くだろう。

石をじっと見、時にそのさらに奥に焦点を定めながら、巽は想像していた。

あの頃、大二郎は硫黄山での労働が尾を引き、ずいぶん体を弱らせていた。狭い屏禁室では横になることはできない。暗くて周囲からは隔絶され、縄綯いなどで座っているだけで、相当に消耗する。

その中で、大二郎は心の救いを求めるように石を取り出したのではないか。

巽は瞼を閉じてその景色を思い描いた。

月の光ではなく、太陽の光によって顕わになるあの石の美しさ。そしてそれにより引き起こされた発火。大二郎は、さぞ慌てたことだろう。そして必死になって燃える小屋から逃げおおせた時、周辺に見張りはいない。頑丈に作られている屏禁室から囚人が逃げるなど、ましてや火の気がないはずの場所から発火するなど、考えられないからだ。

一般に、看守は集治監内の火事には敏感だ。火の手に乗じて囚人が逃れることを何より恐れ、慌てふためく。屏禁室から出火したと気付いた看守は、目の前の囚人たちに待機を厳命し、迅速に消火を試みる。

――それこそ、持ち場の監視が手薄になるほどに。

集治監をぐるりと取り囲む高い塀を越える機会があったとすれば、その隙を縫ったと考える他ない。長く収監され、塀の切れ目や配置されている看守の人数を把握していたであろう大二郎なら、弱った体で無理してよじ登るよりは、機を計った方が易しかったろう。

――もし火事が偶然だったとしても、大二郎にはそれに乗じた脱走の意思があったということだ。場当たり的だ。そして、中田が言った通り、許されざる行いだ。

巽は指先で石を突いた。内部に封じられている水がくるりと揺れて小さく月光を反射する。

本来なら大二郎が眺めたかったであろう石を握りしめ、今ひとまず巽は目を閉じた。

翌朝、巽と中田は住職に見送られて山門を潜った。

「ご住職」

聞くべき話は全て聞き出したはずだが、中田はくるりと振り向いた。

「あの男が死んでいるとお思いですか」

住職は答えず、頷きもせず、ただ黙っていた。中田がさらに続ける。

「人間の罪というものは、いつか雪がれると思いますか」

「いいえ」

ようやく住職は首を横に振った。そして説法のような穏やかで張りのある声で続ける。

「生きる限り、融けない雪のように積もり積もっていくだけです。灰色の汚れた雪もあれば目を灼くほどにまばゆい雪もある。鼻まで雪に塞がれて死ぬか、その前に天寿を全うするか。その違い程度しかない。我々が説くのは、それを自覚し受け容れよ、ということです」

中田は妙に神妙に頷いていた。しかし巽には住職の真意を測ることができない。もともと信仰に篤くはなく、説法は右から左へと聞き流していた身だ。

それを見透かされたのか、住職はいきなり巽に向き直った。

「教誨師だった頃、毎回必ず囚人に語っていたことがあります」

「は、はい、何でしょう」

「生きることを諦めることこそ最大の罪業だ、と」

「はい」

それなら分かる、と巽は頷いた。住職は、ここに匿った山本大二郎にも同じことを言ったに違いない。それを真っすぐ大二郎が受け入れたのなら、行き場を失ったぐらいで自ら諦めることはないはずだ。

「直接の心当たりという訳ではないが……」

住職は中田にではなく、巽の方を見て続けた。看守を務める者の前で言うことではないが、と慎重に前置きをした上で。

曰く、住職は地域の寺を預かる身として、不幸があれば乞われて各家へと赴く。葬式を行うか、戒名を授けるかなどの違いはあるが、どんな貧しい家でも仏が茶毘(だび)に付される前に一度は経を上げる。多くは老齢、病気、事故による遺体と相対するが、中にはただの不運により亡くなったとは思われないものもあるという。

顔の白布を捲(めく)れば顔の骨が歪むほど殴られた跡がみられる轢死体(れきしたい)。筵を重ねても腹から流れる血と臓物の臭いが隠し切れぬ病死体。首に絞め痕のある、流行(はや)り病で亡くなったという乳児の死体……。

家庭の中で静かに渦巻く闇が感じられる痕跡が、官憲に知らされることもなく静かに横たわっていることがままあった。

その中にさらに稀に、家族ではない者の遺体が紛れていることがあった。若い女だったり、くたびれ切った男だったり。大抵の場合はその家の家族よりも日焼けした掌は胼胝だらけ。服もぼろぼろで表を歩けるようなものでもない。家族は下男下女とも明言せずに言葉を濁す。住職は、何処(どこ)から来た者を密かに働かせていたのだろうと推察した。

——その中に、逃亡し行き場のない者が含まれていたとしてもおかしくないのではないか。

住職は、囚人や脱走囚という言葉を使わなかった。だからこそ巽も、おそらく中田もその可能性を敏感に察した。

寺を出て、しばらく歩いてから、中田はようやく口を開いた。

「住職の言っていたことについて、可能性は、ある。もし脱走囚を自分のところで下男、あるいはそれ以下の存在として使役していたのであれば、いくら集治監の者が聞き込みを行ったとして、隠し通すだろう……」

顎に手を当て、自分の考えを整理するように中田は続けた。

「我々とて、地域の民家一軒一軒、脱走囚が潜んでいないかと捜査したとしても、家主が意図的に隠そうとしていれば発見は途端に困難になる」

その眉間に薄く皺が寄っていた。看守として、事実上の敗北宣言だ。巽にとっては別に痛くも痒くもないが、この真面目に過ぎる副看守長殿には大きな関心ごとであったらしい。

そこから三日間。中田の執念は巽の目から見ても恐ろしいほどだった。駅の近くに改めて宿を取り、陽が昇るとすぐに汽車に飛び乗り各駅で降りる。駅周辺の食堂や盛り場で聞き込みをしながら移動し、暗くなったらまた宿を取る。

――効率の悪い虱潰しだ。

巽は中田の方針に口を出すことなく同道していた。つまりはただ黙々と虱潰しに大二郎の行方を捜しているだけ。中田の恐ろしいほどの能面づらに計画的な行動だと騙されかけるが、結局は闇雲に大二郎を捜しているだけだ。

三日目の夜、宿屋で薄い布団に横たわりながら、巽は隣に寝ているはずの中田に話しかけた。

「明日もこのまま手がかりが見つかんなかったら、俺は一旦札幌に戻らせてもらいます」

たっぷり十秒経ってから、「ああ」と静かな返事があった。

ひとまず札幌に戻ってまた日銭を稼ぐ生活に戻るしかない。その後はまた中田の休暇に合わせてあちこち引きずり回される羽目になるのか。

——正直きついな。

そう思うと同時に、中田ほどではないにせよ巽にも大二郎の行方を知りたいという気持ちはある。

——高圧的に命令されるのでなければ、あと、飯と宿を保証してもらえるなら、もう一度ぐらいつきあってやっても良いか。

そのくらいの気持ちで、巽は瞼を閉じた。

次の日の午前中も明確な成果は見いだせず、昼を前に二人は岩見沢駅へと足を向けた。

さすがにこれ以上は昇進した中田といえど休暇がとれないという。共に無言のまま、ホームの隅で汽車の時間を待っていた。

頬に吹き付ける秋風が冷たい。樺戸集治監のある月形村の隣町だが、気候もほぼ同じならもうひと月もしないで地面に根雪がへばりつくことだろう。

囚人時代の気持ちを引きずって、巽はこれから訪れる冬を憎んだ。次の探索があるとして、春以降にしてくれないだろうか。そんなことを考えていると、「あの」と後ろから声をかけられた。

「はい、何だね」

巽が振り返ると、そこにはいかにも地元の農家という感じの青年が立っていた。くたびれたシャツの端を土のついた作業用ズボンから垂らし、無造作に刈った短髪に焼けたというより日焼けしすぎた顔の色は赤黒かった。手にした古い麦わら帽子は鍔の端がぼろぼろだ。

背が高くがっしりしていて、青年のようなのだが表情が妙におどおどして幼く見える。さっきかけられた声も高かった。

青年は巽と目が合うと、不思議そうな表情をした。まるで「これではない」と言いたげな顔を巽が不審に思っていると、奇妙な間を察したのか中田も振り返る。青年はその顔を見て「あっ」と悲鳴に似た声を上げた。

「あの。町のあちこちで人捜ししていた、ろ、牢屋の人だろうか」

「牢屋ではなく集治監の職員だが、何の用だ」

青年は、中田の姿を見て明らかに怯えていた。冷ややかすぎて高圧的ともとれる中田の声に、大きな体をさらに縮める。

「いかにも自分は樺戸集治監の看守だ。なんの用件だろうか」

中田なりに努力したのだろう。ごく僅かに声音を和らげて、少しだけ腰を折った。

「あの。話が、あって。ちょっと来てくれませんか」

青年はびくびくと自分の足下を見ながら言った。中田とも巽とも決して目を合わせようとしない。体の大きさに比して、ひどく臆病で肝が小さい印象だ。

巽はちらりと周囲の客に目をやった。地元の人間らしき者たちは、薄笑いか冷ややかな視線を青年に送っていた。

「なぜ我々に声を掛けた?」

中田は同行に同意する代わりに問うた。

「その顔、似てるんだ。うちの裏に出ていた大きな茶色い鼬に」

視線を逸らしたまま気まずそうにそう言った青年に、中田は表情を変えなかった。それが却って可笑しくて、巽は一瞬噴き出しそうになり、慌てて口元を押さえる。中田が求めていた答えと若干ずれてはいるが、確かに彼を動物に喩えたなら鼬が一番近い、と納得した。

「あの人が、大さんが言ってたんだ。鼬みたいな顔の看守がいたって。冷てえ顔の割に、筋だけは通った、けっこう話の分かる奴だったって」

今度こそ中田の表情が変わった。両眉を上げ、らしくなく顔色まで青ざめている。

巽も全身を強張らせて青年を見た。男二人の刺すような視線を受けて、青年は袖でぐいっと目元を拭いた。

「もういやなんだ。内緒にしているの」

大きな形をして、子どもめいた所作を平気でする男への気味悪さと、彼が言った「大さん」が誰なのかという直感とが、のんびりとした駅に似合わない緊張を生じさせていた。

青年は「ついてきて」と言って、駅をすたすた出て行った。中田と巽は無言のまま頷き合い、後を追う。草鞋を履いた青年は大股で、同行者がいることなど忘れたようにずんずん歩くものだから、間を空けないよう歩くには多少苦労をした。駅前のとおりにいる地元の人間は余所者二人には好奇心の籠った、青年にはどこか侮蔑の気配のある視線を送っていた。

黙々と歩く青年は、町を抜け、途中の集落も抜けた。景色は綺麗に開拓された畑に雑木林が混ざるようになってくる。

さすがに沈黙が苦しくなり、巽は中田に向かって口を開いた。

「子どもを殺したから、脱獄をしたから、あの男に拘泥しているんですか」

ほんの少しの間をおいて、中田は「ああ」と答えた。看守として、全く矛盾のない回答だ。

「付け加えるなら、あいつが変な奴だったからだ」

「変な奴」

中田の口から思いもしない言葉が出てきて、巽は少し面食らった。主観で囚人の扱いを変えるような男ではなかったはずだ。

「嘘をつくわ、騙すわ、妙な石を後生大事に隠し持っているわ。おまけに玄人裸足の絵の技術まで隠していると は思わなかった」

冷静な声のその奥に、苛立たしさが感じられた。

――挙げ連ねてみると、本当、とんでもねえ野郎だな。

そんな奴とつるんでいたのか、と巽は改めて運命の可笑しさというものを想った。集治監になぞ入れられなかったら、およそ知り合うことすらなかったであろう人物だ。

「調べてみると、奴の故郷である北九州の炭鉱では、たまにそういう奴が重宝されるという」

「絵を描けるような奴が？」

「いや」

中田は静かに首を横に振った。

「俺は知らんが、炭鉱もなかなか厳しい労働を強いられるらしい。その中で、舌先三寸で、仕事ができなくて、しかし周囲の人間を楽しませるような者は大層空気を和ませるそうだ。スカブラとかいうらしい」

「スカブラ？」

「仕事も禄にせずブラブラしているが、気性がさっぱりスカっとしているのだそうだ」

静かな中田の語り口から、およそ想像もしていなかった話が飛び出て巽は噴き出した。

「なんだそれ。ブラスカじゃなくてか。でもまあ言われてみりゃあ、あの男もスカブラ？　っぽい奴だな」

「だからこそ、あいつがなぜ脱獄したのかを知りたい」

寒風が吹き込んだような、一気に硬さを増した中田の声に、巽は笑みを消して頷いた。沈黙がややたらと重い。

「あの、ついでに聞いても？」

「なんだ」

「仕事は楽しいですか」

しまった、と巽は自分の迂闊さを呪った。無理に話題を変えるために言ったが、元囚人が看守に聞けばそれは嫌味と捉えられかねない。殴られるだろうか、と巽は一瞬身構えた。

「楽しい訳がない。仕事は仕事だ」

眉一つ動かさず、中田は断言する。清々しいまでの切れ味に、巽は素直に感嘆した。

「誇りをお持ちなんですね」

巽は皮肉を込めずに言った。

「誇りなぞない。一度就いたから続けている。それだけだ」

まるで、集治監での朝に「今日の外役は昨日に引き続き丸山の伐採だ」と告げるように中田は言い放った。

巽はほぼ初めて、この男に同情に似たものを感じた。おそらく中田は、自分で分かっているのだ。看守という仕事に一度すっぽりと収まってしまい、そこから抜け出すという発想自体を失っている。手枷がなく、柿色の服を着せられていないだけで、本質そのものは囚人といかに違いがあるというのだ。

「あなたが優秀な看守である理由が分かった気がします」

反論さえしない中田の沈黙は妙に重い。樺戸の過酷な環境に押し込められ、囚われ人を縛る囚われ人を続けた中田が大二郎に対して抱いた感情を、巽はわが心のそれと似たものとして捉えていた。だからこそ共に、消えれば追ったし、行方を見届けることに嫌々ながらも付き合った。

しかしもしかしたら、それも終わるのかもしれない。先を歩く風体と態度がちぐはぐな男の背が不気味だった。できることなら巽は今すぐこの二人を振り切って、勝手に札幌まで帰ってしまいたいとも思った。

そこには知りたかった、けれど知らない大二郎の姿がある。天気は晴れなのに天気雨を予感するような、妙な確信がある。巽の心身の一部が、どうしようもなく未来を拒絶したがっていた。

案内されて到着したのは、青年が一人で住んでいるという粗末な小屋だった。飾り気がなく、いかにも小さな農家という風情だ。周囲は水田ではなく野菜畑がちまちまと並んでいる。建物の裏には手入れのされていない雑木林が暗く繁り、その間を縫うように川の支流が流れていた。静かな佇まいだ。巽は率直にそう思った。小作でないのなら、あれらささやかな野菜畑を一人で耕し、僅かな現金収入を得ながら人とさほど関わらず暮らしていく。青年のそんな生活が垣間見られた。囚人として暮らした時間の長い巽は、素直に羨ましいと思う。楽ではないだろうが、もう誰にも行動を制限されることも労役を課されることもなく、罪なき人として静かに土を耕す。鎖された世界に暮らす囚人にとっては、美しい生活だ。

同時に、もし集治監から逃亡してきた者がこの暮らしを見たとして、魅力を感じるであろう可能性もよく分かった。

青年が小屋の前で立ち止まり、こちらを振り返る。中田がすかさず口を開いた。

「山本大二郎は、ここに」

いるのか。

いたのか。

どちらもあり得る話だ。ただ、もし今もここにいるのであれば、寺の住職に預けたあの石を取りに来なかった理由が分からない。

——生死はともかく、少なくとも今、ここにはいないか。

巽が動かない頭を巡らせていたのに対し、中田は大股で小屋に近づいた。青年に許しも得ないままで玄関らしき引き戸を開く。明るい屋外のせいで暗い内部は見えなかったが、人の気配はないようだった。それでも中田はずかずかと中へ入っていく。

「大さんがいたのは、そこじゃねえ」

中田の後ろに立った青年が言った。そのまま、小屋の裏手へと回る。中田が急いた気持ちを隠せないように後に続き、巽も追う。

青年は裏庭の小さな芋畑を横切り、雑木林へと入って行った。獣道と見紛うような小さな道が残っている。乾いた笹の葉をかき分けるようにしてついて行くと、少し下って川岸へと出た。

小川よりも少し大きい程度の川だ。おそらく大人なら歩いて渡れるが、増水で削れた土の痕跡が見える。太い流木が何本か乾いて転がっていた。

「あそこだ」

青年は流木が固まった一か所を指した。よく見ると、それは自然と流木が集まった場所ではなく、流木に板を足して小屋のようなものを建てた跡だと分かる。増水で水が流れるであろう場所を巧みに避けてあった。

半分以上は壊れかけ、ただ見ただけでは廃屋というよりやはり流木の山のようにしか思えない。中田がいち早く近づき、立てかけてある戸板らしき板を除けた。巽も近づき、背中側から覗き込む。

薄暗い中にはやはり誰もいないようだった。代わりに、乾いた泥の臭いが鼻にまとわりつく。大の大人が横になるのがやっとの内部には、古びた筵が一枚敷かれていた。そして、枕元と思しき辺りに金属の皿が一枚。その中央に、ちびた蠟燭だけが残っていた。

——まるで、雑居房の一隅みたいな。

その狭さ、その湿っぽさは、巽に刻み込まれた集治監の記憶を思い起こさせた。雑居房というからには数人の囚人が放り込まれる前提である程度の広さがあるが、自由になる一人頭の空間はちょうどこの壊れた小屋ぐらいしかない。

「逃げてもまだ囚人みたいだ」

思考が巽の口をついて出た。あの男は、せっかく囚人生活から逃れたというのになぜまたこんな所で生活をしていたのか。

そう考えたのは当の看守でもある中田も同じだったようで、内部を執拗（しつよう）なまでに一通り確認すると、おどおどと所在なげに立っていた青年に近づいていった。

「説明してもらおう。山本大二郎は、なぜ、どういう経緯でここに隠れ住んでいた。そして、どこに消えた」

怒りを強いて抑え込んでいるような冷たい声だった。青年が、一層怯えたように大きな体を縮ませ、その場に膝をついた。そのまま、地面に倒れ伏したようにして顔面を河原の石に擦（こす）りつける。

「すみませんでした。すみませんでした。あの人を、うちの父ちゃんがこき使った上、死なせて川に流しました。今まで本当のこと言えねえで、本当にすみませんでした」

怯えきった告白は相当な覚悟を伴ったのか、河原の石を摑んだその両手は震えている。しかし、経緯を説明しろという中田の問いに対して明確な答えではない。

大二郎は死んでいた。死んで、この川に流された。

巽もその結末が飲み込めないまま、そこに至るまで何があったかを求めて、頭を伏せた青年の前にしゃがみ込んだ。

「その男は、いつ、どんな風にここに来たんだ。ゆっくりでいい。俺は看守じゃない。あんたの言う大さんと長いこと一緒にいた、元囚人だ。責める立場じゃない。あんたの親父が罪を犯したかは後回しでいいから、まずはいきさつを説明してくれ」

穏やかな声を心掛けるのは骨が折れた。本音を言えば、この体ばかりでかい男の襟首を締め上げて知っていること全てを吐かせたかった。

巽の辛抱が通じたのか、青年は上体を起こし、ぽつり、ぽつりと話しはじめた。

青年がまだ少年だった頃。

両親は本州のどこかから駆け落ちで流れてきたため頼る親戚もなく、川近くで水はけの悪い小さな畑をどうにか耕して生活していた。

母親は父親の暴力に堪え切れず逃げ出し、父親は酒浸りになる日が増えた。少年を畑で働かせ、殴り、少年にとってはただ耐えるだけの日が続いていた。

「ひでえな」

話を聞いていた巽は呻(うめ)いた。中田も頷く。だが同時に、さして珍しい話でもない、とも頭の片隅で思っていた。囚人の中にはそういう生活が過ぎて家族に見捨てられた者、またはそういった境遇で世を見限って罪を犯した者がざらにいた。

青年の、体に似合わないおどおどとした態度には納得がいった。そこから変に道を踏み外さなかったただけ、気弱なこいつの方が何倍も偉い。

「そんな中で、大さんがふらっと迷い込んできて。ぼろぼろの俺を見て驚いて……」

時期的には、大二郎が脱走を果たして寺で一月を過ごした後のことだろうか。

おそらく少しは体力を取り戻し、目立つ柿色の囚人服以外の衣服を得て、脱走囚だと分からないようにさらに遠くに行こうとしていたのだろう、と巽は推測をつけた。隣を見ると、いつの間にか中田も座り込んでじっと青年の話に耳を傾けている。

「父ちゃんは、大さんを見て牢屋から逃げた人だろう、少しの間、隠してやるって。大さんも、俺一人じゃ畑やるにも大変だろうからって、ここにいてくれることになって……」

巽は嫌な予感がした。看守の中田にとってはともかく、上っ面だけ聞いていれば、行き場のない脱走囚を心優しい父子が匿ってやったという人情噺と言えなくもない。

だが、この青年の怯え。目の前にある小屋とも呼べない粗末なあばら家。雑居房で使っていたものを彷彿とさせる粗末な筵。湿った泥の臭いが巽の鼻先に蘇った。その正体とは大抵、土の中で腐れた生きものの臭いだ。

「父ちゃんは俺を叩くかわりに大さんを殴って蹴って。大さんはどんどんぼろぼろになって、でも俺に優しくて……」

大二郎が子どもに優しい？

巽にとっては初めて耳にした側面だった。語られた話は、どうにも大二郎が少年を父親からかばっていたように聞こえる。あいつは確か、子どもは嫌いだと言っていたはずだ。

――それも、嘘か？

巽は戸惑ってちらりと中田を見た。無表情からさらに口角を下げ、眉間に皺を寄せている。ああそうか、と巽は納得した。大二郎の罪は、子ども二人を殺めたことだと中田の口から聞いたのだ。その大二郎が逃亡中に出会った少年を、身の危険も顧みず助けたとは、中田にとっては奇妙に響くのだろう。

どうにも色々腑に落ちない。難しい顔で押し黙った巽と中田に焦ったのか、青年は懐から帳面の束を出した。

「これ。仕事終わりや雨の日に、大さんが俺に描いてくれたんだ」

巽は差し出された束に手を伸ばそうとして、はっと中田を見た。自分の方が近い位置にはいるが、先に受け取っても良いものか。一瞬の戸惑いを否定するように、中田は「見ろ」と促した。

受け取ってみると、それは帳面というよりは粗末な冊子で、しかも反故(ほご)の裏に何かを書き付け端を紐で括ったもののようだった。紙には古い物も交ざっており、巽は中田も見えるようそっと地面に置くと慎重に紙を繰り始めた。

そこには、木炭をこすりつけたと思われる絵が描かれていた。

おそらくこの川や周辺の畑を描いたと思われる風景画。歯の抜けた歯茎を見せて笑う男児の絵には、青年の面影がある。なんということはなく石の上に重なる紅葉を粗く、しかし葉脈の癖もとらえて活(い)き活(い)きと描いた静物画。飛ぶ鷹(たか)の羽を見事に描いた一枚もあった。

「これを、大二郎が」

信じられない。その思いで巽は溜息と共に吐き出した。寺で燃えてしまった絵もそうだが、見事だ。技術も、情熱も、絵のことなど何も分からない巽のような素人から見ても、並々ならぬものを感じる。吹雪の中で描いて見せたような、存外上手だ、という程度のものではない。

中田の横顔を見れば、こちらも見入られたように紙の束を見つめながら、驚きに目を見開いていた。

「だからか……」

理解しきる前に、巽は雷に打たれたように大二郎の考えを察して声を出した。

「だからというと、何がだ」

「いや、あんただ。というか、ええと……」

自分の頭をこつこつと拳で叩いて、巽は考えを整理した。

「だからな。大二郎は法螺吹きの名人だったろう。絵の名人であることを看守に伏せることも、同室の俺に隠すことも、あいつにとっちゃ簡単なことだろうと思って」

「何のために隠した。別に囚人に特別な絵心があったとて、規則や労役を守れば特に咎めることはしない」

「それだよ。自分を晒すことに損がないなら、隠しておいても損はない。もともと利益もないのにしょっちゅう嘘八百をほざいていた奴だ。自分の性根を隠すことも、奴にとっちゃ楽しい嘘だったんじゃないのか」

巽としては半ば思い付きを口にしたようなものだった。囚人というのは徹底して看守に従順であることを課せられる。ならば、本当の自分を晒さないこと、それは当人にとってはささやかな抵抗として機能し得るのではないか。

「ばかな……そんなことが」

中田はそう言いつつ、否定しきれずにいる様子だった。その戸惑った様子はすなわち、囚人に隠し事をされることが看守にとっては不快なのだという証左になっていた。

——山本大二郎は、相棒にまで絵の趣味を隠し、密かに集治監の体制に抵抗していた。

そう考えると、巽は自分も隠し事をされた側にもかかわらず、妙に可笑しい気分になっていた。この気まずい顔をした中田を、大二郎に見せて「してやったな」と笑ってやりたかった。

訪問者二人のやり取りに戸惑っていた青年は、「ほら、大さんの絵、うめえだろ」と場違いに明るい声を上げ、勝手に紙を捲り始めた。

「ん、ちょっと待て」

巽はふと、青年の手を止めた。ぱらりと紙を二枚ほど元に戻すと、そこには人物画が描かれていた。年端もいかない少年が赤ん坊を抱いている絵だった。少年は宝物のように赤ん坊に笑いかけ、赤ん坊はお手玉を握って微笑んでいる。木炭ゆえに細密さからはほど遠いが、幼子の柔らかい頬や赤ん坊の小さな手など、かなり気を遣って描かれた線であることが知れた。

「かわいいな。お前の弟とか妹かい？」

巽は何気なく青年に聞いた。青年は答えない。近隣の子などなら、ただ一言「違う」と言えばいいのに、とその顔を見ると、あろうことか両手で顔を覆って泣いていた。

「おい、どうした、この絵が何だっていうんだよ」

慌てた巽が大きな背中をさすると、青年は袖で涙と鼻水を拭った。

「大さん可哀想な子だって言ってた。炭鉱で殺されかけてて。本当に可哀想な子たちだって。悪いことしたって……」

青年がしゃくり上げつつ、途切れ途切れに話した内容は、巽の心を大きく削るものだった。

大二郎はここで働かされながら、ぽつりぽつりと身の上話をしたという。少年に無邪気に乞われるままに、なぜ罪を犯したのかについても。

大二郎は若い頃、北九州の数多ある炭鉱の一つで働いていた。もともとは両親ともに坑内で働いており、大二郎は臨月でも働いていた母親が、坑道の底で産み落としたのだという。

炭鉱と死は本来切っても切り離せない。事故で男も女も不幸に命を奪われる場所だ。その中にあって、炭鉱から命が増えて出てくることは稀で、かつ縁起の良いことだとされた。大二郎はそのヤマでは縁起の良い子として扱われた。その立場は、崩落事故で両親と年の離れた兄が死んだ後、彼が生き延びるのに大いに役立った。縁起の良い人物として周囲から扱われ、軽薄な振る舞いを覚えたこと。身内を亡くして同情の対象となったこと。それでも狭いヤマの中で生きねばならなかったこと。

「俺は楽しい嘘つきになった、って大さんは言ってた」

青年は沈んだ声でぽつりと言った。

「楽しい嘘つきでいればどこででも生きていける、って言ってた」

「だが」

それまでほぼ黙っていた中田が口を挟んだ。

「嘘つきは嘘を貫き通してこそ嘘つきだ。あの男は、なぜお前にはべらべらと喋った?」

尋問めいた中田の勢いを、巽は腕で軽く制す。青年は再び袖で目と鼻を拭った。

「本当のことまで消えてしまうのは寂しいから、聞いて欲しいって言ってた。もう大さんは、生きるの諦めてたんだ。父ちゃん、悪い扱いしてたから」

青年はそう言って袖で鼻をかんだ。もともと硫黄山での労役で弱っていた体だ。寺で一月ほど休んだとはいえ、打たれる子どもの代わりに課せられた労働がどの程度のものだったのか、青年の後悔に満ちた言動が示していた。

青年が目を拭っている隙に巽はぐっと顔を歪める。腹立たしい話だが、看守というものは囚人を極限まで働かせつつ、生かす加減というものをある程度知っている。その把握ができていない者が、自分の利益のために人を働かせればどうなるか。巽には元囚人であるからこそ察せられた。

青年は話を続ける。大二郎は時折素人絵を描きながら、炭鉱で独り働いていた。仕事はきついものだった。厳しい環境で、規律も厳しく、契約を反故にしてヤマから逃げ出す者がいるのも日常茶飯事だった。

「大さんはケツワリって言ってた」

「ケツワリ？」

「なんでかは分からないけど、ヤマから逃げる人をケツワリと呼ぶって。逃げた奴はとっ捕まえられてケツが割れるまで蹴られるからじゃないか、って笑ってた」

青年は当時のことを思い出したのか、涙を引っ込めてくすくす笑った。大二郎の軽妙な語り口を思い出しつつ、巽はうまく笑い返すことができなかった。ケツワリ。聞いたことがあるような気がするが、うまく思い出せない。

規律で縛られて労働をし、逃げれば捕らえられて制裁を加えられる。社会的意味合いや制裁の度合いは違うとはいえ、まるで集治監から逃げる囚人のことのようではないか。

それでいうならば、大二郎もまた、故郷のケツワリという脱走者に似た立場を、北海道に来てまでなぞったことになる。

「ある時、悪い人がケツワリをして、逃げる途中にあった大さんの知り合いの家に入り込んだって。そして金や物を奪うだけじゃなく、家の人まで刺したとか」

そんなところまで脱走囚とそっくりか、と巽は内心苦い思いでいた。しかも運悪く知り合いの家とは。隣の中田は、追う立場として思うところがあるのか、眉間に深い皺を刻んでいる。

「みんなでそのケツワリの人を捜してた時、大さん、真っ先にその知り合いの家に行ったたって言ってた。そこの家はお父さんが死んじゃってて、大さんはお母さんを面倒見てるうちに仲良くなって。いずれ自分の家族になる予定の家だから、急いで向かったとかで」

つまりは、大二郎はその女と結婚し、子二人の父親になる予定だった。巽は中田を見た。中田の能面のような表情が、今は明らかな悲しみを表しているのが、どこか痛々しい。

「でも、家に着いたらケツワリの人が逃げていくとこで。中に入ったら、ケツワリの人に刺されて苦しがっていた子ども達がいて、大さん仕方なく楽にしてあげたって」

巽は無意識に唾を呑みこんだ。口の中がからからに乾いていた。大二郎が殺したのは実子ではないという話だった。だが、実際は義理の子にする予定でいた子どもたちだったのだ。その子たちを、殺した。

「そんな、嘘だ。そんな、ひでえ」

「嘘じゃないよ。大さん、寝込むといつもこの話した」

青年が真っすぐな目でこちらを見ていた。

「せっかくみんなで仲よかったのに。お母さんと坊やと赤ちゃんと大さん。死んじゃったのがその絵の二人」

巽より先に、中田ががばっとその絵を手にとった。穴が空きそうな目で睨んでいる。白目が赤くなりかけていた。

「それで、大二郎、大さんは、犯人にされたのか」

おそらく中田が尋ねたいであろうことを、巽は問うた。

「うん。運悪く、大さんが二人を楽にしたとこを帰ってきたお母さんが見ちゃって。ケツワリの人はとっくに遠くへ逃げてたから、大さんが何を言っても信じてもらえなくて、捕まっちゃったなんて。可哀想だ。大さん何も悪いことしてないのに」

本当に可哀想だ、と青年は両手で顔を覆ってさめざめと泣いた。まるで目の前の二人が同じ真相を知っていると思い込み、その悲しみを共有するかのように。

──大二郎は、事故や悪意で人を殺めたのではなかった。

巽は全身を巡る血が急にゆっくりになったような気がしていた。

訳が分からないまま中田を見れば、酷い顔色をしていた。無表情というよりも、全ての感情も思考も転げ落ちた、抜け殻のような有様だった。

自分よりも動揺している中田を見て、巽は少し冷静になった。大二郎は中田が業務で把握していたとおり、子ども二人を手にかけたことは間違いない。

だが青年の言うことを信じれば、他人の犯行により瀕死となった子を、しかも義理の息子と娘になるはずだった二人を、その手で苦痛から解き放った、ということになる。

そしてその現場を目撃した母親は動転した。火鉢をひっくり返すほどに動転した。大二郎が犯人だと思い込んだか、もしくは、子どもを殺され、犯人に逃げられたやり場のない憤りを一方的に情夫にぶつけた、ということも考えられる。真相は確かめようもないが、あの大二郎が、諦めたように笑いながら冤罪を受け入れる様子だけは、くっきりと思い描くことができた。

「そんな……」

中田は蚊の鳴くような声でつぶやくと、ふらりと上体を前傾させた。そのまま両手を地面について、はあはあと犬のように息をしている。

子ども二人の命を奪った。その行動を子どもの母親が目撃した。その証言により彼は裁かれ、樺戸集治監へと送られた。

それが記録に残るであろう大二郎の事実だ。だが、大きな山が見る場所によって微妙にその形を変えるように、見方によって人の姿もまた変わる。

巽はその事実に、ただ感情だけを揺さぶられればいい。だが、中田は違う。看守という立場で新たに眺めた大二郎の姿は、職と不可分なこの男の存在自体を揺るがしている。

青年は中田が自分の話に同調して深く悲しんでいるとでも思ったのか、「悲しいことだ、本当に」とその背をさすった。

「それで、大二郎は」

まだ考えが追い付かないまま、巽は話の続きを促した。

「いつ死んだ」

巽の声に中田ははっと顔を上げる。その目は血走っていた。青年は地面をじっと見ながら、「ここに来て、半年後に」と答えた。

「俺は、ばかだけど、大きくなった今なら分かる。大さんは脱走囚だから酷い奴だと父ちゃんは言ったけど、本当にひどいのは父ちゃんだ。毎日毎日働かせて、痩せても働かせて、そんで、弱って……」

半年間。

硫黄山で弱った体のまま、集治監の労役よりも厳しい労働を、半年間。

巽の心は妙に凪いでいた。怒りも、悲しみも、悔しさもない。ただ、そうだったのか、という理解だけが浜辺に打ち捨てられた流木のように転がっている。静かで、無様だった。

——しゃあねえな。

大二郎は、集治監ではとうとう過去も腹の底も明かさないまま、あっけなくここで使い潰され死んでいた。その生き方と死に方をどうだこうだと生きている巽は評することもできる。しかし、実際に思うことは奇妙な納得でしかなかった。

「いつか死なせた子たちの墓参りに行きたいって言ってたけど、それもできないまま。父ちゃんに黙ってお医者連れてこようとしたけど、大さんはやめとけって……」

青年はまたぐすぐすと泣き始めた。語られた内容と、牢の中で過ごして見てきた大二郎の姿を重ね合わせて、巽ははっと思い出した一件があった。

——あの教誨師だ。硫黄山で説教をしていた、キリスト教の。

あの教誨師は、死者の墓参りをするだけで残された者の心は許されるのだと言っていたという。そして、大二郎の奴は随分とその言葉に感銘を受けている様子だった。

墓参り。死なせざるを得なかった子どもの。その現場にあったもの。火事。

「火事か」

ふいに頭に浮かんだ単語を、巽は呟いた。中田が怪訝そうにこちらを見ている。「そうか、火事か」と呟けば、曖昧だった想像が急に細部まで明確になってきた。巽は自分も囚人の身であったせいで、もし自分が大二郎の立場であったならどう考えるか、という癖がついていた。

「中田さん。大二郎が捕まった時、火事があったって言っていたな」

「ああ、だが、あれは目撃者が火鉢をひっくり返しただけで、小火で済んだ」

そうだ、と巽は頷いた。子どもを殺した記憶。そして火事。この順番が逆になった時が、確かにあった。

「屏禁室の火事。あれで、大二郎は事件を鮮明に思い出したんじゃないですかね」

返事の代わりに、中田は息を呑んだ。巽も頷く。

あの石を眺めているうちに発火し、死に物狂いで逃げるうちに、自分が子どもを殺した現場を思い出さない訳がない。

――死に物狂いで屏禁室から逃げ出し、脱獄という選択が見えた時、選んだんだ、きっと。心残りを叶える機会があったなら、もう見つかって死んでもいいから、と。

そして運よく逃げおおせてここに流れ、虐げられる子どもを助けて働くことで、墓参りの代わりとしたのではないか。

腑に落ちた。腑に落ちてしまった。そのことが悔しくて、巽はふーっと長い息を吐いた。

「大二郎、……大さんの死体は、川に流したと言ったか」

巽が平坦な声で尋ねると、青年はびくりと肩を震わせた。

「その、父ちゃんが、埋めるのも面倒臭いからって、裏の川に流せって」

「そうか」

巽は周囲を見回した。この支流は確か石狩川まで通じている。遺体が人に見つからないまま流されたとしたら、もしかしたら樺戸集治監の近くを通ったのかもしれない。

――流れ流れてまた集治監ってか。

耳元に大二郎のおどけた声が蘇るようだった。

中田は大二郎の事実を少しは飲み込めたのか、もとの恰好で座り、指で眉間を揉んでいた。無理もない。曲がった倫理を裁かれたと思っていた囚人が、歪んだ倫理によって裁かれていたと突きつけられたようなものだ。潔癖な看守、という歪んだ呼称が相応しい中田副看守長にとって、事実はあまりに眩しかろう。

巽はふと思い出して、上着の隠しから例の石を取り出した。寺に預けられていたなら青年が見たことはあるはずもないが、もしかしたら話は聞いているかもしれない。

「これは、大二郎が集治監で大事に持っていたものなんだが、何か言っていなかったか」

「ああ、それそれ」

石英を見せると、青年はぱっと表情を明るくした。

「透明な石をもらったって、言ってた気がする。そこのお母さんが、お家の宝だったたって自慢していた綺麗な石を。すぐに家族になるんだからって。たぶんその石だ」

ふーっと巽は長く深い溜息を吐いた。謎に包まれていた石の出所は、全く面白おかしい話ではなく、そして救いもまるでなかった。

「宝物だと普段から周囲に言っていたのなら、そのケツワリとかいう逃亡をした男がそれ目当てに押し入った可能性もあるな」

中田が零した言葉に、巽の全身が強張った。逃亡者は金目の物を求める。その心理は元囚人として嫌というほど分かってしまう。中田の言ったことは憶測だ。しかし説得力のあるその憶測が真実だったなら、大二郎が後生大事にしていた石こそが、全ての悲劇の元凶だったことになる。

——愚かだ。余りにも。誰も彼も。

巽は両掌で顔を覆った。涙など出ない。可能ならば大二郎の代わりにわんわんと泣いてしまいたかったのに、心が涸れ井戸のように乾いて冷たい。

「集治監の話については、何か聞いているか」

中田の問いに、今度は青年は首を横に振った。

「別に何も。そもそも牢屋の話は、鼬に似た看守がいるとか飯がまずいって話ぐらいしかしていなかった」

「そうか」

中田は納得したように頷いた。巽は指先で石を転がし、どこか納得した。石のことや、囚人時代の情報を出さなかったのは、おそらく青年に脱走を助けたと疑いが生じるのを防ぐためだったろう。

——ここでも、話さないことで嘘をついていたのか、あの野郎。

集治監の中であの男が隠していた出身地。本当の罪。手掛けた趣味。それらを封印していたのは、きっと大二郎が自分自身を守るためだった。そして、今度は人を守るために、口を噤み続けていた。

「遺品、か」

中田が巽の手にある石を見ながら言った。その通りだ、と巽も頷く。誰の、といえば、大二郎の、死んだ子たちの、母親の。この石に関わった彼らの遺品だ。

青年は石にさほど興味を持たないまま、中田に向き直ると、頭を下げた。

「あの、父ちゃんは昨年、風邪こじらせて死んでしまって。それでようやく、人にこのことを言えるようになりました。牢屋から逃げた人を匿えば罪になることは知っています。捕まえるなら、俺を捕まえてください」

石に頭を擦りつけて、青年は頭を下げた。中田が煙草の煙を吐くようにふーっと鼻から息を吐く。息と共に毒気も抜けたか、少し顔色が戻っていた。

「匿うことは罪になるが、それはあくまで父親の罪だ。それに、立証しようにも囚人の死体は行方不明、調査のしようもない。証拠の欠片もないのに今さら捜査を蒸し返すことはない」

中田はそう言うと、冊子の束を青年に押し付けた。考えようによってはその冊子こそが脱走の証拠になるのだが、中田なりの整理のつけ方というものだろう、と巽は口を噤んだ。青年はもう一度頭を下げた。

「一つ、教えてください」

青年は中田をじっと見た。そこにはこれまで感じられた気の弱さは微塵も残っていない。

「大さんは悪くないですよね」

罪状という意味では、二人の幼子を手にかけた。その情報が正しいのなら確かに大二郎は罪人である。

集治監に詰め込まれ、生きるか死ぬかの瀬戸際で酷使され、自分はこのような仕打ちを受けるほどのことをしたのか、と答えを聞けないまま問い続ける。大二郎も巽も、そんな時間を長く過ごした。しかし、悪人ではなかったはずだ。青年の眼差しに同調して、巽は中田の結論を待った。

「それを決めるのは俺ではない」

中田はそう言って足下を見た。帰結を無理に作らないこと。それがこの男なりの、大二郎に対する誠実さなのだと思った。

巽は項垂れたようにも見える中田の姿を見ながら、焼けて崩れた屏禁室を目にした時のことを思い出していた。

あの時、巽の心は熱風で焼かれたように痛みを感じた。膚が乾き、毛が焼け焦げ、肉がじわじわ煮えていく。裏切られた。置いていかれた。逃げられた。

今、その傷痕がそよそよと秋風に晒されている。瘡蓋は厚く残されている。しかしもう痛くない。

――案外、打ちのめされないものだ。

大二郎の最期を静かに受け入れている己を、巽は自覚した。そういうものかもしれない、と妙な納得がある。

かけがえのない存在の、その終わりに関わることができなかった。真意を汲み取ることができなかった。

――当たり前だ。

そんなもんだ、俺らは。義理人情がすっぱりと整って豆腐の角のように綺麗に四角になるなんてこと、あるわけがないのだ。だから世の中複雑で、納得できないまま巽は収監されて、死ぬような酷い目に遭いつつまだここで生きている。そんなものかもしれない。

変に力の抜けた巽に対し、中田はなおも呆然としている様子だった。大二郎とは囚人と看守という間柄で、標茶の吹雪の中を生き延びて互いに何がしかの信頼に似た感情を抱き、ある日突然脱走された。

それが、裏切られたわけでもないが報われたとも言い難い結末を迎えていたのだ。不運と不遇の果てに死んでいった大二郎から憎まれることも、恨み言をぶつける機会も与えられないままに。

そもそも、大二郎の罪が雪がれることはなかった。その罪さえ、成り立ちからして責められることだったか曖昧だ。

中田は看守だからこそその事実を飲み込め切れずにいる。そして巽は、囚人であった故に体に刻み込まれた諦めでそれを咀嚼（そしゃく）し消化しつつあった。

やがて中田は気を取り直したようにもと来た道を歩きだした。巽は慌てて後を追う。振り返ると、青年が丁寧に腰を折って頭を下げていた。

中田は青年の名を聞かないままだったので、巽もそれに倣い黙っていた。もし名を問えば、脱走囚を匿っていた責をも問わねばならない。

語り合えることはきっともっと沢山ある。だが、そうはしない方がいい。山本大二郎という男一人を介しただけの関係に過ぎないが、どうか静かに穏やかに暮らして欲しいと巽は思った。

駅に向かって、中田と巽は並んで歩いていた。中田はもうもとの能面づらを取り戻して、何事もなかったかのように歩いている。

――この男らしいや。

巽は例の石を取り出すと、中田に差し出した。

「石、返します」

「いらん」

お前が持っているべきだ、などと尤もらしいことを中田は口にしなかった。あるのはただ、もう関わりが断たれたのだという拒絶だ。巽は黙って石を上着の隠しに入れた。

もしもこの石がなければ、大二郎は樺戸集治監や硫黄山で心の拠り所（よりどころ）を失って易々（やすやす）と死んでしまったかもしれない。また逆に、屏禁室が燃えることもなく、やがて巽と共に模範囚として大手を振って自由を摑んでいたのかもしれない。
——大二郎と外で酒でも飲んだら、煩かったろうな。
一度だけ虚しい想像をして、巽は歩き続けた。そして、今頃あの青年は大二郎を思い出して泣いているのだろう、と思う。気の毒なことをした。大二郎を思い出させたことで、要らぬ悲しみを与えてしまった。匿った罪に怯えながらも話し続けたのは、彼なりの懺悔だったはずだ。

そして中田は、きっと樺戸に戻って看守の職を粛々と勤め上げるのだ。一人だけ手入れの行き届いた制服と無表情とを纏い、罪ある者も冤罪の者も等しく冷徹に扱いながら、赦すことも裁くことも人に委ねて自ら囚われ続けるのだ。

隠しの中の石がやけに重い。体の重心が歪んで曲がって歩いてしまわないよう、巽は中田に置いていかれないよう、ゆっくりと歩いていた。

その向こうから、明らかに地元の人間ではない人影が近づいてくる。

灰色の仕立ての良い背広にコートを羽織り、毛糸の襟巻を二重に巻きつけた男だった。きちんとした服装に似合わず、山高帽の鍔に半分隠れた顔は存外幼い。

何ぞ山師に騙された口かね、と巽がちらりとすれ違いざまに見ると、男もこちらを見ていたのか、ばっちりと目が合った。

「あの、お尋ねします」

男は律儀に帽子を取り、中田と巽の方へと近寄ってきた。

「隣の集落までは、この道を真っすぐ進んで行けばよろしいのですか？」

くたびれた恰好の巽の方が道に詳しいと見たのか、男は巽を見て尋ねて来た。

まあそりゃ行きどまりでなければ大抵の道は町に通じてるだろ、と皮肉を言いそうになって、強いて飲み込む。囚人経験のせいで大分すれてはいたが、巽に人の問いを誤魔化す性根の悪さはない。中田にたしなめられたくもない。

代わりに、強張った顔をほぐして笑ってみせた。

「あんた、喋りからして東京モンかい」

「はい。三日前に北海道に着きまして」

「東京からじゃ郊外の田舎と比べても感覚が違わあな。こっちは周りがだだっ広すぎるんだ。ちと遠いが、歩きで行けない距離じゃなかったはずだ」

「ああ、そうだな」

中田が懐から手帖（てちょう）を出して頷いた。

「この道なりに歩いていけば、暗くなる前には着くはずだ」

「左様ですか、ありがとうございます」

男は丁重に頭を下げ、二人の横を通り過ぎていった。その背が小さくなるまえに、巽は「なあ」と声をかける。男は少し怪訝そうに振り返った。

「あんた、ここに住むのかい」

「ええ、その予定です。それで知人の伝手（つて）を辿って農地を買おうと」

「へえ」

男の表情は少し強張り、言葉を選んで説明をしていたようだった。知らぬ土地に根を張ろうという時、警戒心は大事だ。巽は力を抜いて笑うと鳥打帽を持ち上げた。

「達者で」

「あなたも」

ありふれた別れの挨拶ひとつで、男は巽と中田が来た道を歩んでいく。

中田は樺戸に。俺は札幌に帰る。当たり前のように思い描いていた予定に、巽はふと首を傾げた。

——札幌じゃなくても、いいか。

放免となり囚人の身分でなくなって以降、とりあえず生きていくために職と人が多い札幌に腰を据えてきたが、別にひとところに拘る理由はないのだ。

試しに東京に戻ってみても、さらに遠くに渡ってしまっても、誰からも咎められることはない。大二郎や中田が見られなかったもの。塀の中で死んだ囚人たちが夢見た外。自分はどこへでも赴ける。一度、あの狭く鎖された世界を見てきた目玉で、何でも見ることができる。怒ることも笑うことももう自由だ。

振り返ると、道を尋ねた男の背中はもう遠くなっていた。足を止めた巽に、中田が「どうした」と声をかけてくる。

巽は無意識に上着の隠しに手を入れる。ゆっくりと石を取り出した。掌の上で転がせば、大二郎が初めて見せてくれた時と同じ、内部に封じられた水がゆらりと揺らめく。

——もう、いいな。

巽は石を握りしめた。横を向き、道の右側の刈り取り後の水田目がけ、石を力の限りに放り投げる。石は不格好な軌跡を描いてきらりと光り、どこへ落ちたかは分からない。乾いた泥と稲の株に紛れて、どれだけ捜しても見つかることはないだろう。

「いいのか」

咎めることもせず、中田が静かに言った。

「これでいい」

大二郎に関するものは、全てここに置いていく。川に放られたという大二郎の体も、運命を狂わせたかもしれない石も、もう潔くこの地の一部になってしまえばいい。

少なくとも、大二郎はそれを咎めはしまい。中田も、法も、この地もだ。

「はいではどうも、左様なら、ときた」

石を放り投げた方向に、巽は道化師のように大仰に頭を下げた。

装画
大野博美

装幀
岡本歌織
(next door design)

＜初出＞
「STORY BOX」2023年 1 月号～2023年9月号（紙版）
2023年11月号～2024年1月号（WEB版）

＜参考文献＞

『赤い人』吉村昭（講談社文庫）
『改訂 樺戸監獄 ―「行刑のまち」月形の歴史』熊谷正吉（かりん舎）
『街道をゆく15 北海道の諸道』司馬遼太郎（朝日文庫）
『河童が覗いたニッポン』妹尾河童（新潮社）
『樺戸監獄史話』寺本界雄（樺戸郡月形町）
『樺戸集治監獄話』寺本界雄（樺戸郡月形町）
『刑務所建築史　戦前編』矯正建築歴史研究会・編（公益財団法人矯正協会）

※本作品はフィクションであり、登場する人物・団体・事件等は
すべて架空のものです。

河﨑秋子（かわさき・あきこ）

一九七九年北海道別海町生まれ。二〇一二年「東陬遺事」で第四六回北海道新聞文学賞（創作・評論部門）、一四年『颶風の王』で三浦綾子文学賞、一五年同作でJRA賞馬事文化賞、一九年『肉弾』で第二一回大藪春彦賞、二〇年『土に贖う』で第三九回新田次郎文学賞を受賞。二四年『ともぐい』で、第一七〇回直木三十五賞を受賞。

編集　幾野克哉

愚か者の石

二〇二四年六月三日　初版第一刷発行
二〇二四年七月二十四日　第三刷発行

著者　河﨑秋子
発行者　庄野 樹
発行所　株式会社小学館
〒一〇一―八〇〇一　東京都千代田区一ツ橋二―三―一
編集 〇三―三二三〇―五九五九　販売 〇三―五二八一―三五五五
DTP　株式会社昭和ブライト
印刷所　萩原印刷株式会社
製本所　株式会社若林製本工場

造本には十分注意しておりますが、印刷、製本など製造上の不備がございましたら「制作局コールセンター」（フリーダイヤル〇一二〇―三三六―三四〇）にご連絡ください。
（電話受付は、土・日・祝休日を除く 九時三十分～十七時三十分）

ISBN 978-4-09-386721-4